시인으로 산다는 것

시인으로 산다는 것

1판 1쇄 2014년 3월 12일 **1판 2쇄** 2018년 2월 9일
지은이 강은교 외 **펴낸이** 임지현 **펴낸곳** (주)문학사상 **디자인** 오필민디자인
주소 서울특별시 송파구 중대로38길 17(05720) **등록** 1973년 3월 21일 제1-137호
전화 02-3401-8540 **팩스** 02-3401-8741
홈페이지 www.munsa.co.kr **이메일** munsa@munsa.co.kr

ISBN 978-89-7012-901-3 03810

시인으로

산다는

것

강은교 외 지음

문학사상

천상의 언어를 인간의 말로 노래하는 시인

서슬이 퍼런 판사, 검사라는 말에는 일 '사事' 자가 붙어 있는데, 잘나가는 변호사에게는 선비 '사士' 자를 붙인다. 의사 · 기사에는 스승 '사師' 자를 쓰고, 소설가 · 화가는 집 '가家'를 쓰는데, 또 목수나 가수는 손 '수手' 자를 붙인다. 광부 · 청소부 등에는 지아비 '부夫' 자가 붙어 있다. 한데 특이하게도 시를 쓰는 사람만은 '시인詩人'이다. 의사처럼 시사詩師도 아니고, 변호사처럼 시사詩士도 아니다. 소설가와 같이 시가詩家라고 부르지도 않는다. 왜 그럴까?

강은교 시인은 "시인이여. 어서 떠나라. 아직도 거기 머물고 있는가. 옛집은 틀이며 진부함이며 상투성"이라고 가르치며 아무도 가본 적이 없는 먼 여행을 재촉한다. 그런데 사십 년을 시를 써온 장석주 시인은 이렇게 말하고 있다. "시를 아는 것은 우주를 아는 것이다. 나는 우주를 모른다. 다만 그 모름 속에서 먹고, 자고, 걷고, 웃는다. 나는 사십여 년을 시를 써왔지만 시를 잘 모른다. 그 모름 속에서 모름을 견디고 있을 따름이다." 그 곁에서 참으로 희한하게 잠언箴言 같은 이 말을 따라 정호승 시인도 아직 시가 무엇인지 모른다고 고백한다. "한때는 시가 무엇인지도 모르면서 시를 쓴다는 절망감에 빠지기도 하고, 시가 무엇인지 좀 알고 쓰면 좋겠다는 열망감에 사로잡힌 적도 있다. 그러나 지금은 그렇지 않다. 모른다는 것은 이 얼마나 다행한 일인가. 나는 지금 모르기 때문에 시를 쓸 수 있다." 이기인 시인은 시는 생각하는 대로 다 쓸 수 없어서 천만다행이라고 응수한다. "시는 다 쓸 수 없어서 다행이다. 시의 욕심을 조금씩 놓아본다. 시는 잘 보이지 않아서 다행이다."

박정대 시인은 시인으로서의 자의식이 그를 유일하게 시인으로 만들었단다. "이 척박하고 천박한 지구에서 자신이 시인이라는 자의식을 갖지 못하면 그 사람은 그저 평범한 지구인일 뿐"이라는 것이 박정대의 생각이다. 김언은 "나는 죽음이 두려워서 시를 쓰고, 내 삶이 언제 어떻게 끝장날지도 모른다는 공포 때문에 이미지를 본다."라고 고백한다. 여태천 시인은 언제나 불안하다고 한다. "언어가, 세계가 사라질 것 같아 두렵다. 그런데 언어는 나의 생각으로부터 멀어지지 않고 나의 몸에 아슬아슬하게 매달려 있다. 언어는 나의 몸을 은신처 삼아서 이 세계에 간신히 붙어 있다."라고 엄살이다. 정끝별 시인은 "시는 안 보이는 것을 믿는 사람에게는 모든 것이기도 하고, 안 보이는 것을 믿지 못하는 사람에게는 아무것도 아닌 것이기도 할 것이다."라며 애써 태연스럽다.

박형준 시인은 순간의 사랑에 매달린다. "지금 사랑하는 사람이 없고 사랑하는 사람의 목소리를 들을 수 없으며 사랑하는 이의 모습을 볼 수 없다면 미래의 성공이 무슨 소용이 있을 것인가."라고 반문한다. 행복은 진정 이 순간을 '사랑함'에서 온다는 것이 그의 생각이다. 신현림 시인은 "뭐든 쉽게 잊히는 세상에서 쉽게 잊히지 않는 아름다운 시간을 쌓아가고 싶다. 일에서든 사생활에서든 그 아름다운 시간들을 통해 얻은 삶의 진실들로 내 생의 의복을 만들어가고 싶다."라고 자기 속마음을 드러낸다. 여기에 권혁웅 시인이 "사랑하는 이를 사랑한다는 것—이 동어반복이야말로 모든 시에 내재한 동력일 것이다."라고 덧붙인다.

박주택 시인은 "깨어나리라. 열망에 힘입어 낮이 스스로의 운명에 미소를 지어 보이고, 비애에 잠긴 밤이 생의 바닥으로부터 숨을 뿜어올리듯"이라고 외친다. 그런데 손택수 시인은 빈 곳이 있어야 소리가 울리듯 침묵은 음악과 시가 탄생하는 장소라고 입을 막는다. "우리는 어린 날의 고적한 뒤란으로 돌아가듯 침묵으로 귀환함으로써 세계의 실감 나는 반응체로 거듭난다."는 것이 그의 생각이다. 이승희 시인은 답장이 없어도 쓴다. "이제 답장 같은 거 나도 기대하지 않는다. 그냥 쓴다. 나는 어떤 방향이어야 하는가. 그건 분명하다. 너에게. 세상의 수많은 너라는 사람들이면 된다."라고 혼자 다짐한다. 허연 시인은 "모든 시는 불온하고 모든 시는 제멋대로 쓰여져야 한다. 모든 시는 그즈음의 외마디 비명이다."라고 하면서도 세상이 그것들을 꼭 받아줘야 할 책무는 없단다.

유홍준 시인은 "규격화된 제품만을 요구하는 공장에서 내 시는 잘못 생산된 불량품 같은 것이었다. 그런데 그 규격화된 것들은 이제 다 잊히고 없는데 어쩌자고 내가 '시'라고 만든 이 불량품들은 사라지지 않고 여전히 존재하고 있을까?"라고 자문한다. 이때 이재무 시인이 그 곁에서 혼잣말처럼 중얼거린다. "무언가에 쫓겨 늘 바지런히 앞만 보고 걷다가 무심고 뒤돌아보면 거기 시가 땀에 젖은 얼굴로 나를 바라보는 날들이 많았다. 그런 시가 안쓰러워 떨쳐내지 못하고 조강지처인 양 여직 품어 다니고 있다." 이민하 시인은 시를 두고 "뒤를 향해 걸어도 앞으로 가는 길이며, 멈추어 있어도 끝나가는 삶"이라고 푸념한다. 이영주 시인은 시인으로 산다는 것이 순간이라는 결정체가 남기고 간 흔적의 물질을 좇는 일이라고 가르쳐준다. 그러면서 그는 "남들이 말하는 '잘사는' 일과는 전혀 상관없는 짓이다. 쓸데없는 일인 것이다."라며 웃는다. 정병근 시인은 "내 인생은 시로 망쳤다. 기꺼이 자초한 일이므로 후회하지 않는다. 무엇으로든 망치지 않은 인생이 있으랴." 하고 하늘을 쳐다본다.

시는 인간의 심성 그 자체를 내용과 형식으로 하여 만들어지는 유일한 예술이라고 나는 아는 체를 많이 한다. 시는 그것을 애써 찾아 읽는 사람에게만 충만한 기쁨을 주며, 자기 자신의 삶을 보다 높은 존재의 차원으로 끌어올리고자 하는 사람에게만 초월의 힘을 발휘한다. 내가 시를 강조하는 이유는 시가 인간의 아름다운 심성으로부터 빚어지고 있기 때문이다. 마음의 흐름을 따르는 것이 시의 기본적인 원리가 아닌가? 시는 마음을 말한 것[詩言志]이라는 평범한 진리가 거기서 비롯된다. 공자의 말씀에도 "시 삼백 편에 생각의 간특함이 없다."고 했다.

그러나 오늘의 현실은 사뭇 다르다. 삶은 각박하고 사람들은 매우 거칠다. 여기서 시를 운위한다는 것 자체가 한가로운 일처럼 보인다. 시는 오로지 시인들만의 몫이고, 일상의 인간들과는 아무런 관계가 없는 것처럼 되어버렸으니! 이러한 현상을 놓고 사람들은 흔히 시의 위기를 말하기도 한다. 그러나 이것은 시의 위기를 뜻하는 것만이 아니라, 우리들의 삶 자체가 정서적 파탄의 위기에 처해 있음을 말해주는 것이다. 잃어버린 시 정신을 회복하는 일— 그것이야말로 시인으로 사는 길만큼 아득하다. 하지만 시인은 시를 찾는 사람의 곁에만 자리한다. 그리고 천상天上의 언어를 인간의 말로 노래한다. 그래서 시인이다.

권영민(문학평론가, 《문학사상》 주간)

차례

눈썹으로 살기

강은교

눈과 귀와 코와 입, 그리고 눈썹이 여행하다가 어느 날 한데 모여 토론을 벌였다. 각기 자기의 하는 일을 자랑했다. 눈은 바라봄의 재주를, 귀는 들음의 재주를, 입은 먹고 마심과 말할 수 있음의 재주를, 코는 냄새 맡음의 재주를, 눈썹도 자랑하려고 했으나 딱히 자랑할 만한 것이 없었다. 그러자 눈과 귀와 코와 입은 머리를 한데 모으고 생각타가, "너는 거기 이마 높은 곳에 가만히 앉아 있어. 앉아 있기만 해, 방해하지 말고. 거기서 우리가 하는 모양을 잘 지켜보기나 해! 무능한 네가 할 수 있는 일은 그것뿐이군. 그것뿐이야!" 그들은 다시 여행을 떠났다.

언제부턴가 나도 무능해졌다. 무능이 나의 일이 되어갔고, 나의 여행길은 무능의 진혼길이 되어갔다. 아파트 높은 곳에 앉아 여행하면서 창밖을 내려다보는 일이 하루의 중요 일과가 되었다.

그러니까 내 시는 또는 산문은 언제나 내 삶의 여행길에 잠시 멈춰 서서 쓴 여행 노래, 진혼가이다. 눈썹이다.

강은교

1945년 함남 홍원에서 태어나 연세대 영문학과와 동 대학원 국문학과를 졸업했다.

1968년 《사상계》 신인문학상에 당선되어 등단했다. 시집으로 《허무집》《풀잎》《빈자일기》《소리집》《등불 하나가 걸어오네》《시간은 주머니에 은빛 별 하나 넣고 다녔다》《어느 별 위에서의 하루》《벽 속의 편지》《초록 거미의 사랑》《네가 떠난 후 너를 얻었다》 등과, 산문집 《추억제》《그물 사이로》《잠들면서 잠들지 않으면서》《허무수첩》《사랑법》, 번역서 《예언자》《소로우의 노래》 등이 있다.

한국문학작가상, 현대문학상, 정지용문학상, 박두진문학상 등을 수상했다.

이제 잠시 멈춰 서서 언젠가 쓴 나의 여행 노래, 진혼의 산문-눈썹의 노래를 꺼내본다.

〔한 닢〕

그래, 아직 나는 돌아오지 않았다. 아직 나는 여행한다. 그대를 찾아 그대 속으로 여행 중.

나는 그대 속에 있다. 모든 여행은 이 영원회귀의 사막에서 우연의 이 현재들을 필연화하려는 몸부림이다, 그 몸부림의 정점에 시의 몸이 있다. 우리의 현재들, 갈수록 우연임을 깨달으면서 우연인 그대가 쓰러져 누운 시의 입술을 찾아 헤매는 것을 본다. 우연히 집어든 언어 하나가 필연의 허리 속으로 우연의 언어 둘을 끌고 갈 때까지.

〔두 닢〕

여행의 선두는 신발 한 켤레.

여행의 선두는 감자 한 알.

눈이 새빨갛게 충혈된 새우 한 마리가 '풍덩' 끓는 기름 속으로 뛰어든다.

우리 삶의 모래性, 결국 언어의 모래性.

우리는 모두 선택하는 체하지만 아무도 실은 선택할 수 없다. 우연이 가장 잘 오시도록 필연의 언어 몇을 걸레와 빗자루 삼아 들고 우연의 길을 쓸고 닦을 뿐. 시의 몸을 어루만지고 어루만져볼 뿐.

〔세 닢〕

긴 길을 걸었다. 애인은 아직 오지 않았다.

길은 산허리를 돌아 돌아 끝없이 계속되었다. 끝났는가 하면 돌아들고, 이제 산을 다 내려왔는가 싶으면 길은 다시 시작되었다.

애인은 시의 몸에 핏줄을 통하게 하는 이.

過去所이며 未來所인 그곳에서, 過去帶이면서 未來帶인 그곳에서만 오는 이. 거기서 過去와 未來, 말하자면 時核을 한꺼번에 던질 수 있는 이.

〔네 닢〕

그런데 그대는 진정 고독한가, 시인이여, 그중에서도 無明이며 無名인 무명 시인이여.
진정 고독하여 우연의 언어들을 필연의 허리 위에 얹을 수 있는가.
질문하고 또 질문하지만, 그대도, 나도 이미 무명 시인이 아니구나. 아니려 하는구나. 명찰은 이미 닳고 닳았구나.

무명 시인을 찾아 여행을 떠난다.
여행 속에 앉아서 여행을 떠난다.

〔다섯 닢〕

길은 모든 여행의 입구, 안개가 또다시 꼈다. 떠도는 존재의 잿빛 그늘, 잿빛 그늘의 순간입, 순간입, 순간입들, 어디로 갔나.
순간입 그늘에 무수한 여행의 깃발은 꽂힌다.
여행의 깃발이 발아래 어른거리는 어둠 하나를 쓰러뜨린다.
여행의 깃발이 어둠 둘을 쓰러뜨린다.

열에 끓는 여행의 뜨거운 입술은 희망, 뜨거운 희망의 혀가 길까지 내려온 산 그림자를 핥는다.

부푼 시의 몸이 일어서기 시작한다.

〔여섯 닢〕

맞바람을 받으며 앞으로 달려가는, 그러나 언제나 고꾸라지기만 하는 저 긴 여행의 옷자락들, 탱자울 같은 시곗줄 끝에서 깃발을 들고 달리는 신발들, 알록달록한 약속들.

〔일곱 닢〕

모든 덧문들이 사막에 도착한다. 풀들이 웅크리고 앉아 있는 구불구불한 언덕들을 지나, 울퉁불퉁한 구름 밑을 지나, 재빠른 회색 들쥐들의 새까만 눈을 지나, 갑자기 불어대는 모래바람을 지나, 아무것도 뵈지 않는 지평선을 지나, 구름의 눈물처럼 쏟아지는 소나기를 지나.

독수리 한 마리가 모래바람 속으로 날아오른다.
독수리의 검게 편 날개, 보이지 않는 그 비상을 보아라. 비상은 실은 끊임없는 정지이다.
독수리는 들쥐를 잡으려 한다.
회색 들쥐의 치켜뜬 눈을 보아라. 온몸을 속도로 적시며 달아나는 그것, 빠르기도 하구나. 그것은 이쪽 모래구멍에서 저쪽 모래구멍으로 재빨리, 들키지 않으며 사라진다. 사막이 그것들의 달리는 속도로 순간 구겨진다.

보이지 않는 그 눈을 보아라. 현재처럼 환상이다. 오늘에 서서 오늘을 잡으려는 것처럼, 어리석고 어리석은 환상이다.

현재는 보이지 않으며 재빨리 사라지는 것, 들쥐보다 재빠른 것, 과거보다 미래보다 재빠른 것.

시의 몸밖에 없다. 우둔해서 그리 재빨리 사라질 수 없는 그 침묵밖에 없다. 그 침묵은 현재를 잡는다.

〔여덟 닢〕

사막의 초입에 가난한 초원이 앉아 소나기를 기다린다. 초원은 未來所이며 過去所이다. 未來帶이며 過去帶이기도 하다. 미래소인 초원이 현재의 야생화를 던지기 시작한다.

〔아홉 닢〕

야생화마다 앉아 있는 햇빛 한 줌. 햇빛 한 줌마다 웃음을 던지는 양털구름들.

그대가 거기 분홍잎 위에 앉아, 황금빛 시곗줄을 만지작, 만지작거리고 있구나.

[열 닢]

그러면 시인이여, 무명 시인이여

그대 안에서 햇빛 던지는 그 태양을 꺼내라. 그것을 그대 우연의 산기슭에 세워라. 거기 필연을 존재하게 하라. 우연투성이인 이 영원회귀의 사막 끝에 필연의 사원을 세워라.

그 사원이 비록 신기루같이 보이더라도 세워라. 자꾸 세워라.

그대가 도와줄 것이다. 그대가 애인이 될 것이다.
그 사원이 시이게 하라. 통통한 시의 몸이게 하라. 그것이 우리를 깨우리니.

무의미를 유의미이게 하라. 필연의 부재가 필연의 존재이게 하라. 그것이 우리를 깨우리니.

소나기가 그쳤다. 다시 들쥐들이 달리기 시작한다. 사막에 무지개가 걸렸다. 재빠른 들쥐의 눈이 무지개의 허리 아래서 모래를 핥기 시작한다.

저쪽 언덕 위 하얀 천 지붕 게르 뒤편에 무지개가 떴다. 무지개의 둥글고 긴 팔이 순간 하늘과 땅을 안는다.

〔열한 닢〕

여행은 고독이다.
붉어오는 땅의 한켠.

여행은 존재의 권력이다. 끊임없는 출발이다.

출발은 무명 시인인 그대의 출생증명서를 내보인다.

〔열두 닢〕

모래와 풀의 경계에 낙타들이 나타났다. 분홍 무릎을 자주 꿇는 저 낙타, 복종의 뜻을 너무 빨리 깨달은 저 갈색 무릎. 긴 속눈썹으로 바람을 맞받는, 우연 속의 필연처럼 솟은 낙타들의 육봉.

〔열세 닢〕

별이 일어선 밤이었다. 몽골 소년 데기는 온 얼굴의 근육을 씰룩이며 웃었다. 웃으며 게르 앞에 앉아 게르의 천장 같은 하늘의 천장을 가리켰다. 몽골 소녀 아기도 별 같은 웃음을 수줍게 흘렸다. 얼굴 위로 별이 흘러갔다.

〔열네 닢〕

별똥별이다. 침 흘리는, 하늘의 순간의 입술.

〔열다섯 닢〕

거기 별들이 일어선 곳에 네 시의 사원이 일어서게 하라. 시의 휘장이 별똥별처럼 펄럭이게 하라.

〔열여섯 닢〕

순례자의 노래인 시, 순례자의 현재의 노래인 시, 거기 사방 하늘이 무거워 별의 황금 허리띠 반짝이는 허리, 별똥별을 내려놓으니.

이제 그 별 소리, 별똥별 소리—

찬바람 부는 바이칼 호수에 도착했다.

바이칼은 어딘가로 가버린 바이칼, 오믈만이 있는 바이칼.

오믈은 바이칼의 신이다. 구운 오믈을 뱃전에 놓고 취한 사람들은 살을 뜯었다.

바이칼은 없었다. 살점을 다 뜯기고 흔들거리는 오믈의 뼈만이 있었다.

신은 없었다. 신의 뼈만이 너울거릴 뿐.

그대가 세운 그 시의 사원의 望瓦가 새벽이면 그 호수로 달려와 신의 눈썹 위에서 얼굴을 말갛게 씻고 가게 하여라.

〔열일곱 닢〕

부탄을 아는가. 저 폴리요라는 외딴섬에서 판타나나무의 탐스런 열매를 먹으며 사는 도마뱀. 그 누군가와 눈만 부딪쳐도 나타나지 않는 그것. 누구한테든 자기를 들키면 꼬박 삼 주간을 나무에서 내려오지 않는 그것.

그대의 시, 그럴 수 있는가, 무명 시인이여. 부탄만큼이라도 부끄럼을 아는지, 그렇게 고독한지.

〔열여덟 닢〕

다시 말한다. 이 여행은 고독의 호수로 가는 길이다. 거기 바이칼 호수의 기차는 늘 달리고 있다. 그대 시의 고독, 바이칼 호수의 수평선처럼 길고도 넓은 품을 지녔는가.

〔열아홉 닢〕

시는 그런 고독의 호수이다. 호수에서 불어오는 차고 정결한 바람이다.

삼백예순 개의 강이 흘러들어오는 평면이다. 수천수만의 강이 달려들어오는 곳, 나가는 길은 단 하나이다. 그대의 가슴과 만날 때뿐.

그런데 그대는 '아무도 내 시를 읽지 말기를' 하고, 한밤중 네거리에서 외칠 수 있는가. '그 누군가 한 사람만은 읽기를' 하고 외치고 있는 건 아닌가. 아니, 후세에는 읽을걸, 하고 스스로를 쓰다듬고 있지는 않는가. 아니, 읽기를 구걸하고 있지는 않는

가. 지갑을 만지며 팔리기를 바라지 않는가.

잊지 마라. 우연이 그대의 화폭을 지나가게 하라. 시의 머리카락은 그 호수에서 불어오는 바람에 우연히 날릴 때 더 길고 탐스러움을.

〔스무 넋〕

시의 한 행, 시의 한 행은 그 호수의 잔물결이게 하여라. 시의 언어는 그 호숫가의 모래이게 하여라.

끊임없이 모래는 호수의 세포 속을 드나든다.
그러면서 흐른다. 물의 변주를 노래한다.
그런데 너는 머물고 있구나. 시인이여. 어서 떠나라. 아직도 거기 머물고 있는가. 옛집은 틀이며 진부함이며 상투성임을.

정말 시인인 그대는 아무도 읽지 않기를, 하고 외쳐야 한다. 언젠가, 누군가, 만약 몇 사람이라도 읽기를, 또는 후세에는 반드시 읽을 그 누군가 있을 것이다, 라고 한다면 실은 그대는 그대를 팔기를 원하고 있는 것이다.

그냥 사라지기를, 먼지와 합방하기를 원하라. 그것으로 족하라.

햇살에 비치는 먼지로, 별똥별의 '순간입술'로 하늘과 입 맞추어도 결코 훌쩍이지 마라.

〔스물한 닢〕

여행의 可視性.

여행의 可視性을 포획하라. 한 채의 집을 지으려는 자는 늘 떠난다. 머물지 않는다.

여행의 可視性과 不可視性.

늘 또 다른 곳으로 가라. 내면에 다른 곳의 별똥별이, 별똥별의 휘장이 펄럭이게 하라.

그대의 여행 가방을 특수 재질로 만들라. 모든 시간으로 하여금 그대의 가방 속에서 특수화되게 하라. 무의미의 특수화가 일어나게 하라. 그대, 순간일지라도 유의미해지리니. 그것이 현재이다. 살아 있는 자의 현재. 눈썹으로 살기!

시라는 열차는
꼬리칸의 힘으로
달린다

권혁웅

권혁웅

1997년《문예중앙》으로 등단했다. 시집《황금나무 아래서》《마징가 계보학》《그 얼굴에 입술을 대다》《소문들》《애인은 토막 난 순대처럼 운다》가 있다. 이상화시인상, 현대시학작품상, 미당문학상, 시인협회 젊은시인상 등을 수상했다.

1

어린 시절 나는 여러 번 나를 유배 보냈다. 또래 아이들과의 모임에서 빠져나와 골방에 틀어박히곤 했다. 지금 생각해보니 대개는 책과 관련되어 있었다. 내 기억이 맞다면 최초의 골방행行은 열 살 무렵이었다. 다이제스트판《일리아드》를 읽은 뒤에 장기알과 바둑알을 모아 혼자 트로이전쟁을 벌이고 놀았다. 이 년 후 우리 집에 소년소녀 세계위인전기전집이 들어왔다. 에디슨에서 헬렌 켈러까지 스무 권이 넘는 책을 읽느라 동네 친구 전부를 잃었다. 중학교 들어갈 무렵에는《삼국지》에 빠졌다. 중고등학교 내내 머릿속에서 내가 아는 아이들을 장수로 둔갑시켜 대하역사소설을 썼다. 그때는 성경에 빠져 살았던 시기이기도 했다. 성경책이 내게는 국영수였다.

책은 나를 세상에서 끄집어내어 골방으로 밀어넣은 주범이었지만, 나는 거기서 역설적으로 세상을 만났다. 책 하나에 세상 하나. 한 책은 제가끔 구축된 말들의 질서, 생각의 질서, 세계관의 질서 하나씩을 품고 있다. 그게 상징이다. 그러나 그 상징들에는 숨 쉴 틈이 많지 않았다.《일리아드》에는 변덕스러운 신이 주관하는 생사가 있었고,《삼국지》에는 음모와 모략이 지배하는 권력투쟁이 있었다. 성경은 아무리 손 내밀어도 잡히지 않는 천국과 그걸 따른다는 자들이 연출한 지옥이 동거하는 곳이었고, 위인전은 '언제 태어나서 어떻게 살고 언제 죽었다'로 간추려지는 무미건조한 성공담에 지나지 않았다. 그러던 어느 봄날, 시가 찾아왔다. 자연발생적인 감정이었지만, 어떻게 보면 가난하고 시끄럽고 죄의식으로 허덕이던 지친 영혼이 얻을 수 있는 최선의 위안이 그게 아니었나 싶기도 하다. 밤에 누워 있다가 일어나서, 내가 쓴 시들을 펼쳐 읽곤 하던 기쁨을 지금도 잊지 못한다. 나는 자식이 없지만, 노트에 끄적거린 그 시들은 순산이건 난산이건 간에 내 자식들이 분명했다. 혼자 할 수 있는 놀이에는 두 가지가 있다. 시와 수음. 후자가 허탈감으로 끝났다면 전자는 득남, 득녀 수준까지는 아니더라도 득템 정도는 된다. 시를 쓴 덕분에, 고등학교 이후로 삶의 궤적을 일직선으로 그을 수 있었다.

2

1989년 십이월, 처음 신춘문예에 투고했다. 4학년 1학기를 마치고 휴학 중이었다. 첫 연애가 참담하게(모든 사랑의 끝은 참담한 것이니까) 끝난 후에, 입대 선물로 내 자신에게 시인 이름이 박힌 명함을 주고 싶었다. 십이월 이십육 일인가 이십칠 일인가, 모르는 이에게서 전화가 왔다. 권혁웅 씨죠? 네 전데요. 두근거렸다. ……신문사입니다……를 기다렸으나 그 남자는 기자가 아니었다. 일월 팔 일 입대 영장 나왔습니다. 1990년이 되자 나는 군인이 되었다. 그해 일월은 내내 폭설이었다. 연병장 전체가 작업장으로 변했다. 훈련소에서 3당 합당 소식을 들었다. 신춘문예 열병은 1997년이 되어서야 끝나게 된다.

3

1997년에 등단하고 2000년에 첫 시집을 냈다. 십 년 동안의 습작 시절이 두루두루 섞여 있는, 두루치기 같은 시집이다. 세상 물정을 잘 몰랐으므로 내 시집 가운데 가장 때가 덜 탄 시집이기도 하다. 그래선지 소수의 독자들은 그 시집 이후의 내 시력을 낙원 추방의 역사로 보기도 한다. 동의하기 어려운 말이긴 해도 두 번째 시집이 실낙원 이야기라는 것은 어쩔 수 없는 사실이다.

우리 가족은 넓은 마당에 살았다. 서울시 성북구 삼선동 일대, 번지 앞에 산山이 붙는 동네였다. 넓은 마당이라고 해봐야 마을버스가 겨우 회차하는, '빠꾸'하다가 남의 집 담벼락을 들이받기도 하는, 조그만 삼거리에 지나지 않았다. 그 좁고 고불고불한 길들이 지금도 기억난다. 이유는 세 가지다. 첫째, 우리 집은 일이 년에 한 번씩 이사를 다녔다. 집주인이 고성방가가 특기인 임차인을 좋아하지 않았기 때문이다. 산동네의 윗집 아랫집을 오르내렸다. 둘째, 그 산자락에 위치한 교회를 열심히 다녔고 그래서 담임선생을 따라서 혹은 담임선생이 되어서 동네방네 심방을 다녔다. 셋째, 학년을 올라갈 때마다 마음에 둔 그녀가 생겼다 사라졌으며, 그때마다 새로운 골목길을 익혔다. 내게는 그곳이 세상이었다. 그러던 곳이 두 번째 시집을 쓸 무렵에 재개발지구가 되었다. 폐허가 왕王이라는 게 실감났다. 죽음도 그럴 것이다. 삶이 아무리 생생하고 숨탄것들을 순풍산부인과처럼 낳는다 해도 결국엔 죽음의 영토에 넘겨줄 수밖에 없다. 사람만 그런 것이 아니라 사람이 사는 집도 그렇다. 모든 집의 운명이 그럴 테지만, 산동네 재개발지구만큼 몰살의 운명을 맞는 곳은 없다. 모든 집이, 그 집에 살던 모든 사람이, 그 사람들에 대한 모든 기억이 송두리째 사라진다. 그걸 시집에 옮겨오려고 했다. 가난한 낙원은 사라지고 말로 지은 바벨탑만 남았다. 《마징가 계보학》이다. 다른 곳을 다녀보니 작은 동네는 어디나 약국 앞, 교회 앞, 넓은 마당, 병원 앞, 버드나무슈퍼…… 같은 지명들을 품고 있었다. 저 시집이 품은 사연들이 보편성을 가질 수도 있겠다 싶었다.

4

한 글에서 나는 이렇게 썼다. "내게 서정의 대상은 산과 나무, 들과 꽃이 아니었다. 내 살던 동네에는 그런 게 없었다. 그저 시멘트 담과 축대, 높낮이 심한 계단들, 벌레들이 자주 나오는 작은 방이 있었을 뿐이다. 그런데도 지금도 산동네 풍경을 보면, 뭔가가 울컥하고 올라온다. 거기서 나는 만화영화와 플라스틱으로 조립한 모형 비행기, 뽑기, 번데기 리어카, 다방구, 딱지, 소년소녀 세계위인전기전집, 주사酒邪와 첫사랑, 교회의 여름성경학교와 수련회, 프로야구와 〈애마부인〉, 《선데이서울》과 살았다. 나는 대중문화 코드에서 서정을 발견했다. 거기에 내가 몸과 마음을 붙여두고 살았던 까닭이다. 서정은 서정적인 대상, 이를테면 자연 사물에서 생겨나지 않는다. 서정은 발화하는 자의 마음에서 생겨난다. 그걸 자연 사물에 의탁해온 것은, 그 사물들이 시인을 둘러싸고 있었기 때문이다. 그런데 내게는 그게 없었다. 지금도 나는 꽃과 나무와 새를 노래하지 않는다. 거기에 관해서 거의 아는 게 없기 때문이다. 한때는 도감을 뒤지며 시를 쓴 적도 있다. 다정큼나무나 분꽃, 조팝나무 같은 이름들 말이다. 지금 생각해보니 그게 콘셉트다." 이게 《마징가 계보학》을 쓴 이래 지금까지 내가 생각하는 서정이다.

5

어렸을 때의 나는 교회돌이였지만 지금의 나는 유물론자다. 하지만 신이 없다고 믿는, 종교는 아편이라고 생각하는 그런 유물론자는 아니다. 신성神性이 있다면 몸에 거해야 한다고 믿는, 감각을 떠나서는 어떤 황홀경도 있을 수 없다고 믿는 그런 유물론자다. 타자를 영접하는 체험이 아니라면 엑스터시란 아무것도 아니다. 그런 점에서 감각에는 환대의 윤리가 깃들어 있다. 그것은 제 논리와 감정으로 상대를 성형하거나 정형하는 게 아니라, 상대의 절대적으로 다른 그 절대성, 그 다름을 인정하는 것이다. 그때에야 감각이 신성의 봉헌물이 된다. 그것의 다른 이름은 물론 사랑이다. 연애시집이란 별명이 붙은 세 번째 시집 《그 얼굴에 입술을 대다》를 이런 믿음으로 썼다. 시를 쓰면서 일부러 감정을 제한하려고 애썼다. 감각과 감정은 다른 것인데, 감상과는 더더욱 다른 것이다. 감상을 차단해야 타자의 얼굴이 떠올라온다고 믿었고, 감정에 사로잡히지 않아야 감각이 일러주는 받아쓰기가 가능하다고 믿었다. 돌이켜보면 잘못 생각한 것 같다. 잠재적인 독자들의 기대를 나는 배반했다. 본래의 의도를 관철하려 했다면 적어도 제목을 그렇게 정해선 안 되었다고, 이제 와서야 생각한다.

6

1990년은 내게도, 우리에게도 암담한 시절이었다. 나는 시인이 되는 대신에 군인이 되었으며, 우리는 민주주의를 꽃피우는 대신에 군사정권을 연장하는 거대한 기득권 체제 아래 놓였다. 어렵게 쌓아왔던 민주주의의 열매가 도로 도로徒勞가 되었다. 어쩌면 그 합당의 주역은 셋을 곱해서 제로가 되는(0×3) 이상한 게임을 고안했던 게 아닐까? 역사는 잠깐의 성공과 무수한 반동으로 점철된다는 것을 나는 지난번 대통령 치하에서 배웠다. 촛불을 절이 아닌 사찰로, 그것도 불법佛法이 아닌 불법不法으로 불어서 끄고, 청계천에서의 이상한 복개 공사를 전국의 모든 강으로 확장했다. 광화문 앞에 쌓은 산성과 불타오르던 용산과 우리 삶에 강요하던 신라면보다 매운 신산고초와 우리 지갑에 강요하던 정산서가 있었다. 허깨비들이 주인이 되어서 실제의 주인들을 허깨비로 만드는 세상이었다. 소문에 소문으로 대항해야 한다고 믿었다. 《소문들》을 그렇게 썼다. 세상에 떠도는 말들을 채집해서 떠도는 허깨비들에 합당한 선물을 주고 싶었다.

한 대담에서 이 시집에 관해 이렇게 말한 적이 있다. "시집을 4부로 구성했는데, 1~3부가 〈소문들〉, 〈야생동물 보호구역〉, 〈드라마〉 연작을 중심으로 구성되어 있어요. 우리 사회가 무협지 수준의 깡패 논리에 지배받는다는 것(1부), 인간의 본질이 동물의 모습이나 양태로 설명된다는 것(2부), 개별자들의 관계가 고작 드라마의 문법으로 포착된다는 것(3부)을 폭로하고 싶었죠. 최근 몇 년 동안 힘 있는 자들의 탐욕에 희생된 사람들이, 생활이 아니라 생존밖에 할 수 없는 이들이, 또 천민자본주의의 그물에 희생된 사람이 얼마나 많아요? 시대에 대한 울분이 꽉 차서 압력밥솥 안의 증기처럼 터져나오곤 했죠. 나도 그중의 한 사람이고, 동시대를 살아가는 사람으로서 가만히 있을 수는 없다고 생각했죠. 시집 원고를 보내면서 뒤표지 글에 '버림받는 걸 두려워하지 않을 것이다'라고 썼어요. 좋은 세상이 되어 이 시집의 비판이 무능력해지는 때가 어서 왔으면 해요." 그때는 여전히 오지 않았지만, 여하튼 《소문들》의 세계에서는 벗어날 때가 되었다.

7

얼마 전 다섯 번째 시집 원고를 출판사에 넘겼다. 후기에 "세속이 그 지극한 경지 안에서 스스로를 들어"올리길 바란다고 썼다. 지금 내 시의 화두는 '세속'이다. 내가 생각하는 세속이란 이런 것이다.

첫째, 세속은 항상성을 품고 있다. 권력자가 아무리 교체된다고 해도, 왕조

와 공화국이 바뀐다 해도 나라의 질료인 민중은 항상 있을 것인데, 그 민중이 영위하는 삶의 형식이 바로 세속이다. 어느 권력자도 민중을 이기지는 못한다. 민중을 대상으로 해서만 권력이 발휘될 수 있기 때문이다. 《설국열차》에서 열차를 추동하는 힘은 엔진이 아니라 꼬리칸 사람들이다. 꼬리가 머리를 밀어주어서 열차는 달릴 수 있는 것이다. 세속은 영생의 다른 이름이다.

둘째, 세속은 자신을 구원한다. 자신 바깥에서 구원이 오지 않는다는 것을 세속은 알기 때문이다. 세속은 성스러움의 반대에 놓인 지경이 아니라 성스러움을 출현시킨 바탕이다. 성이야말로 세속의 자식일 터, 어미를 부정하고 고결해지는 성스러움이란 애초에 있지 않다. 세속은 우리에게서 나와서 우리를 들어올리는 자가동력이다. 셀프서비스로 자신을 살려낸다는 것, 멋지지 않은가?

셋째, 세속은 슬픔과 웃음을 결합한다. 지극한 형용모순의 상태가 세속이다. 예전 어른들은 "울다가 웃으면 똥구멍에 털 난다"고 놀리곤 했다. 지금 생각해보니 슬픔과 기쁨을 동시에 누릴 수 있어야 어른이 된다는 얘기다. 유머야말로 세속이 갖는 자기 정당성이다. 시골 어르신들 볼 때마다 느끼는 거지만, 자신의 슬픔마저 웃음의 원천으로 삼는 넉넉한 힘이 바로 주름의 힘이다.

8

늙음과 사랑, 순간과 영원, 추억과 무한, 성과 식. 이런 형용모순이 세속의 주제다. 늙는다는 것은 끊임없이 죽음에 저항한다는 것, 아직 죽음에 몸을 넘겨줄 때가 아니라는 결기다. 그 반대편에 사랑이 있다. 로맨스그레이야말로 구원의 한 형식이다. 사랑은 순간을 영원한 것으로 고정시켜주는 스냅사진이다. 첫사랑이야말로 내게 무수하게 돌아오는 영원이 아닌가? 그것은 추억이기도 하다. 무한한 도돌이표를 우리는 추억이라고 부른다. 그리고 그 모든 게 '먹는다'는 행위 속에 집약된다.

9

욕망으로 치환되지 않는다는 전제만 있다면, 사랑하는 이를 사랑한다는 것— 이 동어반복이야말로 모든 시에 내재한 동력일 것이다. 내 시의 꼬리칸에는 사랑하는 이들이 산다. 그리고 시라는 열차는 바로 그이들의 힘으로 달린다. 그러니까, 이런 말이다. "여보, 밀어!(=사랑해!)"

죽음이
연기를
불러왔다

김언

김언

1973년 부산 출생.

1998년 《시와사상》으로 등단했으며,

시집 《숨쉬는 무덤》《거인》《소설을 쓰자》《모두가 움직인다》가 있다.

미당문학상, 박인환문학상, 동료들이 뽑은 올해의 젊은 시인상 수상.

한동안 죽음을 생각하지 않고 살았다. 매일 새벽 잠들기 전 따라붙던 공포의 순간도 잊고 살았다. 담배 때문에 한참 더 살아야 할 나이를 채우지 못하고 암으로 죽는 공포. 가족력에서 비롯된 이 공포 때문에 내일이라도 당장 담배를 끊어야 한다는 부질없는 각오와 더불어 잠이 들고 잠이 깨고 아침에 일어나서는 다시 담배 한 대. 담배로 시작하는 하루. 커피와 함께 돌아다니는 나의 일과. 담배와 커피. 떼려야 뗄 수 없는 이 둘 사이에서 이 글은 시작한다.

커피는 향이고 담배는 연기다. 둘 다 진로를 알 수 없는 부산물을 거느리고 있다. 커피의 향이 어떻게 빠져나와서 어디로 가는지, 연기는 왜 시작해서 어디까지 가서 사라지는지 나는 알 수 없다. 아마 가장 정교한 수학 이론도 이들의 진로를 정확히 계산하지는 못하리라. 정처 없고 규칙 없고 끝을 모르는 이 둘의 운명 앞에서 한 사람의 인생을 떠올리는 것은 지극히 자연스럽고 한편으로 식상한 일.

연기처럼 알 수 없는 운명. 향처럼 번져가는 한 사람의 삶과 죽음. 문학의 가장 통속적인 뿌리는 대부분 여기에 발을 담그고 있다. 어떤 말을 동원해도 결코 해명이 되지 않는 삶. 그리고 죽음. 속 시원한 말을 들을 수도 없고 할 수도 없기 때문에 누군가는 이야기를 만들어내고 누군가는 이미지에 집착하고 누군가는 소리에 민감해진다. 삶과 죽음에 대해 겉도는 이야기들. 삶과 죽음을 스쳐가는 이미지들. 삶과 죽음을 미끄러지듯 흘러다니는 소리들. 음악들.

모든 예술은 삶과 죽음을 관통하기 위해서 태어나고, 또한 관통하지 못해서 풍성한 부산물을 만들어낸다. 아무리 뛰어난 예술 작품도 사람의 삶과 죽음 그 자체는 되지 못한다. 삶과 죽음을 관통하지도 못한다. 정복하지도 못하고 포괄하지도 못한다. 다만 그 곁에서, 그것과 더불어, 그것에 신세 지면서, 그것에 영향을 끼치면서, 그것과 별개로서 밀접하게 붙어 있을 뿐이다.

삶과 죽음을 자신과 맞바꾸는 예술은 가능하다. 그럼에도 예술이 삶과 죽음 자체가 되지 못한다는 사실은 변함이 없다. 삶과 죽음에서 비롯되지만 결코 삶과 죽음이 되지 못하는 예술. 덕분에 예술은 인간에게 삶과 죽음이 지속되는 한 영원히 사라지지 않는 운명을 타고났다. 삶과 죽음을 완결하지도 완성하지도 못하기 때문에 불멸을 타고난 예술. 그것은 삶과 죽음을 끝없이 스치면서 비켜간다. 태어나는 순간 삶과 죽음과 유리되는 예술의 운명은 안착을 모르고 진보할 것이다. 덧없고 정처 없는 진보. 매일 밤 항로를 바꾸는 진보의 깃발.

나는 죽음이 두려워서 시를 쓰고, 내 삶이 언제 어떻게 끝장날지도 모른다는 공포 때문에 이미지를 본다. 연기의 이미지. 매 순간 뭉쳤다가 흩어져가는 삶의 이미지이자 가없는 데서 다시 찾아오는 죽음의 이미지. 내 방에는 커피 향이 그득하다. 자욱한 담배 연기와 더불어. 찌꺼기도 마지막까지 향을 남긴다. 꽁초가 될 때까지 담배는 연기를 피운다. 볼품없는 찌꺼기와 꽁초. 향이 다 빠져버린 삶과, 꽁초와 다를 바 없는 한 사람의 시체는 왜 이렇게 닮았나 묻기도 전에 연기는 달아난다. 멀리 더 멀리.

*

연기는 수명이 다할 때까지 사라져간다. 작가도 시인도 수명이 다할 때까지 쓰다가 간다. 남는 것은 담배꽁초다. 이걸 가지고 고매한 문학 정신이라고 불러도 좋고 쓰레기라고 불러도 좋다. 여기 없는 자에게는 아무런 상관도 없는 평가. 그러나 그는 그 평가에 연연해한다. 담배를 태우면서 술을 마시면서 마음을 가다듬으면서 때로는 거의 자포자기하면서 자신의 문학이 어떤 대접을 받는가 신경을 쓰고 또 쓴다. 죽는 순간까지 게임은 계속된다. 사라지는 순간까지 연기는 끊어지지 않는다. 여기 있는 자에게는 그 자체가 하나의 평가다. 연기는 사소한 바람에도 영향을 받는다. 살아 있는 순간 그는 언제나 방향을 튼다. 모든 것이 장해물이면서 하나의 동기가 된다. 너는 이제 어디로 갈래? 연기처럼 정처 없는 이 글이 단 하나의 목적을 가진다면 재미없는 일이겠지. 적을 말하면서 나는 자꾸 동반자를 말하고 있다. 새벽까지 쓰는 이 외로운 시간, 내 글의 유일한 동반자는 담배 연기다. 담배가 없으면 똥도 못 누고 담배가 없으면 밥을 먹은 것 같지도 않고 담배가 없으면 답답한 마음을 하소연할 곳도 없다는 생각에서 많이 자유로워졌지만, 내가 쓰는 내 글만은 어쩌지 못하고 담배를 찾는다. 내가 찾는 것인가, 내 글이 찾는 것인가? 누가 찾더라도 반드시 등장해야만 쓸 수 있는 글, 혹은 시.
담배 없이 나온 문장은 그래서 무언가가 빠진 느낌이다. 문법에는 맞지만 부자연스러운 글, 문법과 상관없이 자유로운 글. 둘 중에서 하나를 택하라면 담배는 당연히 후자를 택한다. 마치 연기가 장애물을 비켜가듯이 문법을 비켜가는 문장. 이것이 없으면 관공서에나 줘버려야 될 문장. 학교에서나 다시 다듬어야 될 문장. 흡연이 합법적인 공간은 갈수록 줄어들지만, 연기가 만들어내는 문장이 불법인 곳은 어디에도 없다. 시가 닿는 곳이라면 연기는 어디든지 가서 훼방을 놓는다. 질서와 규칙과 법률과 그리고 우리의 상식을.
담배는 맛있고 연기는 자유롭고 이 글은 주제를 벗어나고 있다. 원점에서 다시 시작하려면 담배에 다시 불을 붙여야 한다. 매번 달라지는 담배 연기를 다시 마시고 내뱉어야 한다. 담배는 쓰고 연기는 자욱하다. 연기가 숲을 이루면 매캐한 숲을 헤치고 한 문장씩 격전을 벌이는 장면이 튀어나온다. 적군과 아군의 구분이 불가능한 전투. 연기는 연기와 몸을 섞는다. 동지와 적이 서

로 내통하는 사이 동지가 적이 되었는가 적이 동지가 되었는가 따져 묻는 것은 무의미하다. 그것은 대체로 한꺼번에 온다. 덩어리째 온다.

*

고맙게도 죽음이 연기를 불러왔다. 한동안 잊고 있던 죽음. 거기서 다시 시작되는 나의 메모는 연기를 가장 튼튼한 동아줄처럼 붙잡고 있다. 그것이 나의 유일한 신념. 붙잡고 붙잡아도 헛손질뿐인 나의 발악을 겨우 문체로 바꾸어놓은 것. 그것이 나의 시다. 부정할 수 없는 나의 정체이며 아무도 귀담아듣지 않는 나의 고백이며, 그리하여 나의 시는 단단한 문체로 위장된 겁먹은 얼굴. 부질없는 표정. 잠을 이룰 수 없는 오늘 밤.
나는 나의 공포로부터 가장 높은 빌딩을 세웠다. 언제 허물어질지 모르는 나의 약속은 가장 깊은 우물 속에서 올라온다. 퍼내고 퍼내어도 그것은 평정을 모른다. 바닥을 드러내지 않는 깊이 속에 푹 잠긴 얼굴. 매 순간 죽어가는 얼굴. 어딘지 모를 마지막 장소를 찾아가는 것이 나의 전 생애라는 사실을 당신은 부정할 수 있는가.
이 연기는 그러나 같이 나눠 피울 수가 없다. 오로지 담배 한 대에 입술 하나. 돌려 피우더라도 방금 뿜어져나온 저 연기는 오로지 한 사람의 입에서만 비롯되었다. 연기는 공유할 수 있지만 연기의 출처는 오직 한 사람. 아무도 나의 죽음을 공유할 수 없다. 오로지 나 혼자서 들이마시고 내쉰다. 마지막 숨을. 마지막 호흡을 뚝 하고 그치는 것이다. 한 번 들어간 숨은 나오지도 못하고 내부의 허공을 꽉 채우면서 떠돈다. 연기는 나의 모든 곳을 장악하며 사라져간다. 내 말이 모든 곳에서 싹을 틔우고자 흩어지는 것처럼. 형체도 없이. 내 말을 피워올리는 사람에게 다가가서 물었다. 당신의 연기가 내 얼굴을 잠깐 찔렀다고 항의해봤자 그것은 달아나고 없다. 그는 기억도 하지 못한다. 그가 내뱉었던 극렬한 연기를.

연기는 끝을 모르고 흘러간다. 끝을 모르고 글을 써나간다는 것. 내가 소설을 쓸 수 없는 이유—소설은 끝을 알아야 쓸 수 있다—이기도 할 그 흐름에 얹어서 사라짐을 미리 얘기하는 것. 사라짐을 각오하고 쓰는 것. 죽음에 대한 어떤 각오도 없이 연기를 따라가고 있으니 나는 아직 흐름. 나의 흐름과 사라짐에 기대어 나머지 말을 찾아가는 것. 아직 당도하지 않은 말을 미리 보는 것. 그것은 이미지. 이미지는 보이지 않는 종말에서 시작한다. 보이지 않는 죽음. 혹은 사라짐.

*

사라짐을 자각하면서 의식이 생겨났다. 언젠가 읽은 한 권의 책(박문호, 《뇌, 생각의 출현》)에서 비롯된 이 문장은 또 언젠가 어느 시인이 했던 발언과 묘하게 겹치는 구석이 있다. "만상萬象이 공空으로 돌아가는 길에 윤리학이 있다."(이성복) 나는 여기에 대해 이런 단상을 남긴 적이 있다. "우리는 언젠가/나중에/결국 사라지기 때문에 역설적으로 도리라는 것을 알고, 인간됨이라는 것을 따지고, 삶이 무엇인지에 대하여 고민한다"고. 허물어지기 때문에 일으켜 세우는 건물. 사라지기 때문에 어떻게 사는가를 고민하는 인간. 윤리의 근원에서 공空이나 멸滅을 발견하려는 태도는 다시, 의식의 전제조건으로 죽음을 소환하는 태도와 맞물린다. 죽음을 선택하면서, 아니 발명하면서 우리는 수명을 가지게 되었고 자식을 얻게 되었으며, 그리하여 역사를 버릴 수 없는 존재로 진화해왔다. 역사 속에서 창궐하고 사멸하는 존재. 인간은 죽음을 자각하면서 의식을 의식하는 존재로 거듭나왔다.

그리하여 '나는 왜 죽을까?'는 '나는 왜 의식하는 걸까?'와 같은 질문이다. 의식이 있기 때문에 죽음에 대해 질문하며, 죽음이 있기 때문에(실은 죽음을 발명했기 때문에) 의식은 끊임없이 의식을 재생산한다. 의식의 정점에서 인간은 여타 동물과 구분되는 자신의 의의를 발견한다. 나는 생각하는 동물이며, 그 생각을 다시 생각하는 동물로서 말을 한다. 누군가에게 혹은 나 자신에게 말하면서 생각하고 생각하면서 다시 말을 바꾼다. 너는 누구냐고. 의식의 한 정점에 인간이 있다면, 인간의 한 정점에서 언어는 의식을 대신하여 의심과 회의의 대상이 된다. 죽음을 두려워하는 것 이상으로 인간은 언어에 대해 채울 수 없는 결핍감을 가지고 있으며, 결핍이 깊어질수록 죽음은 자명한 공포가 되어 인간을 에워싼다. 내가 언젠가는 죽는다는 사실만큼이나 분명하고 확고하게 언어는 완전무결한 세계로부터 추방당해왔다. 언어는 추방자의 언어일 때 비로소 자신의 가장 굳건한 토대를 마련한다. 그것은 늘 움직이고 흔들리는 대지 위에서 자신의 뿌리를 찾는다. 시시각각 변해가는 고향의 위치를 언어는 단 한 번도 정확히 짚어내지 못했다. 그것은 벗어남의 상태이자 달아남의 흔적으로서 우리에게 현전한다. 죽음이 자명해질수록 언어는 불확실성의 적자로서 우리를 지배해왔다. 죽음을 선택한 대가로서 나무, 조개, 새가 탄생했듯이 죽음을 자각한 응분의 보답으로서 언어는 무의식과 손잡고 무의식과 같은 반열에서 인간 존재의 한가운데를 뻥 뚫어놓거나 영원한 암흑지대로 남겨놓았다.

무의식의 한가운데는 비어 있기에 자신의 존재를 증명할 수 없으며 반드시 누군가의 말을 통해서 의식의 일부인 것처럼 둔갑하여 올라온다. 마치 언어의 중심이 비어 있는 것처럼. 스스로 확실한 근거를 상실한 후에야 언어는 비로소 제 주변을 에워싸며 똑바로 선다. 누군가와 비교되는 포즈로 그는 자랑스럽게 서 있고 부끄럽게도 숨어 있다.

나는 나를 지시하지 않으면서 나를 찾아간다. 언어에 기댄 여행은 영원히 미끄러질 수밖에 없지만, 미끄러지면서 쓰다듬는 것. 결을 느끼는 것. 중단하면서 중단의 리듬을 타는 것. 도중에 만난 모든 우연을 필연처럼 가장하고 쌓아가는 것. 허물어지는 것이 두려워서 더욱 견고하게 쌓아놓은 모든 건물이 예술의 이상이며 또한 자존심이다. 그 자존심은 얼마나 겁이 많은가. 얼마나 부실한가. 얼마나 멀리 있는가. 가까이 더 가까이 죽음이 매일 스쳐 지나간다.

시의 이상은 무언가를 끊임없이 쌓는 것이지만 그것은 공터를 쌓아올리는 것과 다르지 않다. 내 얼굴은 뼈대가 완성되기 이전에 먼지로 똘똘 뭉쳐 있다. 먼지를 털어내면서 혹은 씻어내면서 거품처럼 부글부글 끓는다. 화가 났을 때뿐일까, 고요하고 그윽해지는 표정 뒤에서도 거품은 거품을 밀어올리며 자신의 자화상을 완성해간다. 그것은 순간순간 완성되고 순간순간 허물어진다.

어느 순간 뻥 터지기 위해서, 적어도 서서히 침몰하기 위해서 올라가는 자존심. 자존감. 안팎의 경력에 기댄 그의 얼굴은 연륜이라고 표현하든 세월이라고 표현하든 아무튼 시간의 흔적을 붙이고 산다. 가령, 수염을 기른 한 남자의 시간이 붙어 있는 사진. 그림. 혹은 거울. 거울을 보면 저마다 이상하게 생긴 시간이 붙어 있다.

매일 내 얼굴을 그리고 산다. 매일 내 얼굴을 학대하는 파이터처럼 그것은 기괴하게 일그러지고 연기처럼 흐트러지고 거품처럼 펑펑 꺼지는 대지 위의 풍경화. 물론 순간의 풍경이다. 어느 대지든지 시시각각 움직이는 지각변동을 감추고 있다. 어느 토양이든지 풍부하게 균열된 순간들을 포함하고 있다. 나는 걸어가면서 기우뚱한 시를 본다. 나는 누워서도 불안정한 평면을 느낀다. 나는 자면서도 일어나지 않는 사건들의 먼 미래를 두려워한다. 불안하거나 초조해하거나 상관없이 시간은 다음 시간을 잡아먹으며 흘러간다.

*

이제 시간이 얼어붙을 차례다. 시를 위해서가 아니라 생각의 다른 면을 비추기 위해 세상의 모든 시간은 공간에 달라붙어 꿈쩍도 하지 않는다. 삼차원의 공간좌표 하나에 시간좌표 하나를 붙여두면서 우리는 겨우 시간이 정지해 있다는 것을 상상한다. 체감은 멀다. 인간은 수명을 선택한 동물의 후손이니까. 유한한 수명은 발생 가능한 모든 경우의 수를 조합해서 후손을 만들어낸다. 반면에 자기 증식을 거듭하는 단세포생물의 무한한 수명이 만들어내는 조합은 단 하나다. 바로 자기 자신. 그들은 진화를 거부하면서 자신을 선택한다. 다세포 생명체는 진화를 선택하면서 결과적으로 자신을 부인했다. 그들이 선택한 것은 달리 말하면 자손이다. 자신을 거부하면서 자손을 선택한 지구상의 생명체 중 인간만이 유일하게(적어도 강렬하게) 죽음을 자각한다. 죽음의 자각에서 비롯된 이 이상한 의식세계의 극점에서 진보라는 개념이 탄생했다. 말하자면 자신을 거부하면서 진화를 선택했고, 진화에 덧붙여 진보를 선택한 인간의 의식세계는 시간의 누적을 긍정하는 동시에 두려워한다. 시간이 흐르지 않는다면 역사도 진보도 진화도 아무런 소용이 없는 개념. 정말로 시간이 멈추어 있다면 단세포생물의 선택이 현명했다. 정말로 시간이 얼어붙은 것이 우주의 진실이라면 고등생물로 끝없이 가지를 뻗어온 다세포 생명체의 진화는 부질없는 작업이라는 딱지를 떼기 힘들다.

시간은 흐른다. 이걸 부정하면서 역사는 만들어지지 않는다. 얼어붙은 시공간의 좌표 속에서도 기어이 순서를 매겨서 흘러가게 만드는 것. 방향을 가지게 만드는 것. 그것이 의식이며 그것의 시원과 종말에는 언제나 한 개체의 죽음이 자리 잡고 있다. 나는 죽으면서 시간의 정지를 거부한다. 나는 태어나면서 세계에 또 하나의 시계를 추가한다. 똑딱똑딱. 심장박동 소리가 만들어내는 시간은 시공간의 좌표가 고정되어 있다는 물리학적인 가설을 혹은 진리를 맹렬히 거부한다. 인간에게는 의지가 곧 시간이다. 움직이는 시간. 달아나는 시간. 돌아오는 시간. 흩어지는 시간. 그리하여 한없이 부질없는 시간까지 모두 포함하여 우리는 시간을 산다. 시간 속을 헤매고 시간 속에서 공간을 사랑하고 증오하고 정을 붙이고 혹은 원망한다. 움직이는 시간을 선택한 대가로 사멸해가는 공간의 흔적을 아쉬워한다.

*

언젠가 네가 살았던 집을 찾아가면 너도 없을뿐더러 집조차도 사라지고 없다. 네가 살았던 동네도 바뀌고 없다. 나의 한마디에 까르르 웃음을 터뜨리던 그 순간도 너와 함께 우주 저편으로 흩어지고 없다. 없다는 것이 분명한데도 있다는 것을 말하는 순간이 온다. 시가 탄생하는 순간이다. 예술의 탄생은 허상에서 비롯되며 예술의 변천 역시 허상을 변주해가는 많은 이들의 노고에 불과하다. 시간의 흐름을 선택한 인간이 시간의 정지를 갈구하는 모순의 한 결과물로 우리는 시를 본다. 그리고 너를 본다. 너의 흐름과 사라짐을 마치 정지한 화면처럼 본다.

그때의 그 장면을 생각하면 지금도 목이 멘다. 가슴이 찢어진다는 말도 충분히 가능하다. 체감할 수 있으니까 생명력을 얻는 말. 그 말을 찾아서 감정에 에워싸인 의식은 가까스로 돌파구를 마련한다. 노래, 아니면 그림, 아니면 시? 어느 장르라도 상관없다. 감정의 지배를 받으면서 가까스로 탈출한 후에야 탄생하는 예술. 거기서 완전히 감정을 삭제한 것처럼 보이는 한 장르가 과학이다. 예술과 과학은 멀지 않다. 감정에서 얼마나 멀리 있는가의 차이로 그 둘은 이웃을 맺는다. 울타리 너머엔 전혀 다른 세계가 아니라 조금 다른 이웃이 산다. 나보다 감정이 크거나 작은 이웃. 어쩌면 나보다 감정이 풍부한 과학자가 살고 있을지 모른다. 어쩌면 나보다 훨씬 건조한 이성의 시인이 새로 이사 왔을지도 모른다. 이웃집의 사람은 늘 바뀐다. 우리 집의 주인이 매번 다른 사람과 다른 얼굴로 채워지는 것처럼.

울타리 너머에서 나는 본다. 네가 무슨 말을 하는지 네가 무엇을 보고 듣는지. 나와 너는 분명 다르지만 공기는 이곳저곳을 가리지 않고 파고든다. 먼지는 우리들 공통의 조상이며 후손이다. 허상은 거기서 만들어지고 공평하게 돌아간다. 이미지가 필요한가? 예술을 하라. 논리가 필요한가? 그래도 예술을 하라. 증거가 필요한가? 대답은 똑같다. 과학이 하는 짓이나 예술이 하는 짓이나. 우리는 죽음을 더듬고 의식한다. 잠깐 그리고 오래. 어쩌면 한없이 내가 연기를 지껄였던 것과 마찬가지로.

오직 사랑하는
이들만이
살아남는다

박정대

어느 날 나는 그가 살고 있는 파리의 아파트로 그를 찾아갔다, 그는 전직 천사였다, 그때는 모든 사람들이 여름휴가를 떠난 시기였다, 나는 그의 아파트 아래 있는 한 카페에서 그를 만나기로 했다, 그때 나는 나의 일곱 번째 작품을 준비하고 있었다, 이어지는 본문은 전직 천사와의 삼십 분간의 대화를 거의 그대로 옮겨놓은 것이다

— 시를 쓰는 사람들은 모두 전직 천사들이다, 라는 말을 한 적이 있다, 그 말의 의미는 무엇인가?

시인은, 그 존재만으로도 이미 충분하다, 당신은 나를 인터뷰하는 동안에도 아마 대여섯 번씩 혼자 되뇌일 것이다, '세상에, 정말 멋진 이야기야, 그런데 도대체 무슨 이야기를 하는 거지?'

인터뷰를 하는 도중에 자기 주먹에 해골을 그리는 사람이 시인이다, 시란 어쩌면 야수 안에 있는 미녀를 보여주는 것이다, 마법과 마찬가지로 시는 쉽게 설명하기 힘든 대상이다, 나는 지금부터 시인과 시에 대하여 최선을 다해 당신에게 설명할 것이다, 그러나 당신은 지금 내 몸짓과 표정, 그리고 낄낄대는 웃음소리를 활자로 옮길 수 있는가, 시를 쓴다는 것은 아주 내적이고 외로운 작업이다, 어떤 의미에서는 시인의 이미지 자체가 한 편의 시다, 당신

박정대

1965년 강원도 정선에서 태어났으며 1990년 《문학사상》으로 등단했다.

시집으로 《단편들》《내 청춘의 격렬비열도엔 아직도 음악 같은 눈이 내리지》《아무르 기타》

《사랑과 열병의 화학적 근원》《삶이라는 직업》《모든 가능성의 거리》《체 게바라 만세》가 있으며,

현재 무가당담배클럽 동인, 밴드 인터내셔널 포에트리 급진 오랑캐 멤버로 활동 중이다.

김달진문학상과 소월시문학상을 수상했다.

은 지금 나를 인터뷰하면서 한 편의 시를 읽고 있는 것이다

내 시에서 가장 중요한 결정은 최종 순간에 내려지며, 그때 우연은 아주 중요하게 작용한다. 한편으로 나는 어떻게 보면 늘 같은 시를 반복해서 쓰고 또 쓰고 있다. 사람은 다 다르다. 한 개인의 성격은 자신이 지내온 어린 시절의 결과이며, 사람은 의식하든 의식하지 못하든 하나의 아이디어를 반복해서 계속 재탕하며 평생을 보낸다

시를 쓰는 것은 위대한 탐험이다. 시인은 순수하게 개인적인 이유 때문에, 자신을 위한 무언가를 발견하려고 시를 쓴다. 그러니까 시 쓰기란 되도록 소수의 독자를 목표로 해야 하는 시라는 표현 수단을 통해 일어나는 사적인 과정이다. 시가 그 시만의 관점을 가진 흥미로운 감정을 전달하는 한, 기술적인 실수에 대해서는 아무도 불평하지 않는다는 사실이 증명되었다. 지금 이 순간 만약 시를 쓰고 싶은 사람이 있다면 어떻게 하는지 모르더라도 그냥 착수하라. 그러면 알게 된다. 이것이 시를 쓸 수 있는 가장 확실하고 본질적인 방법이다

어느 정도까지는 남의 시를 보면서 시를 배울 수도 있다. 그러나 여기에는 오마주라는 함정에 빠질 위험이 도사리고 있다. 어떤 훌륭한 시인의 시를 읽

은 뒤 자기 시에 모방해볼 수 있다, 그러나 순수한 존경심에서 해봐야 효과가 없다, 자기가 갖고 있는 문제에 대한 해결책을 다른 사람의 시에서 찾고, 그 영향이 자기 시에서 살아날 때만 모방은 유용하다, 존경심에서 '빌리는 것'이라면, 해결책을 찾기 위한 의도는 '훔치는 것'이며 훔치는 것만이 어쩌면 정당하다, 필요하다면 결코 망설이지 마라, 모든 시인은 훔친다

직관과 즉흥에 의한, 돌발사고라 할 만한 결정 덕분에 시는 마법으로 가득해진다

사실 나는 시를 쓸 때 어떤 구절을 쓰는지 신경 쓰지 않을 때가 많다, 계속 음악만 듣는다, 가령 내가 좋은 시인이라면 분명히 괜찮은 구절들을 제대로 써낼 것이 틀림없기 때문이다, 그래서 나는 분위기에 맞는 음악을 들으며 시를 그 음악에 매치시키는 데 더 집중한다

내가 시에 음악을 사용하든 그렇지 않든 원래의 음악은 여전히 거기에 있다, 유령처럼 보이지 않고 들리지 않지만 음악의 존재는 신을 살아 움직이게 만든다, 그게 어쩌면 시다

시의 독창성이란 허상이다, 시는 경전이 아니다, 시인은 누구나 자기 한계를

갖고 있다, 시를 쓸 때 나는 아무것도 통제하지 않는다

지금 나를 인터뷰하는 인터뷰어는 로랑 티라르일 수도 나 자신일 수도 있으며, 지금 내가 하는 말들은 나의 말일 수도 있고 로랑 티라르의 인터뷰에 응했던 사람들의 말일 수도 있다, 인터뷰어와 인터뷰이는 사실 이 세상의 모든 사람들이다, 그런데 그게 뭐 어떻다는 말인가, 페드로 알모도바르의 영화 제목을 빌려 말하자면, 〈내가 뭘 잘못했길래〉

— 지금, 당신이 있는 이곳은 어디인 것 같은가?

나는 다시 질문을 했다, 그는 허공을 바라보고 있었다, 저녁식사를 하지 않은 나의 창자 속에서는 말 울음소리가 났고 가끔은 시냇물 흘러가는 소리도 났다, 그는 담배를 피워 물면서 말했다

바람이 분다, 톨 강은 마치 지렁이처럼 이 오랜 유목민족의 허리를 휘감고 하늘로 날아오를 듯하다, 갈대며 몽골산 작은 수변 식물들이 천막처럼 펄럭인다, 여기는 울란바토르다

나는 칭기즈칸과 눈을 맞춘다, 반월도처럼 찢어진 그의 두 눈이 톨 강에서 첨벙거리며 놀고 있는 몽골의 아이들을 바라보고 있다

페르소나, 나는 무한한 시간의 페르소나를 생각하며 바람 부는 톨 강가에 서 있다

페르소나, 매그놀리아, 멜랑콜리아, 몽골리아

바람이 분다, 여기는 울란바토르의 톨 강가이다, 톨 강으로부터 바람이 불어온다, 그 바람은 시라무런 초원을 거쳐 나의 내면으로 불어올 것이다, 나는 그런 순간을 시라고 부른다, 나의 시가 말을 타고 타박타박 별빛 쏟아지는 초원의 내면을 횡단하고 있다

아니 여기는 몽마르트르 언덕의 바람 부는 저녁이다

— 평소 자주 만나는 친구들에 대해서 좀 이야기해달라, 그리고 당신은 자신이 언제 시인이라고 느끼는가?

시인의 이름은 모두 다른 이름이며 모든 시인의 이름은 결국 하나이다

가령 인터뷰를 하고 있는 지금 이 순간에도 보이지는 않지만 당신과 나 사이

로 천사가 지나간다

가스통 바슐라르, 갓산 카나파니, 닉 케이브, 라시드 누그마노프, 마르셀 뒤샹, 미셸 우엘벡, 밥 딜런, 밥 말리, 백석, 블라디미르 마야코프스키, 빅토르 최, 아네스 자우이, 악탄 압디칼리코프, 앤디 워홀, 에밀 쿠스트리차, 장 뤽 고다르, 조르주 페렉, 지아장커, 짐 자무시, 체 게바라, 칼 마르크스, 톰 웨이츠, 트리스탕 차라, 파스칼 키냐르, 페르난두 페소아, 프랑수아즈 아르디, 프랑수아 트뤼포, 피에르 르베르디

그러니까 최대의 고통은 사랑을 전제로 한다, 마찬가지로 최고의 사랑은 고통을 전제로 한다, 같은 감정의 다른 이름인 것이다, 아니 모든 감정은 하나의 이름으로부터 온다

이지도르 뤼시앵 뒤카스, 로트레아몽, 아르튀르 랭보, 폴 베를렌, 로맹 가리, 에밀 아자르, 진 세버그, 장 필립 투생, 장 주네, 장 콕토, 르네 샤르, 앙리 프레데릭 블랑, 파트릭 모디아노, 마르그리트 뒤라스, 오노레 드 발자크, 제라르 드 네르발, 스테판 말라르메, 폴 발레리, 폴 클로델, 세르주 갱스부르, 제인 버킨, 양조위, 유가령, 라이너 마리아 릴케, 프리드리히 니체, 루 살로메, 프레데릭 파작, 장고 라인하르트, 막심 고리키

앞에서도 말했듯이 시를 쓰는 사람들은 모두 전직 천사이다. 흰 셔츠를 입은 날에는 내가 전직 천사라는 걸 느낀다. 감각이 호롱불처럼 밝게 돋아나는 날에는 인간의 마을로 내려가 한 잔의 술을 마시기도 한다. 하루 종일 비가 내리는 날에는 난롯불 곁에서 인간의 체온을 느껴보기도 한다. 전직 천사가 고독을 느끼는 것은 누군가를 사랑하기 때문이다. 아무것도 그리운 것이 떠오르지 않는 날에는 물끄러미 담장에 매달린 담쟁이를 보기도 한다. 담쟁이의 줄을 타고 흐르는 허공의 눈물을 바라보다가 내 눈가를 슬며시 만져보기도 한다. 눈물이 마른 눈동자의 사막 속으로는 지평선을 따라 한 무리의 대상이 흘러가기도 한다. 누군가는 문을 열고 들어오고 누군가는 또 문을 닫고 나간다. 흰 셔츠를 입은 날에는 내가 전직 천사라는 걸 느낀다. 나는 담배를 피워 물고 담배 연기처럼 고요히 허공에 있다

니코스 카잔차키스, 알베르 카뮈, 사무엘 베케트, 르 클레지오, 리처드 브라우티건, 호르헤 루이스 보르헤스, 베르톨트 브레히트, 가브리엘 가르시아 마르케스, 잭 케루악, 윌리엄 버로스, 미셸 투르니에, 아고타 크리스토프, 크리스토프 바타이유, 외젠 이오네스코, 밀란 쿤데라, 이탈로 칼비노, 커트 보네거트, 레이먼드 카버, 마크 챈들러, 존 치버, 다카하시 겐이치로, 야마다 에이미, 무라카미 하루키, 무라카미 류, 루쉰, 나쓰메 소세키, 미시마 유키오, 루이

스 세풀베다, 프란츠 카프카, 알랭 로브그리예, 피에르 드리외라로셸, 로베르트 무질

몰리에르, 장 바티스트 포클랭, 로랑 티라르, 로맹 뒤리스, 앙토냉 아르토

시인들은 작은 다락방에서 담배를 피워 물고 거대한 대륙을 횡단한다

옥타비오 파스, 세사르 바예호, 앨런 긴즈버그, 잉에보르크 바흐만, 포루그 파로흐자드

바람이 우리를 데려다 주리라

그대가 꿈꿀 때마다 불어오는 세계의 숨결, 그대와 나는 이미 세계의 가장 충분한 심장이다

검은 태양 아래서 나는 눈을 감고 숭고하고 영원한 행성을 꿈꾼다

기 드보르, 롤랑 바르트, 귀스타브 쿠르베, 리처드 롱, 지그문트 프로이트, 칼 구스타브 융, 오스카 와일드, 생 종 페르스, 하인리히 뵐, 헤르만 헤세, 볼프

강 보르헤르트, 에드워드 사이드, 테오도르 아도르노, 프리드리히 헤겔, 홍상수, 콘스탄틴 브랑쿠시, 빈센트 반 고흐, 폴 고갱, 댄 플래빈, 존 레넌, 조지 해리슨, 짐 모리슨, 루 리드, 백남준, 미셸 폴나레프, 파스칼 브뤼크네르, 미겔 데 우나무노, 구스 반 산트, 존 케이지, 존 카사베츠, 카지미르 말레비치

가령 이런 행성들도 있다

갈산 치낙, 太帝治, 모리스 블랑쇼, 바흐만 고바디, 베르나르 마리 콜테스, 베르나르 앙리 레비, 뱅크시, 아벨 페라라, 알랭 바디우, 유디트 헤르만, 율리 체, 장 드 파, 장 뤽 낭시, 조르주 무스타키, 줄리아 크리스테바, 체사레 파베세, 카렐 차페크, 트리스트럼 헌트, 페르디낭 드 소쉬르, 페터 한트케, 페터 회, 프랜시스 윈, 프리드리히 엥겔스, 피에르 파올로 파졸리니, 필립 솔레르스, 헨리 데이비드 소로, 걷기 위해 만들어진 섬, 박쩡:대

시는 밝힐 수 없는 공동체를 전제로 씌어진다

앙리 미쇼, 에른스트 얀들, 프리데리케 마이뢰커, 호치민

시는 밝힐 수 없는 공동체를 전제로 씌어지고 밝힐 수 없는 공동체에 의해

소비된다. 이러한 은밀한 유통 구조의 바탕에는 밝힐 수 없는 사랑과 영혼의 연대가 자리 잡고 있다

아이칭, 알렉산드르 블로크, 안나 아흐마토바, 세르게이 예세닌, 보리스 파스테르나크, 예브게니 옙투셴코, 안드레이 보즈네센스키, 요세프 브로드스키, 샤를 피에르 보들레르, 파블로 네루다, 에즈라 파운드, 토마스 스튜어트 엘리엇, 라이너 쿤체, 빈센트 밀레이, 실비아 플라스, 테드 휴즈, 엔첸스베르거, 프랑시스 퐁주, 프란츠 카프카, 로버트 단턴, 존 던, 폴 엘뤼아르, 필립 자코테, 쥘 쉬페르비엘, 자크 프레베르, 수전 손택, 허버트 마르쿠제, 요한 하위징아, 이브 본느프와, 요르단 요프코프, 알도 레오폴드, 이사도라 덩컨, 에드워드 호퍼, 이사벨 밀레, 막스 피카르트, 글렌 굴드, 버지니아 울프, 크리스토프 메켈, 데이비드 허버트 로렌스, 베르나르 올리비에, 파스칼 메르시어, 시라노 드베르주라크, 마르키 드 사드, 파트리크 쥐스킨트, 볼프 본드라체크, 아르토 파실린나, 짐 모리슨, 빔 벤더스, 왕가위, 이하, 리샨, 앙리 보스코, 찰스 부코스키, 이브라힘 페레르, 후고 발, 재니스 조플린, 빅토르 아이스토이치타, 그웨나엘 오브리, 로버트 엠 피어시그, 팀 버튼, 조니 뎁, 오마르 하이얌, 나탈리 사로트, 리브카 갈첸, 크리스티나 페리 로시, 페데리코 가르시아 로르카, 테오도르 모노, 크리스틴 오르방, 로제 그르니에, 크리스티안 바로슈, 블레즈 상드라르, 장 지오노, 로제 니미에, 마르그리트 유르스나

르, 파스칼 자르뎅, 뱅상 들라크루아, 우디 앨런, 데이비드 린치, 페드로 알모도바르, 에마뉘엘 레비나스, 마리 다리외세크, 윌리엄 블레이크, 벨라 타르

소위 불온한 시들은 혁명적 유머로 이루어진다

이자벨 위페르, 오기가미 나오코, 최민식, 필립 자코메티, 존 리 앤더슨, 고레에다 히로카즈, 아지즈 네신, 장 미셸 바스키아, 키스 해링, 안토니오 가우디, 파블로 네루다, 이태석, 레너드 코헨, 말릭 벤젤룰, 시스토 로드리게즈

그리고 혁명적 유머로 이루어진 시들은 혁명시 해방구 파미르번지에서 날마다 번지점프를 꿈꾼다

가령 유령씨, 갓산 약령시, 고도 아말피, 서칭 포 슈가리스맨, 진부 움직씨, 존 카츠베크, 파울로 그로쏘, 그로쏘 오노, 세잔 포르투, 프로방스 체, 라벤더 버튼, 팀광석, 에미 쿠스트리차, 기 코르도바, 클라라 말리, 뱅뱅 구락부, 무나 감자 하루치, 조르주 무사시노, 갱스부르 송, 자우이 취향, 고독 말리, 빅토르 차라, 트리스탕 하라, 몰리에르 드 아무르, 해프닝 장만옥, 앙헬 카바레 볼테르, 게 체바라

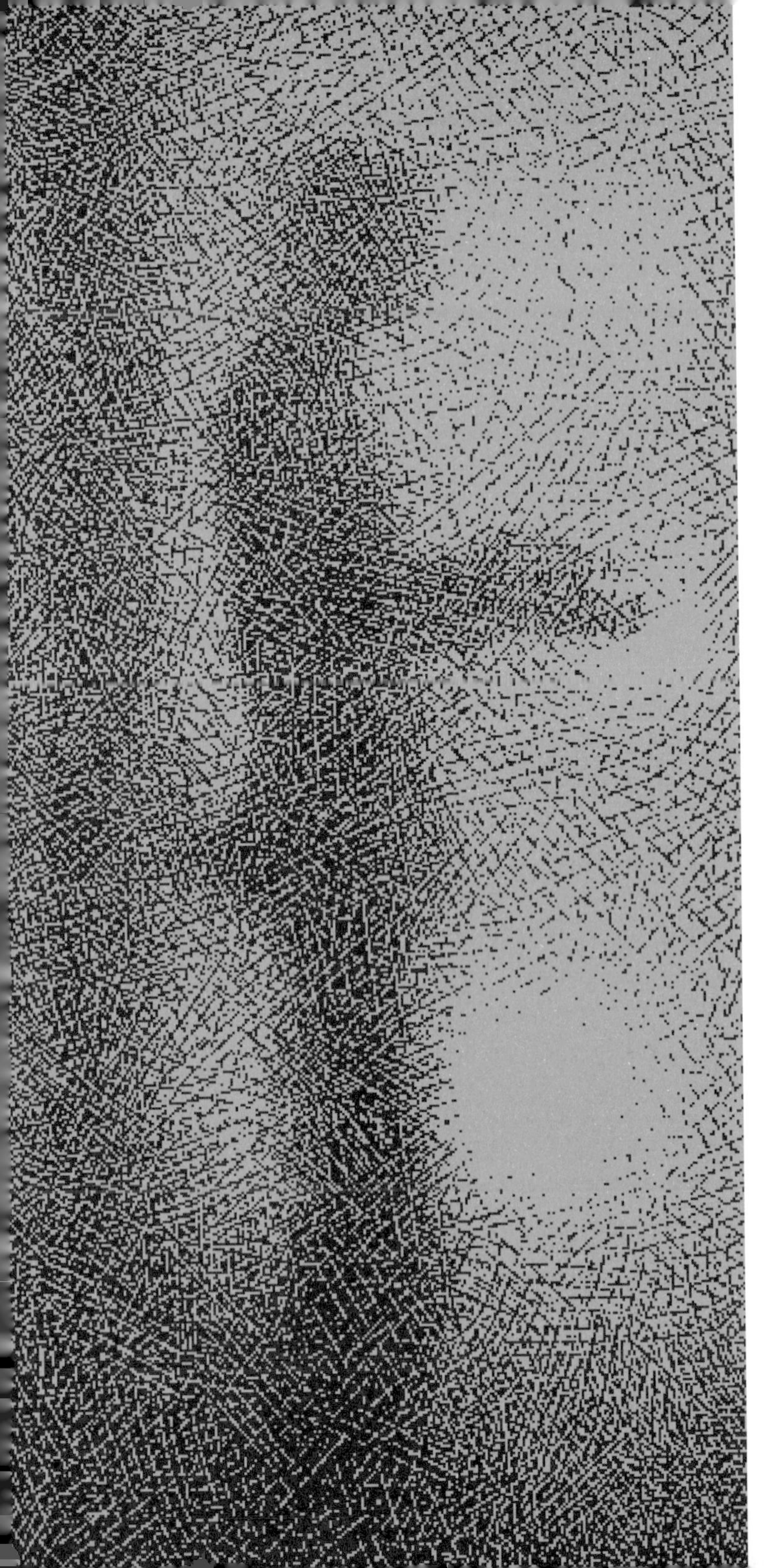

가령 이들과는 다르게 사는 것 혹은 이들과 같은 것을 꿈꾸는 것, 그것이 나에게는 어쩌면 시인으로 산다는 것을 의미한다

흰 셔츠를 입은 날에는 날개를 펄럭이며 시를 쓴다

나의 시는 무한의 허공에 있다

사실 그는 '난 더 이상 아무런 할 말이 없어!' 속으로 그렇게 되뇌이는 것 같았다, 그는 나와 함께 벌써 몇 잔째 커피를 마시고 있었지만 빨리 그의 아파트로 돌아가고 싶어하는 것 같았다, 고적한 아파트의 소파에 묻혀 그가 좋아하는 맥주를 마시고 싶어하는 듯했다, 그리고 어쩌면 '천사'를 만날 시간이 다가오고 있었기 때문이었을 것이다, 그의 마음은 그의 아파트로 달려가고 싶어 말발굽 소리를 내고 있었다

— 지금 이 인터뷰를 읽고 있는 사람들에게 어떤 말을 해주고 싶은가, 또 당신의 근황을 알고 싶다

최근에 레오스 카락스 감독의 〈홀리 모터스Holy Motors〉란 영화를 봤다, 이 영화의 주인공인 드니 라방은 여러 가지 분장을 하고 역할을 바꾸어가며 하루에 아홉 가지의 스케줄을 소화한다, 한마디로 홀리 모터스란 회사는 인생 대

행업체인 셈이다. 그리고 드니 라방은 인생 대행업체의 직원인 셈이다. 영화에서 드니 라방이 대행했던 여러 가지 인생 중에서 나에게 가장 강렬하게 다가왔던 삶은 묘지에서 꽃을 뜯어 먹고 아름다운 미녀를 납치해 파리의 지하 수로로 사라지는 광인의 삶이었다. 영화에서 그 이미지가 얼마나 강하던지 영화를 보고 나서 나는 〈드니 라방의 산책로〉라는 시를 쓰기도 했다

오늘은 당인리 발전소까지
걸어가기로 한다

돌아오는 길
오랑캐 집들 헤아려보니
지상의 별자리처럼 흩어져 있다

정이네 집으로 갈까
옥이네 집은 멀고
준규 집은 강 건너, 피안이다

베를린 쪽으로 걷는 길은 심심하고
코케인에 들러 흑맥주나 한잔할까

빵 지나면 곱창인데
전골은 나중에 먹기로 하자

오늘은 서교성당 지나
다락방으로 고요히 귀환

아홉 번째 오늘의 마지막 스케줄은 뭘까

산책 너머엔 목책
목책 저 너머 밤하늘엔 속수무책
그렁그렁 청춘의 별들만 총총•

나는 가끔 나의 삶에서 아홉 번째 스케줄은 뭘까, 하는 생각을 하곤 한다. 어떤 사람은 하루에 아홉 개의 인생을 살고 어떤 사람은 한평생 동안 아홉 개의 다른 인생을 살고 또 어떤 사람은 아홉 개의 전생을 통과해 가까스로 하나의 생에 당도하기도 한다. 누구나 어쩌면 지금 이 순간 자신의 아홉 번째 성스런 임무를 수행하고 있는지도 모른다. 그래서 누군가 또 나에게 '당신의 성스런 아홉 번째 임무는 무엇인가?'라고 묻는다면 아마 나는 이렇게 대답할 것이다

• 〈드니 라방의 산책로〉, 《시로 여는 세상》, 2013 여름호

나의 성스런 아홉 번째 임무는 '시인'이다

시인으로서의 자의식이 나를 유일하게 시인으로 만든다. 이 척박하고 천박한 지구에서 자신이 시인이라는 자의식을 갖지 못하면 그 사람은 그저 평범한 지구인일 뿐이다. 나는 지금 지구인을 비하하려는 것도 시인을 무슨 특별한 존재로 규정지으려는 것도 아니다. 그러나 지구인들 사이에서 시인은 분명히 무엇인가 다른 존재이다. 그 '다름'이 바로 시인을 시인으로서 존재하게 만드는 유일한 근거이다

지금 이 인터뷰를 읽는 당신에게 하고 싶은 말은 이렇다

당신이 만약에 시를 쓴다면, 그리고 앞으로 계속 시를 쓰는 시인이 되고 싶다면 무엇을, 어떻게 쓸 것인가에 대한 고민보다는 '왜' 써야 하는가, 라는 고민을 하기 바란다. 무엇을, 어떻게 쓸 것인가에 대한 고민은 습작기의 문학청년으로서 누구나 하는 고민이다. '무엇을'이 인생관을 형성한다면 '어떻게'는 아마 문학관 혹은 창작관을 결정하게 될 것이다. 그러나 보다 본질적인 글쓰기의 핵심은 '왜'에 있을 것이다. 나는 왜 글을 쓰는가, 나는 왜 글을 쓰려고 하는가, 나는 왜 글을 써야만 하는가, 라는 질문에 대한 집요한 생각

이 어느 날엔가 당신을 한 명의 위대한 작가 혹은 시인으로 만들 것이다

아까도 말했지만, 내가 시를 쓰는 이유는 그것이 내 삶의 성스런 아홉 번째 임무이기 때문이다, 나는 미지의 임무를 사랑한다, 어떤 형태로 다가올지 알 수 없는, 끊임없이 유예될 수밖에 없는, 불확정적인 시의, 시인의 미래를 다만 천착할 따름이다

시는 온몸으로 밀고 나가는 것이다, 라는 김수영의 말을 나는 이렇게 바꾸고 싶다

시는 온몸으로 질문하는 것이다, 라고 말이다

그리고 나는, 지금, 왜, 이 글을 쓰고 있는가, 라는 끊임없는 질문으로 말이다

아마 당신은 어쩌면 레오스 카락스의 〈소년 소녀를 만나다〉, 〈나쁜 피〉, 〈퐁네프의 연인들〉 같은 작품들을 보지 못했을 수도 있다, 드니 라방은 레오스 카락스 영화에서 일종의 페르소나 역할을 한다, 마치 짐 자무시의 톰 웨이츠나 조니 뎁, 왕가위의 양조위나 장만옥처럼 말이다

모든 글은 또 어쩌면 자신만의 페르소나를 창조하는 일인지도 모른다

당신의 강력한 페르소나가 창조될 때 당신은 눈앞에 펼쳐진 이 세계를 향해 강력하고 아름다운 발언을 할 수 있을 것이다

강력하고 아름다운 발언으로서의 시, 사랑하는 것들에 대한 열렬한 지지로서의 시, 그리고 인류의 존재 의의로서의 시, 그러한 시를 당신이 써내길 기원한다

멜랑콜리아, 매그놀리아, 페르소나

왜 이런 말들을 중얼거리는지 나는 잘 알지 못한다, 단지 내가 알고 있는 것들은 다음과 같은 사실들이다

인류는 시인이었다, 나는 시인이다, 당신은 유일무이한 시인일 것이다

인터뷰를 마치고 일어나려니 문득 그의 얼굴에 미안한 표정이 스치는 것이 보였다, 그래서인지 그는 나의 이름을 묻고 자신이 최근에 한 작업이라며 〈그러니 눈발이여, 지금 이 거리로 착륙해오는 차갑고도 뜨거운 불멸의 반가사유여, 그대들은 부디 아름다운 시절에 살기를〉이라는 긴

제목이 붙은 포스터에 사인을 해서 나에게 주었다, 그리고 나에게 맥주라도 한잔할 거냐고 물어왔다, 뱃속에서는 여전히 말 울음소리와 시냇물 흘러가는 소리가 들려왔지만 나는 좋다고 말했다, 카페를 나와 그는 나를 데리고 생제르맹데프레 거리로 나섰다, 카페 드 플로르와 카페 되 마고를 지나 그가 나를 데려간 곳은 코케인이라는 곳이었다, 코케인에서는 톰 웨이츠의 노래가 흘러나오고 있었다, 창가에는 수염이 덥수룩하게 자란 에밀 쿠스트리차가 혼자 앉아서 술을 마시고 있었고 팀 버튼은 바 앞의 탁자에 앉아 그의 여자친구와 장난을 치며 떠들고 있었다, 우리가 자리를 잡고 앉았을 때 그가 나에게 물었다

— 뭐 드시겠소?

나는 그를 쳐다보며 대답했다

— 박정대 시인, 당신하고 같은 거요!

사실 나는 〈목화밭의 고독 속에서〉를 마시고 싶었다, 그러나 말하지 않았다, 톰 웨이츠가 굵은 저음으로 노래하고 있었다, 밤이었다

시간은
말을
듣지 않는다

박주택

*

소년은 미루나무가 줄지어 있는 마을 어귀에서 넓게 펼쳐진 밭을 바라다보았다. 먼 곳으로 산이 굴곡을 이루며 있었고 구름은 하얗게 떠가고 있었다. 소년은 호박꽃 안에서 잉잉거리던 꿀벌을 들여다보거나, 옥수수밭을 질러가는 바람에 눈을 빼앗기곤 했다. 소녀들이 가마니 짜는 집 앞에서 놀고 있었다. 몇몇은 유행이던 노란 스웨터를 입었고, 가늘고 긴 다리를 가진 양계장집 딸은 분홍색 치마를 입은 채 고무줄을 붙들고 있었다. 소년은 축사 블록 담에서 햇볕을 쪼이며 나풀거리는 치맛자락과 하얀 손에 잡히어 있는 고무줄 위로 폴짝거릴 때마다 흔들리는 긴 머리타래들을 호기심 있게 바라다보았다.

아무도 놀이에 끼워주지 않았다. 소년은 그를 괴롭히던 마을의 형들이 먼 천변으로 고기를 잡으러 떠난 후 마을을 돌거나 동생들과의 말다툼으로 시간을 보냈다. 흰 구름이 마을의 뒷산으로 흘러가고 푸른 보리밭 사이로는 동네의 개들이 사라졌다가 나타났다. 소년은 천천히 축사를 걸어나와 마을 앞길로 걸음을 옮겼다. 냇가에는 송사리 떼, 붕어들이 물풀 사이에서 떼를 지어

박주택

1959년 충남 서산에서 태어났으며 경희대 국문과 및 동 대학원을 졸업했다. 1986년 《경향신문》 신춘문예로 등단하여 《꿈의 이동건축》 《방랑은 얼마나 아픈 휴식인가》 《사막의 별 아래에서》 《카프카와 만나는 잠의 노래》 《시간의 동공》 《또 하나의 지구가 필요할 때》 등의 시집과 시선집 《감촉》을 출간했다. 그 밖에 시론집 《낙원 회복의 꿈과 민족 정서의 복원》과 평론집 《반성과 성찰》 《붉은 시간의 영혼》 《현대시의 사유구조》 등을 펴냈으며, 편운문학상, 현대시작품상, 이형기문학상, 소월시문학상 등을 수상했다. 현재 경희대학교 국문과 교수로 재직 중.

흘러다니고, 둑 위에는 질경이풀, 버들강아지가 피어 있었다. 알 수 없는 일이었지만 그때 소년의 가슴속으로는 그리움과 외로움이 아득하게 솟아올랐다.

신작로의 먼지가 뿌옇게 일고, 행군하는 군인들의 군화 소리와 호각 소리, 그리고 덜그럭거리는 철모와 총대에서 나오는 불안한 소리에 맞춰 "사나이로 태어나서……"로 시작되는 노래가 밭과 나무 사이를 질러 산 끝에 가닿을 때, 소년은 조금은 들뜨고 조금은 지루하게, 길고도 긴 행렬을 바라다보았다. 아이들이 돌아온다. 조그마한 돌다리를 건너 이제 막 벙어리가 있는 구멍가게로 모여 왁자하게 떠들며 다시 새로운 놀이를 시작하려 한다. 소년은 선 안으로 들어가려고 어색한 표정을 고쳐 짓고, 벙어리 아저씨의 느린 계산에 가라앉은 눅눅한 과자를 쥐고 있었다.

개는 돌아오질 않았다. 마을의 지붕들은 저녁 공기에 싸여 깊은 잠 속으로 부드럽게 물풀들을 굽이치고, 하늘 깊은 곳에서는 수많은 별들이 소리를 내며 반짝였다. 짙푸른 밭이랑 위를 가로지르던 새들. 오래된 절에 깔려 있던 갖가지 색상과 비 갠 뒤 산마루에 걸려 있던 무지개. 굴뚝에서 피어오르던 가늘고 희게 솟아오르는 연기들. 소년은 어두워져가는 저녁 속에서 알 수 없는 그리움과 슬픔이 마을의 언덕에서 뽀얗게 떠올랐다 사라져가는 것을 바라다보았다.

*

이 층의 하숙방. 때로 방문을 열면 낯선 얼굴들이 술에 취해 잠들어 있기도 하고, 때로 하숙집 친구의 애인이 방에서 난감한 표정으로 불쑥 인사를 해오던 회기동 철제 계단 집. 혼돈과 미망, 열정과 자학이 오락가락하던 시간. 시가 삶을 억압하기 시작하고 불행한 기운을 알아채지 못하던 시간. 시절은 형광등 불빛 아래 고개를 숙여 침묵한다. 해독할 수 없었던 많은 절망들은 청춘의 횡포에 격렬하게 저항하다 순순히 순종한다. 아득하고 휘황한 계절은 모두가 감옥. 캠퍼스의 숲에서 눈을 빛내던 금언. 모든 선과 악들. 뿌리칠 수 없었던 만신들. 이곳저곳에서 베끼던 욕정과 끝을 모르고 파고들던 미끄러운 이름들.

하숙집 베란다에서 내려다보이는 집들은 잿빛에 덮여 있었다. 흙들은 군데군데 구름에 그늘이 져 있었고, 가을 잎은 교정 안을 가득 메워 가끔씩 제소리에 놀라 굴러가고 있었다. 호된 바람이 불었다. 친구들은 외투에 얼굴을 묻은 채, 취직을 앞둔 낡은 군상들과 함께 도서관 문 앞에 기대섰거나 커피를 빼들고 언 손을 녹이고 있을 뿐, 아무도 희망을 기억해내지 않았다. 직직거리는 구형 전축도 틀지 않았다. 이따금 해부학 시간에 어떤 시신이 실험용으로 왔는데, 그 시신이 너무 아름다운 미인이라 아무도 메스를 대려 하지 않을 때, 뚜벅뚜벅 여학생이 다가가 메스로 유방을 갈랐다는 농 섞인 말을 건넬 뿐, 고스톱과 카드, 도리짓고땡도 하지 않았다. 말없이도 시간은 흘러갔다. 가끔씩 내려다보던 포플러나무에서 간간이 누런색이 배어나오고 건너편 집에는 커튼이 내려져 있었다. 그때, 죄가 되는 간절함을 증오했다.

졸업식은 참석하지 않았다. 신춘문예에 투고해놓고 졸업식 날 올라오라는 애인의 편지를 받고도 종일 방에 누워 잠만 잤다. 겨울에 눈이 내렸다. 에는 바람에 가슴이 쓰리고 엎드려 시를 쓰던 가슴으로 후박나무 잎사귀가 떨어지면 돌과 숲이 조금씩 자랐다. 반역들도 여기저기 흩뿌려놓았던 기운들을 모아 눅눅한 노트 위로 목련을 피워올렸다. 연탄가스를 마시며 읽었던 《싯다르타》와 《죄와 벌》도 불행을 알아채지 못하고 붉은 절망들에 아득히 번져갔다.

*

잠실 1단지 506호. 지렁이들이 기어다니고, 쥐들이 죽어 나뒹굴던 곳. 여름이면 매미가 종일토록 뜻 없이 울어대고, 가을이면 잎을 뚝뚝 떨어뜨려 책장에 꽂힌 책을 꺼내 읽을 때에는 왠지 모를 서러움이 한 움큼 뽑혀나왔다. 부서진 의자와 서 있던 나무들. 이따금 찌그러진 편지함에 꽂혀 있던 엽서들. 종합운동장 앞 아시아공원에는 노을이 온갖 풍경들을 물들이고 있었다. 기타를 치거나 하모니카를 불면 실핏줄마다 뭉클하게 번져오던 스물여섯의 잔뿌리들. 머리를 풀어헤친 채 통점에 닿는 〈일번지다방〉, 〈봉은사〉, 〈카페 프란시스코〉, 〈도산공원〉 그리고 막힘없이 걸었던 〈잠실 선착장〉. 그리하여 아득히 먼 꽃이 지는 잎사귀에 바람이 덮이고, 그 위로 살갗을 훑고 지나가는 어떤 힘. 풀싹 위에서, 요설 속에서 다면적 구조를 가진 검은 신들.

1

숨은 어디로 쉬나. 누운 방으로 불빛이 반짝였다. 밤마다 머리맡에 몰려왔다 철썩이고, 헝클어진 머리로는 복잡한 신호로 타전해오는 세상의 근심들.

2

텅 빈 실내. 불이 켜진 집들. 나무가 흔들릴 때마다 잎사귀가 반짝였다. 누군가 방문을 두드렸다. 잘게 잘리는 문 조각. 밖에서 들리는 쥐 소리. 흐린 창으로 하늘은 가라앉고 잿빛 나무 속으로 시계추는 왼쪽, 오른쪽 쉼이 없고 늘어진 어깨를 벽에 기댄다.

3

저려오는 손발로는 너를 부축할 수 없단다. 오금으로는, 백 겹으로 덮이는 네 눈물 위에 한 겹의 눈물로도 가 덮이지 못한다. 아가야, 네 고운 눈물 속에 그저 에일 뿐이다.

4

흔들림은 어떤 표현. 공기가 창에 등을 붙인 채 신호를 보내오고 흔들이 정적에 갇히는 시간. 밀린 꿈들이 밑도 끝도 없는 근원으로 흘러갈 때 차마 쓸 수 없었던 문장과 생각들.

5

등화관제처럼 일시에 꺼지는 불. 정적. 빵. 아픈 악덕. 폭풍 뒤의 존재의 자각. 깊은 곳 휴식의 긴 부호. 창밖의 봄비는 내리고 비에 젖는 풀들. 비운을 딛고 핀 단풍. 감관을 열어 만나는 물. 첫 문.

6

악인과도 같은 시간, 깊은 중병이 든 집으로 시간이 찾아온다. 물 위로 떠오르는 안개. 시름을 잠재워 누워 있는 속에서도 비는 내리고 가끔씩 시간은 벽에 기대어놓고 그 비에 잎이라도 적셔주는지 울적한 상처를 불러 창밖에 세운다.

7

어두운 그늘에 가려 핏발로 선 사람들의 불결한 생존법. 반성하지 않는 자의 때 낀 손톱과 욕망. 거짓의 배후에 숨어 있는 음험한 미소.

8

P- 1-B 2-G 3-B 4-L 5-B 6-E 7-W 8-K 9-E 10-V

N- 1-C 2-S 3-D 4-S 5-N

M- 1-I 2-S 3-T 4-N 5-L

K- 1-S 2-J 3-H 4-H 5-P 6-P 7-H 8-O 9-J 10-C

9

지울 수 없는 상처여. 덧나 아물어 터져 기어코 흘린 뒤에야 가슴 깊이 묻힌 많은 것들은 칼날 바람에 울며 들에 산에 울부짖는다.

10

돌이 숨 쉬는 뜻을 받드는 숙연한 표정 앞에 서면 더 낮은 자세로 엎드리는 저녁. 재촉하지 마십시오. 이제껏 살아온 지나간 낡은 책장을 버리기에는 많은 시간이 필요합니다. 거친 숨소리로 영혼을 밝혀야만 길에 이르는 저녁. 새벽 세 시처럼 팔을 괸 턱 밑으로 쌓이는 어둠.

11

세상의 풀꽃들을 모아 한밤에 몰래 와 머리에 얹어주는 그대. 열린 가슴으로 묻어주고 마르지 않는 손으로 상처를 씻어주는 그대. 넓은 가슴으로 무덤을 주고 우수에 젖어 세상으로 가는 길을 바라보며 재우는 그대.

12

깊고 먼 나라에서 짐을 풀고 집을 짓는다. 지금보다 높은 곳에 올려보는 밤.

13

폭풍처럼 회억의 순간들아. 저녁이 되어 흩날리던 혼들을 정적에 가두어야 할 시간이다. 밀린 꿈들이 밑도 끝도 없는 근원으로 흘러갈 때 쓸쓸한 제 모습을 거둬야 할 시간이다.

*

거실로 돌아왔다. 거실 창으로는 간혹 뭉게구름이 떠가고 좀 더 높은 곳에는 알 수 없는 즐거움이 머물고 있다. 사람들은 종잡을 수 없는 사건들에 대해 유쾌하게 떠들다가 마침내 박수까지 쳐가며 웃고 있었다. 밤은 거대한 짐승 같았다. 몸집이 커 딱딱하게 굳어 있었다. 사람들 앞에서 근엄한 어조로 정신의 존엄함에 대해 말했지만 그다지 호응받지 못했다. 가끔씩 세상이 방문을 두드릴 때 가늘고 긴 다리를 책상 밑으로 뻗은 채 가구 밑으로 기어가는 벌레를 바라보아야만 했었고, 종종 있는 일이었지만 집으로 돌아오는 길 정반대에 도착하여 묻고 물어서 집으로 돌아올 수 있었다.

*

삶도 어떤 진동이 있는 것일까. 어떤 의지와 목적이 매우 충동적으로 재촉하고 동시에 어떤 신념 속에 싸이게 되는 것을 느낀

다. 이제, 무표정하게 앉아 있을지라도 그것은 다른 사람들과 할 말이 없을 때 나타나는 일일 뿐, 그것이 고민스러운 것을 뜻하는 표정은 아니었다. 세상도 볼품없는 것은 마찬가지였다. 그리고 어떤 때에는 세상을 시간이 얌전하게 변화시켜주리라고는 생각지 않았다. 엉뚱한 믿음이지만 맹목적인 불행을 제거하기 위해 절망에 기꺼운 마음으로 헌신했다는 생각이 들었다. 어쩌면 집에 돌아오며 길을 헤매던 자책들이 어느 뿌리가 되어버렸을지도 모르겠다는 생각이 들었다. 온갖 희망들은 좌절과 암투 끝에 운명이 맡겨지고, 흐르는 날들 속에 절망하는 자의 초상이 새겨진다. 뜻 모를 허욕이 반짝이면 빛나지는 않으나 단단해진 예지는 오랜 암투 끝에 나무 의자 속에 육체와 영혼을 앉힌다. 이따금 창밖으로는 잎사귀들이 스스로를 자랑하는 것을 본다. 그리고 이기적인 영예보다 더 경건한 나무가 그윽한 눈매로 이쪽을 바라보는 것을 느낀다.

*

이유 없는 희망은 맛있는 빵처럼 보이게 한다. 시간 속에 던져진 일들은 무관심하고, 권태로움은 훨씬 더 많은 슬픔을 이겨낸 뒤에 덧붙여진 위안의 이름이다. 그것은 천부적인지 모르는 일이다. 희망은 들뜬 예언 따위에 몸을 맡기지 않을 뿐. 절망과 한패거리가 되어 떠돌고 있을 뿐. 먼 길 어두워가는 공터에 세워진 나무를 돌아 술집을 찾아갈 때 손에 들린 검은 절망들. 천천히 걷는 걸음 뒤에 켜켜이 묻어 있는 어둠과 간판의 반짝이는 네온들. 오색으로 변하는 가게 안의 얼굴들. 시간이 갈수록 유행가는 곳곳을 돌아 어깨를 들썩거리고, 그에 발맞춰 사람들이 아무런 두려움 없이 옆 가게로 자리를 옮기면, 살아 움직이는 것들은 예고되지 않은 시간 위로 흘러가 운명이 되거나 벽이 된다. 이제 노래하는 날들 앞에 오색의 얼굴들은 오래된 벽화처럼 문득문득 술집 창틀의 먼지처럼 까맣게 엉겨 있고, 신은 너무 천상적이어서 가슴을 미처 이해하지 못한다. 그리고 절망에 헌신했던 은공으로 술잔은 말끔히 지워지고 다시 햇살들은 불쑥불쑥 대지 위에 솟는다.

*

저녁이 생각하는 것이 무엇일까. 아픈 상처에 앉아 깨어난 뒤 보이지 않는 앞날에 자신의 모습은 초라해지고, 자책은 악령에 몸을 허락한다. 술을 마시다 고개를 파묻는 깊은 밤. 나무는 어둠이 하는 말을 듣는다. 저묾. 육체에 싹트는 씨앗. 골목에서 차도로 걸어나오는 고독의 도미노. 자성할 것이 없는 하루란 얼마나 행복한 일인가. 흔적 없이 사라진 시간 속에서 아무런 후회도 들지 않고 오직 들떠 고요한 오후의 빛 속에 잠기는 일. 대지 속에 갖가지 달콤함이 젖어들고 멀리 떨어진 곳으로부터 꽃 냄새가 풍겨올 때 우연히 읽은 짙은 물결의 협주곡. 그때, 마음의 풍경 속에는 포만에 부푼 꽃들이 유희에 몸을 맡기고, 깊은 곳으로 떨어지는 물방울은 얼마나 마음을 울리는지— 정적에 싸인 싹들을 어름어름 불러내어 미끄러운 빛으로 유혹하는 봄날, 그 풍경 위로 사람들의 발자국은 눈동자에 젖어 세상을 밝힌다.

*

오월. 젊은 아버지는 아이와 플라스틱으로 만든 공 받기 놀이를 하고, 몸동작이 서툰 아이가 어쩌다 공을 받아내면 고개를 젖히며 웃다가, 아이에게 달려가는 젊은 아버지처럼 처음부터 생은 밝았는지 모른다. 한때, 생각할 수 있는 나이가 들면서부터 유리창 밖으로 뽀얗게 안개가 피어오르고, 숲에는 비가 올 것같이 어두운 공기로 가득 차 있었다. 어두운 저편에서 바람이 낡은 계단 사이로 꼬리를 물며 빨려올라왔다. 바구니를 든 여자들이 잰걸음으로 슈퍼마켓으로 들어간다. 아이들이 놀이터에 모여 서로 몸을 부딪치며 뒹구는 오후. 잎은 나부끼고 햇살은 방 안을 비춘다. 그때 거실의 창 위로는 흰 구름이 더 높은 곳으로 떠가고, 나무들은 그네를 타며 노는 아이들 앞으로 가지를 뻗는다. 식기 부딪치는 소리. 고요 속에 잠기는 일. 그리하여 오래된 추억의 배후에서 두리번거리다 다시 돌아오는 불꽃들은 잠 속에서 아득히 종소리를 울리고, 고적의 피부 위로 시간의 얼굴은 하얗고 푸른 언어를 불러낸다. —깨어나리라. 열망에 힘입어 낮이 스스로의 운명에 미소를 지어 보이고, 비애에 잠긴 밤이 생의 바닥으로부터 숨을 뿜어올리듯……

상실과 행복 사이

박형준

내가 군대를 제대한 것은 1989년 십일월 말. 내가 복무한 곳은 시적으로 우아한 곳이었다. 그 부대는 '연막중대'라는 이름으로 불리었다.

나는 그곳에서 지프차 운전병으로 근무했다. 말이 좋아 지프차 운전병이지 대개는 트레일러를 지프차에 연결하고 연막에 필요한 장비를 싣고 강원도의 심산유곡을 누비는 일이 주어진 임무였다. 제대할 때까지 나는 '123'이라는 넘버가 붙은 지프차를 운전했는데 시동모터가 달려 있지 않은 이 고물 지프차에 잔뜩 무거운 장비까지 매달고 다녔으니, 고바위에서 시동이라도 꺼먹는 날에는 그야말로 진퇴양난이었다. 그러나 병장쯤 되어서는 고개에서 시동을 꺼먹어도 트레일러를 매단 채로 뒤로 후진했다 그 동력으로 다시 시동을 걸 정도가 되었으니 '군대 짬밥'이란 참으로 대단하기도 했다.

나는 사회에서 운전의 '운' 자도 모르다가 논산훈련소에서 '고문관'으로 이름을 날리는 통에 보병으로 갔다가는 목숨 부지하기 어렵다는 훈련소 중대장님 말씀 덕분으로 어렵사리 운전병이 된 것이다. 게다가 내가 근무한 부대가 발연을 주 임무로 하는 부대이다 보니 내가 군대 생활 내내 본 것은 연기로 하얗게 뒤덮인 세상이었다. 작전 중인 아군을 위해 우리 중대가 언덕에서 발연기로 피워대는 연기로 강은 짙은 안개로 뒤덮이거나 혹은 산 중턱에 근사한 안개 띠가 넘실거렸다.

입대하기 전까지 시를 쓰겠다고 취생몽사로 지내다가 군대 생활까지 그 모

박형준

1966년 전북 정읍에서 태어나, 서울예대 문예창작과를 졸업하고

명지대학교 대학원 문예창작학과에서 박사 학위를 받았다.

1991년《한국일보》신춘문예에 시〈가구의 힘〉이 당선되어 시작 활동을 시작했다.

시집으로《나는 이제 소멸에 대해서 이야기하련다》《빵냄새를 풍기는 거울》《물속까지 잎사귀가 피어 있다》

《춤》《생각날 때마다 울었다》《불탄 집》이 있으며, 산문집으로《저녁의 무늬》《아름다움에 허기지다》등이 있다.

현대시학 작품상, 소월시문학상, 육사시문학상 등을 수상했다.

양으로 했으니 제대를 하고서도 사회에 적응하기가 쉽지 않았다. 제대를 하고 실업자로 지내면서 실없이 이런 생각을 하기도 했었다. 군대에서는 온갖 산천을 안개로 뒤덮을 줄 알았으니, 이제 사회에서는 그럴듯하게 교묘하게 남들을 속여먹으며 잘살 궁리를 하는 연막을 피워보는 것이 어떻겠느냐고. 그러나 그 뒤로 지금까지 변변하게 남들에게 내세울 만한 이력이 없는 것을 보면 나는 사회생활보다는 시적으로 우아한 연기에 매료당해 살아온 것 같은 기분이 든다. 가을에 코스모스가 하늘거리는 강 언덕에서 병사들이 발연기에 매달려 넓디넓은 강원도의 산천을 안개로 뒤덮던 광경은 내게는 그 자체가 시詩였다. 목구멍까지 올라오는 '안개유' 냄새에 취해 발연기를 조작하던 병사들과 시동모터도 없는 고물 지프차는 시에 너무나 근접해 있어서 제대하고도 한동안 꿈속에서도 덜컹거리는 강원도 산천을 달리며 연기를 생산하곤 했다.

등단작〈가구의 힘〉을 쓸 때

제대한 1989년 겨울이 지나고 나는 다음 해인 1990년 일 년 동안 거의 방에 틀어박혀 살았다. 장가간 형이 물려준 인천의 십삼 평짜리 서민 아파트에서 밤에는 시를 쓰고 낮에는 잠을 자는 그런 생활의 연속이었다. 그렇다고 무대

책으로 그냥 산 것은 아니었다. 내게는 나름대로 계획이 있었다. 한마디로 돈을 쓰지 않고 살아야 하는 방법이었다. 나는 가장 소극적인 방법을 나름대로 계발해놓고 있었다. 일과표는 대략 이렇게 짜여졌다.

낮에는 되도록 오후 네 시쯤 일어난다. 그리고 밥을 먹는다. 다음엔 목욕재계하고 걸어서 이십 분 거리인 동인천의 '대한서림'으로 간다. 대한서림의 이 층 문학 코너에서 계간지나 시집을 읽고 나와서 동인천 골목의 오락실에서 야구 오락을 한다(이런 생활을 반복하다 보니 백 원짜리 동전 하나만 있으면 오락실에서 두어 시간 야구 오락을 즐길 수 있게 되었다).

그렇게 다시 인천의 산동네인 보금자리로 돌아오면 저녁 열 시쯤 되었다. 그 뒤로는 밤새도록 뒤척이거나 시를 쓰곤 했다. 하도 시에 몰두하다 보니 비몽사몽 중에 새벽 꿈속에서 유명한 시인의 시집을 읽거나 나오지도 않은 내 첫 시집을 읽기도 했다. 정말 머리맡에 볼펜과 백지만 놓여 있으면 꿈속의 시를 그냥 옮기기만 하면 될 것 같았다.

그러나 그런 최소한의 생활로도 각종 세금을 감당하기 어려웠다. 결국 나는 아는 분의 소개로 충무로의 한 작은 기획 사무실에서 명함을 만드는 일을 했다. 컴퓨터가 발달하지 않은 당시에는 명함을 만들려면 모눈종이에 식자를 오려붙여 만들어야 했다. 일이 끝나고 밤늦게 인천행 전철을 타고 귀가하다 소매에서 면도칼로 오려낸 식자가 달라붙어 있는 모습을 발견하곤 했다. 김, 이, 박, 최 등의 성씨와 민, 현, 태, 선 등의 이름이 싸늘해져가는 초가을의 보푸라기 인 내 소맷부리 끝에서 대롱대고 있었다. 이래서는 안 되겠다는 생각으로 나는 삼 개월여 동안 다니던 회사를 그만두고 다시 집에 틀어박혔다.

시월부터 나는 제대하고 반복하던 시 쓰는 생활로 돌아갔다. 등단작 〈가구家具의 힘〉은 그런 와중에 우연히 씌어졌다. 나는 당시 이백 행이 넘는 장시에 몰두하고 있었다. 나는 그때는 대학노트에 꼭 '참펜'으로 시를 썼다. 현재는 볼 수 없지만 볼펜 캡에 '모나미 참펜'이라는 로고가 찍힌 그 펜은 수성펜이어서 만년필 느낌도 나고 끝이 연필처럼 뾰족해서 시를 쓸 때 종이에 긁히는 느낌이 내가 살아 있다는 것을 상기시키는 것 같았다. 마치 정으로 종이를 쪼듯 백지를 조각하는 심정으로 나는 시를 썼다.

그러던 어느 날 친척 집에 들렀다가 인천 집으로 온 어머니가 부엌에서 고구마순을 다듬으며 중얼거리는 음성을 듣게 되었다. 오랜만에 오신 어머니의 말씀을 안 듣기가 뭣해 나는 내 방문을 반쯤 열어두었다. 나는 고구마순을 뚝뚝 부러뜨리며 신세 한탄하듯, 그러나 이남 육녀를 키우느라 손등이 개미처럼 까맣게 타들어간 어머니의 손을 힐끔거리며, 어머니의 말씀을 퇴고 중이던 이백 행이 넘는 장시의 여백에 써내려가기 시작했다. 내 나름대로 어머니의 말씀에 내 생각을 덧붙이듯이.

결국 나는 우연히 쓰여진 한 편의 시로 문단에 나왔다. 그 시는 내가 쓴 것이 아니고 어머니가 쓴 것이었다. 아니, 어머니가 쓴 것이 아니고 내가 쓴 것도 아니었다. 그것은 대책 없이 안개처럼 둥둥 떠다니며 꿈을 꾸던 내 생활과 그것을 걱정스럽게 지켜보던 슬픈 어머니가 함께 쓴 것이었다.

그런데 꼭 밝히고 넘어가야 할 일이 있다. "얼마 전에 졸부가 된 사람이 있다/ 그 사람은 나의 외삼촌이다"로 시작되는 등단작에는 이런 에피소드가 있다. 나는 신춘문예에 당선하고 김제 외삼촌으로부터 꾸지람을 들었다. 왜냐하면 우리 외삼촌은 졸부가 아니고 평생을 농사만 지은 성실한 농부였기 때문이다. 하지만 외삼촌은 시를 리얼리티 있게 쓰려면 그럴듯한 게 있어야 한다는 철부지의 '시적 허용'이라는 말에 끝내는 허허 웃고 넘어가셨다. 외삼촌에게 너무 죄송하고 감사하다.

나는 지금도 고물 지프차를 타고 세상을 뒤덮기 위해 연기를 생산하던 한 병사를 꿈꾼다. 그래서 벌써부터 등단 시절을 회고하는 일은 좀 부끄럽다. 난장인 이 세상에서 나는 조금은 아름다운 연기를 생산하며 덜컹거리는 길을 더 달려가야 하므로.

들판의 비전을 시의 비전으로

군대 생활을 '안개'와 함께 보낸 것처럼 내게 도시 생활은 명확하지 않고 늘 흐릿했다. 흐릿해서 매혹적이고 불안하다고 할까. 고향에서 성장기에는 형과 누이들이 살던 인천으로, 그리고 마침내 성년이 되어 서울에서 살게 되면서 뭔가를 이루어야 한다는 강박에 시달렸지만 그러면 그럴수록 삶은 마치 커튼 너머로 어른대는 것 같았다. 이십 대 끝자락에 "어떻게 올라온 서울인데, 이대로는 다른 덴 절대 못 가" 하는 심정으로 어렵사리 취직을 해서 회사를 다녀도 생활이 안정되지 못했고, 뭔가를 잡았다 싶으면 그것들은 커튼 너머로 사라질 듯이 멀어졌다.

그러나 이런 내게도 막연하지만 비전Vision이라 불릴 만한 시절이 있었다. 현실적으로는 어떤 것도 이루지 못하고 있는 상태이지만 어떤 뚜렷한 생의 과녁을 향해 날아가면서 집중된 긴장을 이루던 시절이 있었다는 말이다. 그건 유년 시절이었다. 나의 유년 시절은 들판으로 이루어져 있었다.

"만종은 내가 옛날을 떠올리며 그린 그림이라네. 어렸을 적 밭에서 일할 때, 저녁 종 울리는 소리가 들리면, 어쩌면 그렇게 할머니는 한 번도 잊지 않고 꼬박꼬박 우리 일손을 멈추게 하고는 삼종기도를 올리게 하셨는지 모르겠어. 그럼 우리는 모자를 손에 꼭 쥐고서 아주 경건하게, 고인이 된 불쌍한 사람들을 위해 기도를 올리곤 했지."

밀레는 친구에게 보낸 편지에서 〈만종〉을 그린 연유에 대해 이렇게 언급했다고 한다. 내 유년 시절을 떠올려보면 어느 집에나 밀레의 〈만종〉이 걸려 있곤 했다. 파리똥이 내려앉은 벽에 걸린 가족사진의 옆자리에서, 아니면 시골집 툇마루 귀퉁이에서 〈만종〉은 한자리를 차지하고 있었다. 새마을운동이 한창이던 1970년대의 가난한 농촌에서 유독 이 그림이 사랑을 받았던 것은 어려운 농사일 가운데서도 잘살 수 있다는 희망과 평안에 대한 간절함 때문이었으리라.

그러나 사실 내 유년 시절의 들녘은 농사일의 신성함과 푸근함만으로는 부족한 공간이었다. 누구나 철이 들면 들녘을 가로질러 서울로 가는 기차를 타고 싶어했다. 동네 어느 집에서나 서울로 올라간 누이나 형이 있었고 동생이 있었다. 개발독재 시대에 태어난 아이들은 일찍부터 기차 소리를 들으며 철이 들었다. 그리고 그렇게 기적에 홀려 들판을 떠났다. 어쩌면 동네 집마다 걸린 〈만종〉은 서울로 떠난 자식들의 평안을 고대하는 동네 어른들의 희망이 투영된 것에 다름 아니었으리라.

내 고향 전북 정읍의 산북리는 뒤쪽으로는 노령산맥의 지류가 흐르고 앞쪽으로는 평야지대가 펼쳐져 있는 곳이다. 동네 절인 정토사淨土寺에 올라가면 평야지대 어디쯤에 계백 장군의 황산벌이 보일 정도라는 말을 들으며 어린 시절을 보냈다. 한편 동네 옆쪽으로는 호남선 기차가 지나다녔다. 나는 정토사에 올라 들판을 바라보며 기차를 타고 도시로 가서 출세하여 내 눈에 보이는 저 너른 평야를 다 사겠다고 다짐하곤 하였다. 그러니까 가난한 시골 소년의 꿈은 도시에 나가 사는 것이 아니라 도시에서 돈을 벌어 내려와 들판을 사는 것이었다.

아마 내 또래의 고향 아이들도 마찬가지였으리라. 초등학교 3, 4학년만 되면 동네 친구들은 마을을 가로질러 아득히 들녘으로 사라지는 호남선 기차를 타고 서울로 가출하여 공장에 다녔다. 그러나 그 친구들 역시 서울살이를 벗어나지 못하고 있으니 돈을 벌어 고향으로 돌아와 들판을 사겠다는 꿈은

그저 꿈일 뿐인 것인가.
아버지가 돌아가신 뒤 나는 어느 겨울 고향의 신태인역에서 내려 아버지의 무덤까지 걸어간 적이 있다. 그 겨울 벌판을 걸어가며 나는 무슨 생각을 했던가. 겨울 들녘에 서보면 아무도 보아주지 않아도 문드러진 살점과 피 한 점을 꼭대기에 매달고, 버려지면 버려진 대로 끈질기게 자라나는 수숫대처럼 삶은 지속될 수 있음을 알게 된다. 소리 없이 벌판을 흔들고 지나가는 무풍의 바람 속에선 나의 어린 시절을 키워낸 다정한 사람들의 음성이 배어 있는 것이다.
들판에는 멀어질 만하면 무덤이 있다. 농사일을 하다가 들판의 무덤에서 낮잠을 자는 농부들의 모습이 떠오른다. 조상의 무덤이 들판에 있기에 농부들은 일을 하다가도 힘들면 무덤에서 쉬며 새참을 먹고 조상들과 이야기를 나누며 죽은 사람들과 산 사람들의 연결고리를 만든다. 내 아버지의 무덤도 고향의 밭가에 있다. 아버지는 평생을 농사만 지으시다가 죽어서도 밭가에 묻혀서 자신이 돌보던 땅과 연결되어 있다. 나 역시 고향을 떠나 도시에서 살지만 아버지의 무덤이 있는 한 언제나 들판과 연결되어 있을 것이다. 들판은 이 세계를 조화롭게 묶어준다.
죽음에 대한 말 중 인상 깊게 남은 구절이 있다. 어느 북미 인디언족 사람들에게 내려오는 말이다. 그들은 하늘나라로 가는 길에는 딸기가 심어져 있다고 말한다. 이들이 죽음을 그렇게 상상하는 것은 주 생업이 딸기를 키워 시장에 내다 팔며 살아가야 하는 환경 탓이다. 인디언의 삶과 죽음 그리고 인생의 모든 것은 서로 연결되어 있다는 사고방식을 엿볼 수 있는 대목이다.

나는 아버지의 무덤을 향해 겨울 들녘을 걸어가면서 그런 딸기밭을 상상해 보았다. 그러나 아무리 아버지가 살아 계셨을 때를 뒤돌아보아도 아버지가 이 세상에서 딸기를 맛있게 드신 모습을 본 기억이 떠오르지 않았다. 아버지는 일평생을 가난에 허덕이시며, 말년에는 집에 딱 하나 남은 동구의 작은 밭을 일구시다 세상을 뜨셨다. 아침부터 저녁까지 밭 언덕에 있는 할머니와 할아버지의 묘가 내려다보이는 밭에서 집안 식구들이 먹고 나면 남을 것도 없는 채소를 가꾸셨다. 그래서 북미 인디언식으로 상상해보면 아버지의 하늘나라 길에는 채소밭이 끝도 없이 펼쳐져 있을 것이다.

일반적으로 죽음이란 고통과 근심으로부터의 해방이란 새로운 출발점이면서, 동시에 사랑하는 모든 것들과의 이별이라는 종착역으로서 두 개의 모순적인 감정 현상을 내포한다. 그러나 가난을 숙명으로 물려받은 자식은 죽은 아버지마저 쉽게 떠나보내지 못하는 듯하다. 나는 아버지가 돌아가신 날을 잊을 수가 없다. 그날은 명색이 시인인 나의 네 번째 시집이 발간된 날이었다. 서울에서 조문을 온 출판사 직원에게서 시집을 받아들고 깨알 같은 글씨로 시집의 면지에 아버지께 편지를 썼다. 그 시집은 아버지의 하관과 함께 무덤 속에 들어갔다. 나는 가난하게 살다 돌아가신 아버지가 하늘나라 가는 길에 내 시집을 펼쳐보길 원했던 것 같다. 작은 채소밭 하나를 목숨처럼 소중히 여기신 아버지와 같이 내 가난한 시업詩業도 딱 그만큼만 열심히 하겠다는 다짐 때문이었을 것이다.

사람은 살아가면서 끊임없이 무언가를 상실해가는 과정이 있기에, 역설적으로 무언가를 얻는다. 시 쓰기 역시 마찬가지다. 나의 시 쓰기는 상실과 그 상실을 행복으로 바꾸어내기 위한 여정이다. 시 쓰기 역시 도회지에서의 생활만큼이나 앞이 보이지 않기는 마찬가지이지만, 시는 내가 상실한 것들을 비전으로 바꾸어내는 힘이 있다. 나는 그것을 고향의 들판과 아버지의 소박하지만 충일한 노동에서 배워나가야 한다.

자신이 좋아하는 일을 하는 것이 행복

이타심보다는 이기심으로 가득 찬 현대사회에서 부각되는 '대안적 삶'이라고 하는 것도, 따지고 보면 인간에 대한 사랑에서 나온다. 인간이 다른 인간을 위해 환경을 나눠 쓰는 지혜가 없다면 찬 서리를 맞고 있는 길가의 풀 한 포기가 무슨 의미가 있으랴. 자신의 존재감도 없이 먼지를 가득 뒤집어쓴 채 도로의 가장자리에서 시들고 있는 가을꽃. 그 꽃이 존재를 획득하는 순간은 김춘수의 〈꽃〉을 예로 들지 않아도, 누군가 불러주었을 때이다. 우리는 누구나 서로 간절하게 누군가가 불러주기를 열망하며 살아간다. 그것이 사랑이다. 흔히 우리는 '사랑'이나 '행복'을 기다린다고 표현한다. 현대인들이 치열한 생존경쟁 끝에 성공을 이루려고 발버둥 치는 까닭도, 저기 먼 곳에서 기다리고 있는 '사랑'과 '행복'을 쟁취하기 위함에서 비롯된 것일 게다. 하지만 과연 '사랑'과 '행복'이 저기 먼, 특별한 곳에서 우리를 기다리고 있을까. 우리가 성공하기 위해 아등바등하는 사이, 사실은 그 성공에 대한 집착 때문에 우리가 가졌던 사랑에 대한 감각조차 조금씩 퇴화되어가고 있던 것은 아니었을까.

지금 사랑하는 사람이 없고 사랑하는 사람의 목소리를 들을 수 없으며 사랑하는 이의 모습을 볼 수 없다면 미래의 성공이 무슨 소용이 있을 것인가. 행복은 진정 이 순간을 '사랑함'에서 온다. 지금 아무것도 갖고 있지 않다고 생각하거나 가진 사랑마저 잃어버렸다고 절망하고 있다면, 바로 이 순간이 행복이 찾아올 때다. 우리는 행복이 우리가 원하는 성공의 가치로 인생의 그릇이 꽉 채워졌다고 믿는 순간 찾아온다고 여기지만, 오히려 행복은 모자라고 부족할 때 그 빈자리를 채워주기 위해서 온다.

스페인 태생의 프랑스 화가 피카소는 그림 그리는 일에만 열정을 바쳤던 것으로 유명하다. 그는 평생을 그림만 그리다 아흔한 살의 나이로 죽었다. 행복은 자기가 좋아하는 일을 끝까지 하다가 죽는 것이다. 그가 죽었을 때, 그의 침대에는 크레용이 흩어져 있었다. 아인슈타인의 실험은 만년필 한 자루와 종이 한 장만 있으면 충분하였다. 일상생활 중 머릿속에 아이디어가 떠오르면 그때마다 잊어버리지 않도록 만년필로 메모를 하고는 그 아이디어를 골똘하게 생각했기 때문에 연구를 위해 따로 잘 차려진 실험실이 필요하지 않았던 것이다.

그러므로 행복은 주변 환경에 의해 주어지는 것이 아니라 자기 의지가 중요한 셈이다. 비유하자면, 봄에 나무에서 잎이 나오는 것은 바람이 불어서가 아니라 들판을 푸르게 물들이려는 의지에서 나오는 셈이다. 우리가 인생에서 사랑을 가지고 있지 못하다면 아무리 성공하더라도 가슴속에는 공허만 있을 뿐이다. 행복은 먼 데 있는 것이 아니라 가까운 곳에 있다는 평범한 말을 되새겨보자. 시 쓰는 일도, 시 읽는 일도 거기서 멀지 않을 것이다.

나는 현재까지 도회지에서 집 한 칸 장만하지 못하고 수십 번을 이사를 다니면서 살지만, 내가 거쳐왔던 수많은 골목과 전세방이 어둠과 절망으로 채워져 있었다고 생각하지 않는다. 가령 나는 지금도 비가 온 후 반지하방 창문 앞으로 쓸려온 흙더미에서 가녀리지만 생명력 있게 피어난 꽃을 보며 절망조차 희망의 원동력으로 삼던 스무 살 시인 지망생의 푸른 저녁을 기억한다. 그 꽃이 감추고 있던 내밀함은 가난한 문학청년의 내밀함으로 혼융되어 더할 수 없이 행복한 꿈을 꾸게 했던 것이다.

시집 외상값
오천 원을
위하여

손택수

손택수

1970년 담양에서 태어나 부산에서 성장기를 보냈다.

1998년 《한국일보》와 《국제신문》 신춘문예에 당선되면서 작품 활동을 시작.

《호랑이 발자국》《목련전차》《나무의 수사학》 등의 시집을 펴냈다.

그 밖에 지은 책으로 《바다를 품은 책 자산어보》《교실 밖으로 걸어나온 시》가 있다.

신동엽창작상, 오늘의젊은예술가상, 임화문학예술상 등을 수상했다.

모국어

나는 농경민의 후예다. 나의 모국어 속에서는 여전히 흙냄새가 난다. 가만히 들어보면, 말끔하게 다듬어진 표준어의 그늘 속에서 고향 벌판의 해질녘 풍경과 들판을 가로질러 흘러가는 강물 소리가 섞여 들려온다. 그 너른 대지 위로 피어나는 꽃과 새들이 나의 자음과 모음이다. 빗방울을 굴리는 토란잎의 수런거림, 강물 위로 텀블링을 하는 물고기의 은비늘, 대숲 위로 솟구쳐오르는 수만 마리 되새 떼의 날갯짓이 풍요로운 음소의 바탕이 된다. "기윽, 이렇게 크게 소리쳐보거라."

들일을 마친 할아버지는 어린 손자 앞에서 대지에 모국어의 첫 자음을 파넣으셨다. 마치 씨를 뿌리기 전에 굳은 땅을 갈아엎듯이 지게 작대기로 새겨넣은 말을 나는 온몸으로 소리쳐 올렸다. "기윽." 내 혀끝에서 말이 꽃망울처럼 터졌을 때, 입술을 떠난 말이 푸른 대기 속으로 울려퍼지는 걸 돕기 위해 대지는 나를 응원하고 있는 것 같았다. 좀 더 힘을 내거라, 더 크게 소리쳐보거라, 너를 둘러싼 우주가 너의 모국어에 공명할 수 있도록, 너의 몸과 대지와 우주는 별개의 것이 아니다, 말은 그 사이를 가

• 〈고양이〉, 《내게 진실의 전부를 주지 마세요》, H. 하우게, 실천문학사, 2008

로지르는 바람과 같다.

그때 할아버지의 할아버지가 직접 깎아 만드셨다는 박달나무 지게 작대기는 펜이었고, 대지는 드넓게 펼쳐진 노트였다. 지게 작대기로 땅을 후벼파는 행위는 씨를 뿌리기 전에 땅을 갈아엎는 행위와 같았다. 몸속에 들어온 대지의 알곡들이 근육을 꿈틀거리게 하며 대지로 되돌아가는 순환과정 속에서 말들은 태어났다. 그렇게 익힌 말들을 나는 얼마나 그리워하였던가.

누가 왜 시인이 되었느냐고 물으면 농부가 되고 싶었는데 그 꿈이 좌절되어서라고 답하는 날들이 있다. 농農은 노래〔曲〕와 별〔辰〕이 결합된 것이다. 모국어의 대지 속에서 노래와 별은 하나였다.

장소적 인간

여기 오면
농장 마당에
고양이가 앉아 있을 것이다.
녀석과 잠깐 얘기를 나눠라. 이곳에서
돌아가는 사정을 아는 건 그 녀석이니.•

이 시에서 고양이는 하나의 장소다. 어떤 장소에 있든 그 장소의 구석구석에 얽힌 사정을 속속들이 알고 있는 고양이는 온몸으로 장소에 숨결을 더하고 때를 묻힘으로써 추억을 만든다. 자신이 살아가는 공간이 곧 자신의 확장된 신체이기 때문이다. 그는 그를 둘러싼 대기의 미세한 움직임을 놓치지 않기 위해 감각을 벼린다. 오늘은 어떤 꽃이 피었는지, 주인의 걸음걸이가 어떻게 바뀌었는지, 불 꺼진 지붕 위에 앉았다 떠난 철새의 노래에 귀를 쫑긋 세울 줄 안다.

내가 한 마리의 고양이가 되어 서른 해를 보낸 곳이 부산이다. 부산이란 지명은 구체적인 실체가 아닌 추상으로 그만의 고유한 체취가 묻어나지 않는다. 국國이나 도道, 시市처럼 체감되는 공간이 아니라 어딘가 막연하게 다가온다. 추상으로서의 장소를 가능한 한 살갗으로 직접 비비면서 살고자 하는 게 농경민의 전통이다. 시 속의 고양이처럼 실감으로 존재하고자 하는 자는 추상을 육화시키고자 한다.

실제로 나는 틈만 나면 산동네의 슬레이트 지붕 위에 올라가 고양이처럼 등을 구부리고 수평선을 바라보았다. 지붕 위에는 불안한 도회의 일상처럼 바닷바람에 쿨럭이는 지붕을 달래기 위해 올려놓은 돌들이 있었다. 돌의 무게로 하여 지붕은 함부로 들썩이지 않았다. 지붕이 짊어진 돌처럼 아버지와 어머니는 생활을 등에 짊어진 채 날품팔이를 하셨다. 일 나가신 아버지와 어머니를 기다리는 동안 나는 슬레이트 지붕 위에서 도시의 골목골목을 누볐다. 내 움푹한 두 눈은 마치 탐욕스런 숟가락처럼 풍경들을 폭식했다. 내항에 뿌려진 배들과 갈매기들에 시선을 비끄러매고 있노라면 이내 저녁이 와서 일 나가신 어머니와 아버지를 기다리는 무료한 시간이 한결 견딜 만했고, 짱짱하게 당겨진 현악기의 현이 울리듯 수평선에 얹어놓은 마음에 잔잔한 떨림이 이는 것도 같았다.

'붕—' 후미진 골목길을 따라 올라오는 뱃고동 소리 속에서 난 생처음 맡아보는 갯내는 바닷물처럼 일렁이며 멀미를 일으켰다. 무의식의 밑바닥을 자극하는 그 냄새는 어딘가 사무치게 원시적이어서 탄생 이전의 기억을 마구 들쑤셨다. 짭조름하고 비릿하고 축축하면서도 물너울에 비치는 빛살 같은 눈부심을 간직하고 있는 풍경들. 그런데 어찌 된 일인지 이 새로운 풍경들이 그리움을 앓게 한다. 낯선 도시의 골목을 하나의 피톨처럼 돌아다닐수록 지금 내게는 없는 무엇인가가 비로소 분명하게 각인되기 시작한다. 나는 어디에서 왔고, 어디로 가는가. 내가 잃어버린 것은 무엇인가. 알 수 없는 질문들이 새록새록 올라온다. 말하자면 이 도시는 내게 '나'를 발견케 한 하나의 타자다.

"아버지, 저 돌아가고 싶어요." 일곱 살 아이는 글썽이는 눈망울로 떠나온 고향을 더듬고 있었다. 얼핏 스친 아버지의 눈에도 같은 성분의 물기가 비쳤던가.

이제 향수병이 얼마나 심했는지 말해야겠다. 어느 날 나는 고향에서 멱을 감던 기억을 불러오기 위해 세숫대야에 물을 받고 고개를 처박았다. 콧속으로 물을 빨아들이고 있노라면 강물이 콧속으로 들어올 때의 감각이 살아났다. 그 찡하고 맵고 알싸한 느낌. 그때 눈물이 흥건하도록 희미해진 감각을 찌르는 물의 환기를 통해 나는 매번 귀향 의식을 치르고 있었나 보다.

은유의 발견

명색이 시를 쓰는 사람인데 내게는 특별한 시론이란 것이 없다. 그저 지금까지 살아온 내력을 나직이 들려줄 수 있을 뿐이다. 그런 답변 중의 하나가 서른 해를 산 부산에 관해서다. 당신에게 부산은 무엇인가요? 라고 묻는 독자들을 만날 때마다 나는 망설임 없이, 부산을 만나지 않았더라면 문학을 하지 않았을지도 모른다고 대답한다. 그만큼 나와 이 근대도시와의 만남은 운명적이었다는 말이다.

소년기와 청년기 내내 나는 외톨이였다. 외톨이로서 내가 세상과 소통하는 방식은 보다 더 독한 외로움 속으로 자신을 유배시키는 것이었다. 그 방법 중 하나가 무엇인가를 보기 위해 여기저기를 떠돌아다니는 것이었다. 회수권을 삼분의 이쯤으로 잘라 열 장을 열서너 장으로 만드는 방식을 활용해 틈만 나면 버스를 타고 도시를 돌아다녔다. 산복도로를 따라 신문배달을 하고 다닌 적이 있지만, 방랑에 무슨 각별한 목적이 있었던 것은 아니다. 어쩌면 도시의 더 많은 풍경들을 몸속에 차곡차곡 쟁이기 위해 신문배달을 했던 것은 아닐까. 지금의 여행벽도 그때 생긴 것이 아닌지 모르겠다. 하여간 나는 낯선 것이 좋았고, 낯선 것에 가까워지면 가까워질수록 고향에 대한 그리움이 더 간절해진다는 것을 알고 있었다.

방랑이 독서로 옮겨온 것은 사춘기를 지날 무렵이다. 방학 내내 일일학습지를 배달하다가 보수동 헌책방 골목으로 들어섰던 날을 기억한다. 헌책에서 나던 먼지 냄새를 나는 아직도 잊지 못한다. 그 냄새는 뭐랄까, 오랫동안 쌓인 시간의 퇴적물에서 나는 독특한 냄새를 갖고 있었다. 그 냄새는 언젠가는 소멸해갈 내 육체의 냄새이기도 하였고, 수없이 소멸해간 존재들이 발산하는 냄새이기도 하였다. 발굴에 나선 고고학자처럼 먼지 알갱이들이 잠든 책장 속으로 나는 끝없이 빨려들어갔다. 읽는다는 점에서 방랑과 독서는 같은 것이었다. 방랑이 공간을 읽게 했다면, 독서는 자신의 내면을 읽게 했다.

책과의 만남은 송두리째 생을 바꾸는 일대 전환이 되었다. 책 속에는 유년 시절 지붕 위에 올라가 바라보던 수평선의 그리움이 있었고, 그리고 무엇보다 내가 잃어버린 것이 단순한 장소로서의 고향이 아니라 지향해야 할 어떤 가치로서의 고향임을 알게 해주는 각성이 있었다. 그렇다면 나란 늘 귀향의 길 위에 서 있을 수밖에 없는 존재다. 귀향은 이루어질 수 없고, 이루어질 수 없기 때문에 더 간절한 꿈으로 생을 자극한다. 이 낯선 도시를 통해 나는 그처럼 고향을 재발견했다.

그리하여 부산에 관해 누가 묻는다면 나는 감히 은유에 대해 말하고 싶어진다. 은유란 무엇인가. 은유는 '나는 너다'와 같은 동일성의 세계가 아니라 나와 너 사이에 하나가 될 수 없는 균열을 품고 있다. 나와 너를 찢어놓은 균열을 직시하는 방식으로 은유는 사랑을 꿈꾼다. 나는 너를 사랑하지만, 우리 사이엔 사랑을 갈라놓는 균열의 세계가 있다. 균열은 고통스럽지만, 그 균열이 오히려 너를 더 절박하게 한다. 이것이 균열의 고통에도 불구하고 너를 꿈꿀 수밖에 없는 이유이다. 사랑의 고통을 잊지 않는 방식으로 사랑을 지향하는 은유의 세계를 나는 온전히 부산으로부터 배웠다.

오디오는 구른다

소리에 예민한 사람들은 대체로 외로운 사람들이다. 외로움은 뒤란의 그늘처럼 내면에 습한 이끼들을 붙게도 하지만 앞마당에선 느낄 수 없는 침묵의 경험을 선물해주기도 한다. 빈 곳이 있어야 소리가 울리듯 침묵은 음악과 시가 탄생하는 장소다. 요란한 소음들에 지쳐 감각이 흐릿해진 귀를 토끼의 귀처럼 예민하게 만들어주는 것도 침묵. 우리는 어린 날의 고적한 뒤란으로 돌아가듯 침묵으로 귀환함으로써 세계의 실감 나는 반응체로 거듭난다.

더위에 지쳐 풀 죽은 나뭇잎을 물결처럼 갈아엎어주고 가는 바람 소리와 청신한 기운에 힘입어 벌어진 꽃망울 속으로 벌들이 붕붕 빨려들어가는 소리를 들어보았는가. 향기에 반한 새들이 수작을 부리듯 부러 꽃을 툭 치고 가면 그 소리에 놀란 나비가 하들짝 날아가는 소리는 어떤가. 우물가에 웃통을 벗고 등물을 하는 아버지의 '어푸어푸' 소리에 쏟아지는 물보다 더 시원한 치아를 드러낸 어머니가 산 능선을 미는 구름처럼 뽀독뽀독 등을 밀어주는 소리, 우물 벽에 매달려 있던 물방울들이 노크를 하듯 수면을 치며 똑똑 떨어지는 소리……

그 많은 소리들을 사람들은 제도화된 언어 속에 묶는다. 야생을 포박하듯 풍요롭게 흔들리는 차이들을 동일한 기호 속에 감금한다. 어떻게 하면 새들에게 인간의 언어로 채집되기 전의 소리들을 찾아줄 수 있을까. 어떻게 하면 '철썩철썩' 하고 부서질 줄밖에 모르는 파도에게 본디 가지고 있던 소리들을 되돌려줄 수 있을까. 어떻게 하면 거의 자동적으로 '우수수' 하고 떨어지는 낙엽에게 다른 낙하의 가능성을 찾아줄 수 있을까.

소리에 민감했던 소년 시절의 꿈 중 하나는 근사한 오디오를 장만하는 것이었다. 음악에 대해 문외한이면서도 막연하게나마 오디오를 갖게 되면 좀 더 실감나는 소리들을 갖게 되지 않을까 생각했다. 오디오를 향한 꿈은 어린 날 뒤란에 혼자 쭈그려 앉아 빗소리를 듣는 것만으로도 어떤 생의 비의를 엿본 듯 충만감에 젖을 줄 알았던 가난한 마음을 기억하고자 하는 내 나름의 작은 소망이었을 것이다. 그러나 들을 만한 오디오가 궁핍한 시인의 경제로선 엄두도 내지 못할 고가임을 알게 되면서 나는 소년 시절의 꿈을 접고 살아왔다. 결혼 무렵 아내에게 다른 혼수는 필요 없고 오디오만 있으면 된다는 말을 하였다가 그런 낭만적인 태도로 어떻게 이 험난한 세상을 헤쳐나가겠느냐는 핀잔을 듣고 난 이후론 입단속을 단단히 하고 살았다.

이런 내게 마침내 오디오가 생겼다. 나의 오디오는 특별하다.

방 안에 얌전히 틀어박혀 음악을 들려주는 내성적인 성품의 소유자가 아니라 온 들판을 굴러다니며 원 없이 음악을 틀어준다. 나는 오디오와 함께 출근도 하고 퇴근도 한다. 주말이면 가보지 못한 풍경들을 찾아 함께 멀리 여행까지 하는 형편이다. 산길도 오르고 강을 건너기도 하며 난타하는 빗속을 쾌활하게 질주하기도 한다.

눈치챘겠지만 나의 오디오는 자전거다. 사물들에 이름을 붙여주어야 친밀해진다고 믿는 평소의 버릇대로 나는 소년 시절의 꿈을 자전거의 이름으로 달아주었다. 오디오를 갖지 못한 서운함을 이름으로나마 달래보자는 뜻이었지만, 자전거는 그로부터 세상 어디에도 없는 음악 소리를 들려준다. 대지를 향해 한껏 열어젖힌 감각에 돌멩이 하나마저 음표가 되어 통통거리고, 체인의 어느 마디에서는 기러기 떼의 울음소리가 들려오기도 한다. 강의 모래톱 연주와 풀벌레 악단의 합주가 두 바퀴를 턴테이블 삼아 흘러간다. 내가 침묵의 상태에 있을 때 물 위에 먼지 한 점 떨어지는 소리마저 들린다고 하면 지나친 과장일까. 아무려나 그때 내가 듣는 음악은 나의 심장박동 소리와 같다. 그때 나의 피는 오디오로 이어진 케이블이다. 온 대지에 플러그를 꽂고 질주하는 오디오의 세포들 속으로 찌릿찌릿 전기가 흐른다.

어머니는 한때 단칸방에 어울리지 않는 대형 거울을 품고 살았다. 큰 거울에 생활의 남루가 다 비치니 한숨이 더 나올 수도 있겠지만, 어머니는 오히려 비좁은 방을 거울 속으로나마 터놓고 살고 싶었는지도 모른다. 누가 그것을 남루라 할 것인가. 나의 오디오는 남루마저 향긋하다.

시집 외상값 오천 원

시장조사를 다녀온 출판사 동료가 책을 한 권 사왔다. 우리 출판사의 신간이었다. 사재기를 했네? 요즘 사재기 감시단이 활동하고 있는 거 몰라? 농을 건네자 동료는 배시시 웃는 낯빛으로 급하게 선물할 데가 있어서요, 라고 답한다.
사재기에 관해선 솔직히 할 말이 없다. 첫 시집을 냈을 때의 일이었나 보다. 출판사에 원고를 보내고 나서 몇 년을 기다리다 낸 시집이었으니 감격스럽기 짝이 없었다. 내 작품집이 미지의 독자들과 만난다는 기대만으로도 충분히 흥분이 됐다. 그러나 워낙 팔리지 않는 게 시집이다 보니 시집 판매에 대해선 전혀 기대를 하지 않았다. 그냥, 몇몇의 독자라도 내 시에 공감할 수만 있다면 그것만으로도 위안이 될 것 같았다. 시란 본디 비밀결사대 같은 소수자의 언어가 아니던가.
그런데 어느 날 친구로부터 전화 한 통을 받았다. 어느 대형 서점의 베스트셀러 순위에 내 시집이 몇 주째 부동의 1위를 지키고 있다는 내용이었다. 친구의 말이 믿어지지 않아 살갗을 살짝 꼬집어보고 싶은 생각까지 들었다.
친구의 전화 내용을 확인하기 위해 그 서점으로 갔다. 베스트셀러 1위에 내 이름과 시집 제목이 당당히 올라 있었다. 나는 터져

나오려는 웃음을 꾹 눌러 참는 고통을 지그시 음미하며 여느 독자들처럼 다른 책들을 보기 시작했다. 분명 꿈이 아니었다. 글이 눈에 들어올 리 없었다. 베스트셀러 시인이 된 마당에 이 따위가 다 뭐란 말인가. 이제 머잖아 여러 출판사에서 연락이 올 것이고 내 통장엔 인세가 차곡차곡 쌓일 것이다. 그리고 출판사와 잡지사들의 구애가 경쟁적으로 잇따를 것이다. 이제는 이 모든 구애를 정중히 거절하는 방법을 익혀야 될지도 모른다.

도저히 참을 수 없는 행복감을 다시 확인하기 위해 나는 시내의 다른 대형 서점을 찾았다. 글을 쓰는 사람들 사이에서는 '자신의 책을 구입하는 독자를 서점에서 만나면 대박이 난다'는 속설이 있다. 기왕 나선 김에 그 미지의 독자까지 만나 확실하게 대박의 자리를 굳히고 싶었다. 그러나 아무리 기다려도 그 미지의 독자는 나타나지 않았다. 그리고 그 서점 베스트셀러 순위 어디에도 내 이름은 올라 있지 않았다. 그제야 뭔가 이상했다. 이게 어찌 된 일인가. 혹시나 싶어 또 다른 대형 서점을 찾아보았다. 그곳 역시 상황은 마찬가지였다. 용기를 내어 서점 직원에게 물어보니 한 달 내내 두 권이 팔린 게 전부라고 했다. 끝없이 부풀어오르던 백일몽이 풀썩 주저앉는 순간이었다.

허탈을 곱씹고 나자 뭔가 짚이는 게 있었다. 내 시집이 베스트셀러를 장식했던 그 서점은 화장품 방문판매를 다니시는 어머니의 직장 부근이었던 것이다. 그날 밤 나는 어머니가 메고 다니시는 화장품 가방을 열어보았다. 아니나 다를까, 가방 속에서 시집이 쏟아져나왔다. 내처 어머니의 낡은 장부를 펼치자 고객들의 이름 옆에 적어놓은 '시집 외상값 오천 원'이 또박또박 눈에 들어왔다. 시집 외상값이라니! 눈앞이 캄캄했다. 어깨를 짓누르는 무거운 화장품 가방 속에 어머니는 못난 아들의 시집을 넣고 다니며 아무도 고용하지 않은 시집 외판을 하고 있었던 것이다. 그렇게 바라던 내 시집이 어머니에게 짐만 되고 있었다니……

어머니의 시집 사재기와 외판은 그 후로도 한동안 계속됐다. 만류도 해보고 협박도 해보았지만 막무가내였다. 언젠가부터 외판도 여의치 않고 수금하는 것도 뜻대로 되지 않았던지 집 안에 시집이 쌓이기 시작했다. 어머니의 한숨 소리 또한 그 높이와 비례해 더 깊어졌다. 그 모습을 보면서 '이후로 시집을 낸다면 어머니 몰래 내리라, 고생하는 어머니의 짐이나 되는 시집 따윈 다시 내지 않으리라'고 다짐을 하고 또 했다.

몇 년 뒤 두 번째 시집을 냈다. 어머니에게서 전화가 왔다. 대뜸 "시집 낸 것을 알았으면 나라도 나서서 좀 샀을 텐데 왜 말을 하지 않았느냐"는 것이었다. 그땐 미처 말하지 못했지만 어머니에게 들려주고 싶다. "어머니, 아무리 기다려도 오지 않던 독자가 바로 어머니라는 걸 이제 저도 알고 있어요. 제겐 어머니가 대박을 주는 그 미지의 독자예요. 그러니 사재기 같은 건 하지 않아도 돼요."

신현림

오직
충실함만이
모든 장애물을
이긴다

나는 왜 시인이 되었나

왜 시인이 되었느냐고 물으면 흔히 얘기하듯 운명인 거 같다. 시인을 꿈꾸기 전에 시를 좋아했고, 힘들 때면 시를 읽으며 견뎠고, 시로 숨 쉬며 산 청춘이 있었다. 시를 왜 좋아했나 생각해보니 풀과 같이 자연이란 깨달음, 더없이 낮아지고 선량해지는 고마움이 가슴에 물결처럼 퍼져가 나를 좀 더 사람스럽게 해서가 아닐까. 그래서 누가 나에게 시를 왜 쓰느냐 물으면 농 반, 진 반 착하게 살기 위해서라고 말해왔다. 실제 인생에서 착하게 산다는 것만큼 중요한 게 있을까.

내가 시 쓸 때 나의 시 〈애무 한 벌〉과 같은 기쁨을 얻어서도 있지 않을까 한다.

더 가까이 가고픈 마음이
빨간 석탄이면
우리의 담장이 무너져도 괜찮겠죠
뭘 해도 망가질 듯한 두려움 잊고

신현림

시인, 사진작가. 경기 의왕 출생. 아주대에서 문학을, 상명대 문화예술대학원에서 비주얼아트를 전공했고, 한국예술종합학교, 아주대에 출강했다. 시집으로 《지루한 세상에 불타는 구두를 던져라》《세기말 블루스》《해질녘에 아픈 사람》《침대를 타고 달렸어》 등이 있으며, 산문집 《만나라, 사랑할 시간이 없다》《엄마 살아 계실 때 함께할 것들》《아무것도 하기 싫은 날》《서른, 나는 나에게로 돌아간다》, 시 모음집 《딸아, 외로울 때는 시를 읽으렴》, 동시집 《초코파이 자전거》, 사진 에세이 《나의 아름다운 창》과 미술 에세이 《신현림의 너무 매혹적인 현대미술》 등 다수의 저서를 출간했다.
〈아我! 인생찬란 유구무언〉 등 3회에 걸쳐 사진전을 열었으며, 〈사과밭사진관〉전으로 2012년 울산국제사진페스티벌 한국 대표작가로 선정되었다.

달고나같이 엉겨붙어 하나가 되어도 좋겠죠

바닷바람처럼 거친 숨결 사방에 메아리치니
숲과 집이 되살아나고 거대한 나팔꽃 해가 피어나고
샘솟는 빛이 보입니다
육신의 무명천을 천천히 찢어가는 쾌감 속에
바다와 흙을 반죽하여
새롭게 몸을 지어 삶을 바꿔주시는군요

당신 몸이 내 곁에 계시니 안정감을 줍니다
함께하는 한 잃어버릴 시간은 없습니다
살아 있는 기쁨, 처음의 깨우침,
당신이 주신 이 따뜻한
애무 한 벌•

한 벌의 시의 의복을 만들듯 나는 나의 시로써 영혼을 키워가고 인간으로 성장해가는 것 같다. 그 사랑이 애정이든 우정이든 창작이든 늘 순정을 최고로 중요시한다. 누군가 시인과 사진가가 꿈이라면, 무조건 시가 좋아야 하고, 사진가는 멋진 사진 욕심보다 그저 세상과 사람을 사랑하는 그 열정과 순정

• 〈애무 한 벌〉, 《침대를 타고 달렸어》, 민음사, 2009

이 먼저일 것이다. 그림과 글이 그리워하다, 란 뜻에서 나왔듯이……

가난도 외로움도 축복이 되려면 치열한 몰입이 있어야 가능하더라. 치열할 때만이 야들야들한 감성이 펄펄 살아 있고, 참 다양한 삶의 순간에 섬세하고 번뜩이는 생각들을 할 수 있는 것. 그것들을 적확한 언어로 표현하여 팬들이 내 시를 좋아한다며, 이를 위해 어떤 노력을 하는지 질문을 받을 때가 있다. 내가 화가 지망생으로 조금이라도 미대 다닌 경험, 숱한 실패를 통한 고뇌와 깨달음, 한 발이라도 담그고 살았던 신앙의 힘, 독서의 힘과 다양한 문화 체험, 그리고 늘 부족하지만 나만의 신앙심이라 말하고 싶다. 누구라도 문학, 예술, 인문학, 철학 등 모든 분야를 즐기다 보면 좋아지고, 좋아하고, 깊이 탐구하다 보면 남다른 실력, 창의력 있는 사람이 되어 자기만의 세계가 열린다고 본다. 사람은 누구나 똑같다. 자기 하기 나름이니. 우리가 좀 더 세상과 사람들을 적극적으로 사랑하지는 못해도 연민으로라도 바라본다면 생이 바뀌리니.

등단 무렵 이야기

첫 시집 출간이 진짜 등단한 느낌이었다. 첫 시집 《지루한 세상에 불타는 구두를 던져라》가 여러 신문에서 호평을 받은 데 비해 문학잡지 두 군데서만 다뤄져 좌절스러워했던 것 같다. 그나마 이승훈 시인의 "황홀한 내면 풍경과 외로움의 미학과 특이한 매혹의 시"란 칭찬과 "거대한 내면을 지닌 이 불꽃

같은 시인에게 기대를 건다"는 서준섭 평론가의 평론과 장은수 평론가의 호평이, 출간 전의 정진규 선생님의 칭찬 등이 가슴에 작은 용기의 등불이 되었는데 그분들께 참 고마움을 전하고 싶다.

지금도 구름 속에서 소리치는 천둥처럼 가슴속에서 하나의 깨달음이 거칠게 요동친다.

"오직 충실함만이 모든 장애물을 이긴다."

이 깨달음을 생각할 때마다 내 책상 위에는 햇빛이 일렁이고, 상큼한 바람이 불어온다.

첫 시집은 네 곳의 출판사에서 러브콜이 있었다. 세계사의 러브콜에 응답했는데, 하루 뒤에 창작과비평사의 프러포즈를 받았다. 내 《지루한 세상에 불타는 구두를 던져라》를 낸 시절을 생각하면 분명 책들도 각 시집의 운명도 분명히 있다.

나는 서른 초반에 미친 듯이 작업을 하여 시 매장량이 많았다. 그다음 해 처음의 러브콜에 용기를 갖고 《세기말 블루스》 원고 투고 후 오랜 기다림 끝에 두 번째 시집이 출간되었고, 나의 삶은 바뀌기 시작했다.

차갑던 방에 불을 땔 때처럼 내 인생에 따스한 흐름이 생기기 시작했다. 신촌 대학가의 큰 호응에 힘입어 그해 가을 많은 주간지와 열두 개의 여성잡지에서 내 기사가 크게 다뤄진 후 시집이 베스트셀러 1위까지 한 감격도 어렴풋이 기억난다. 나를 구원해준 《세기말 블루스》 덕에, 먼지 속에 묻혀 있던 첫 시집《지루한 세상에 불타는 구두를 던져라》를 꺼내 읽은 독자들은 이 시집을 더 좋아하게 되었단 얘기도 듣는다.
그 당시 내 시에 대한 관심과 애정을 기울여주신 김사인, 고형렬 선배님께는 감사한다. 내게는 참으로 공평무사한 선배님들로 인간적인 신뢰감과 존경심을 갖고 있다. 그리고 이시영 시인과 창작과비평사에 은인과도 같은 고마움을 가슴에 간직하고 있다.
창작자로서의 꾸준한 성장과, 노력하는 나보다 불면증을 이긴 내 자신이 대견스럽다. 파란만장한 인생의 고난보다 불면증이 정말 무서웠다. 늘 불면증으로 언제 죽을지도 모른다는 두려움 속에서 청춘을 보냈기 때문이다. 아, 다시 잠이 쏟아진다. 뭉텅뭉텅 목화솜 같은 잠이 쏟아지는 축복 속에서 나는 매일 다시 태어난다. 매일 다시 태어나는 기쁨을 맛보고 일하고 싶다.

시인으로서 삶에 대한 생각

우리는 대체로 익명의 존재로 살다 간다. 그렇게 꽃이 피었다 지듯이 살다 사라지는 존재임을 자주 느끼면 죽음을 더 잘 준비하지 않을까. 죽음 준비는 참으로 잘 살겠다는 마음가짐이며, 가진 물건과 사랑을 이웃과 나누는 실천이며, 지금 이 순간 허투루 시간을 보내지 않으리란 약속이다. 그 약속은 자주 어그러지기 쉽지만 말이다. 인생은 얼마나 자기를 잘 알고 있느냐에 따라 달라진다. 시 쓰기도 마찬가지다. 자기가 누구인지 아는 생의 철학에서 시작하리라 본다.

여러 번 냉담 끝에 되찾은 신앙심은 여전히 부족하지만 내 삶과 작업에 큰 영향을 미침을 느낀다. 외롭고 고요한 시간에 영혼에 숨은 신성한 기운을 헤아려보려 애쓴다. 여리고 여린, 슬프고 헐벗고, 아픈 것들을 향해 기도할 수 있는 그 신성한 기운 속에서 세상을 바라보는 시선, 창작 태도도 훨씬 내 마음에 들어졌다. 뭐 하나 쉬운 게 없다. 생의 지혜와 겸허함, 감사와 기쁨조차 끝없는 노력과 기도 속에서 얻어짐을 느낀다.

> 곧 잊을 수 없는 저녁이 올 거야
> 죄와 악이란 말을 잊었듯이 그 저녁도 잊을 거야
> 잊혀진 사람과 사라진 동물을 적어봐
> 별을 삼키고 속죄의 시를 적어봐
> 오늘은 컴퓨터 냄새가 싫으니까
> 손으로 쓴 편지로 나를 울게 해봐[●]

내 시 〈세기말 블루스〉에 썼듯이 뭐든 쉽게 잊히는 세상에서 쉽게 잊히지 않는 아름다운 시간을 쌓아가고 싶다. 일에서든 사생활에서든 그 아름다운 시간들을 통해 얻은 삶의 진실들로 내 생의 의복을 만들어가고 싶다.

● 〈세기말 블루스〉 부분, 《세기말 블루스》, 창비, 1996

이에 대한 답으로 시인으로서 꿈꾸는 세상을 계간《컨템포러리 아트 저널》 정형탁 편집장과의 인터뷰 중에서 일부 인용하겠다.

사진을 문학과 결부시키는 걸 굉장히 싫어하시네요?

제 시는 휴머니즘의 한 방식으로 페미니즘을 의도적으로 한 부분 일관되게 다뤄왔어요. 불평등한 가부장적인 흔적이나 남성성이 지닌 거칢과 폭력에 저만의 시로써 저항하며, 좀 더 사람다운 세계를 그려보려 했어요. 여성도 남성과 똑같다는 의미로서 욕망을 다루었죠. 그 무엇보다 인간 존재의 외롭고 쓸쓸한 내면을 노래했었죠. 파편적으로 보일 수 있지만 늘 역사나 시대의 문제도 깊이 인식하며 작업했어요.

저는 문학을 위해 사진을 찍지도 않고, 사진을 위해 문학을 하지도 않습니다. 물론 생존을 위해 그렇게 책을 만든 적은 있지만요. 진정 제 본격 시와 사진 작업에선 각자 고유의 양식에 투철해왔고, 두 양식을 다룰 줄 아는 사람으로 성장을 했고, 이제 운명이 되었어요. 서로 주고받는 영향 속에 있긴 해요.

다음 5시집과 함께 준비하는 6시집에서는 다룰 내용이 제3전시 〈사과밭사진관〉전을 준비할 때처럼 대지의 모성성, 그 소외와 의미, 그리고 우리가 마지막 갈 곳이 땅이라는 당연한 사실을 다시 일깨우고 싶어요. 대를 이어가는 사람들. 더불어 희로애락을 겪으며 비로소 사랑과 정을 알고 혼을 얻어가는 게 사람임을 담으려 해요.

외국에는 두 가지 이상의 창작을 겸하는 작가가 부지기수인데, 한국 풍토는 한 가지 넘는 전문 작업에 냉소적인 분위기가 있어요. 이것은 예술의 본질과 성과를 떠난 권력과 정치에 속하는 문제라고 봐요. 진정한 창작은 자기의 믿음으로 밀고 가며, 내일의 새로운 비전을 펼쳐 보이는 데 자기만의 재능과 열정을 바치는 일입니다. 세계화라는 이 혼란스럽고 스펙터클한 시대에 좀 더 치열한 창작의 횃불로 새로운 길을 탐색하는 데 이것만 해야 된다는 법이 어디 있나요. 예술은 그 낡고 익숙한 법을 넘고 끝없이 바꾸고 변형시키는 속성을 가지고 있어요. 그 누구든 타 장르와의 벽을 트고 나갈 자는 담대하게 어떤 위험도 무릅쓰고 한 시대의 삶을 치열하고 첨예하게 보여주어야만 합니다. 자기 영역 지키기만을 고집하는 분들은 보기에 좀 답답하지만 신경 쓸 건 없지요. 저마다 자기 몫을 하며 살다 가는 것이니까요.

세계화 시대 속에서 통섭이니 융합이니 그 흐름은 선진국일수록 거셉니다. 통섭이랄 수 있는 글과 이미지를 다루는 작가들은 이미 있어왔어요. 저는 대학에서 문학을 전공했지만, 미술대학을 한 학기 다닌 경험과 저만의 탐구, 여러 권의 사진 에세이, 《너무 매혹적인 현대미술》 등의 예술 에세이를 내기도 했어요. 먼저 제 작업을 위해 공부하려고 쓴 책이기도 하죠. 예술에 대한 저만의 사랑과 깊은 고뇌의 산물이거든요. 그것이 다 바탕이 되어 오늘의 전

시가 있었고, 시 창작에도 지속적으로 영향을 미치고 있어요. 저는 운명적으로 둘을 다 다루게 되어, 떨어뜨려 생각할 수 없는 사람이 되었어요.

그렇다면 시가 사진이나 그림과 어울리는 포토포엠이라는 형식은 어떻게 생각하세요?

엄연히 내 육체와 정신에서 나온 작업이라도 사진과 시는 철저히 분리합니다. 엄격하게 말하자면 시는 시집 속에 들어간 것만 시입니다. 저만이 아닌 모든 시인들의 경우도 마찬가지예요. 미발표 상태로 하늘나라로 가지 않는 한. 제가 썼던 네 권의 시집과 준비하고 있는 5시집에 들어갈 것만 시예요. 결국 잘 정리되어야 한다는 것이죠. 그 외의 글은 시적인 문체라도 산문이고, 독자들이 행갈이해서 올려놓았더라도 시가 아닌 산문일 뿐이에요.

예술은 엄격한 자기통제 안에서 작업됩니다. 예술은 사람의 정신을 움직이기에 감동이 우선이에요. 그 감동은 저절로 스며나오지만, 예술은 끝없는 자기 수련 끝에 완성되어져요. 초기 작업 시절에 중요하게 마음에 담아둔 게 있어요. 서양 쪽 어느 예술평론가가 말했는지 기억나지 않지만 "어설픈 예술은 관객의 감각을 타락시킨다"는 말. 다시 말해 어설픈 시도 독자의 감각을 타락시킨다는 말. 얼마나 무서운 진실인가요. 철저한 장인정신에서만 진정한 예술이 꽃피고 관객의 감각 성장에 도움을 줍니다.

어떤 예술이건 끝까지 예술로 살아남는 건 시적인 아름다움이 배어 있을 때 크다고 봐요.

시적이라는 건 더욱 절제된 상태에서 나오는 무언의 아우라예요.
사진이든 시든 제 방식의 강렬함을 추구해요. 생명력 넘치는 역동적인 이미지를 꿈꾸기 때문이에요.
잃어버린 자신과 인터넷과 매스미디어가 만든 가상세계에서 사는 듯이 보이는 우리 현대인들. 어딘가 공허한 생활. 잃어버린 자신을 찾고, 늘 우리를 우리이게 하는 이정표를 만들고 싶었어요. 그리하여 인생의 무거움에서 가볍게 날아오르는 기쁨과 시공을 가르는 희열감까지도 맛보는 충만함 속에서의 강력한 존재감을 꿈꿉니다.
인간의 존재는 이 세계에 있는 것 같기도 하고 없는 것 같기도 한 부재감의 느낌을 받을 때가 많아요. 현실과 비현실이 기묘하게 뒤엉켜 미스터리한 빛을 내뿜지요. 그것이 강하게 다가올 때가 있어요. 그 고뇌 또한 사진 이미지만큼이나 시 속에서 다루고 싶어요. 이 모두는 제가 생을 바라보는 관점이겠죠. 4시집 《침대를 타고 달렸어》의 시 한 편으로 마무리할게요. 사람은 함께 있을 때 자극받고 혼자 있을 때 성장합니다. 모두 자기 성장에 애쓰면서 그래도 늘 미소가 오가고, 서로가 마주 선 길 위에 따뜻한 인사가 꽃처럼 펄펄 내리기를 기원해봅니다.

침대를 타고 나는 달렸어 밤 도시를 돌고 돌았지
팽이가 돌듯 머리 돌 일로 꽉 찬

슬픈 인생을 돌았어

내가 태어나 사랑하고 죽어갈 이 침대

다 잃고 다 떠나도

단 하나 내 것처럼 남을 침대

결국 관짝이 될 침대

몸의 일부인 침대를 타고 달리면

물고기와 흰나비 떼들이 날고

슬픔까지 눈보라같이 날아

내일은 좋은 일만 생길 것 같고

세상 끝까지 갈 힘을 얻지

몸은 꽃잎으로 가득한 유리병같이

투명하게 맑아져 다시 태어나는 나를 봐•

• 〈침대를 타면〉, 《침대를 타고 달렸어》, 민음사, 2009

숨길 수 없는 말들

여태천

아무것도 하지 않는다. 지금 내 앞에는 저녁이 있고, 하늘이 있고, 바람이 있다. 그리고 나무, 벤치, 아이들이 있다. 벤치에 앉아 아무것도 하지 않은 채 눈에 보이는 이 모든 것들을 받아들이고 있다. 머지않아 불안해질 것임을 나는 알고 있다. 머릿속으로 해야 할 일들이 하나둘 스쳐 지나간다. 나는 애써 그것들을 무시한다. 나뭇잎의 색깔이나 크기를 비교하기도 하고, 손톱의 모양을 보기도 하고, 그러다 멍하니 구름이 횡단하는 파란 하늘을 쳐다본다. 그러나 불안은 기어이 찾아온다. 말하자면 나는 불안해질 때까지 아무것도 하지 않은 것이다. 불안은 피로와 함께 온다.

놀이터에서 놀고 있는 아이들을 바라보고 있다. 아이의 엄마는 놀고 있는 아이들 틈에서 연신 딸아이를 쫓아다닌다. 그러다가 힘들다고 벤치로 와 주저앉으며 아이를 부른다. 아이는 엄마가 부르는 소리에도 아랑곳하지 않는다. 아이는 이번엔 비눗방울을 따라 뛴다. 아이는 하루 종일 뭔가를 하고 있다. 아이는 몇 시간 후면 피로에 지쳐 곯아떨어질 것이 분명하다. 무엇이 저 아이를 저렇게 뛰게 하는 것일까. 아이의 피로. 그런데 아이는 피로를 모른다. 피로를 알기 전에 아이는 잔다.

사실 나는 피로해서 아무것도 하지 않는 것이다. 아무것도 하지 않을 때는 대부분 문서나 서류를 하루 종일 들여다본 뒤다. 그날은 눈이 튀어나올 듯 아프다. 뭔가에 대해 주의를 기울인다는

여태천

2000년 《문학사상》으로 등단했다.

시집 《저렇게 오렌지는 익어가고》 《스윙》 《국외자들》이 있으며,

제27회 김수영문학상을 수상했다.

현재 동덕여대 국문학과 교수로 재직 중이다.

것은 피로한 일이다. 내 눈의 피로와 아이의 피로는 다르다. 뭔가를 찾아 헤매느라 고심하는 나와 그 어떤 욕망도 없는 아이. 아이는 그냥 걷다가 뛰다가, 다시 뭔가를 찾아 뛰다가, 그리고 또 걷는다. 아이에겐 분명한 목적이 없다. 아이는 정해진 뭔가를 따라다니지 않는다. 쉬지 않고 뭔가를 하고 있는 아이는 사실 아무것도 하지 않는 것인지도 모른다.

나는 잠시 아이를 흉내 낸다. 아이처럼 걷다가 뛰다가 걸어본다. 그러다가 벤치에 앉아 바람에 흔들리는 나뭇잎을 본다. 나뭇잎 사이로 뛰어가는 아이를 본다. 아이 곁으로 자전거 한 대가 지나간다. 자전거 저편으로 분수대의 물이 아른거린다. 나무가 흔들린다. 사물들이 흐릿해지고 나는 뭔가를 잃어버린 듯하다. 내가 어디에 있는지 잊어버린 채 다시 아이를 보고, 아이가 있는 풍경을 보고 있다. 아이와 풍경, 아이와 나, 풍경과 나 사이에 있던 경계선이 무너진다. 아이와 함께 내 눈에 들어온 것들. 그것들은 그 자체로 있지 않고 다른 것들과 함께 나타난다. 어

떤 의미를 지니지 않은 채 다른 것들과 함께 존재한다. 이 시간에 나는 아이와 가까워진다. 아이의 눈으로 아이를 본다. 나는 이 피로를 즐긴다. 김수영도 이 피로를 좋아했다.

> 너무나 잘 아는
> 순환의 원리를 위하여
> 나는 피로하였고
> 또 나는
> 영원히 피로할 것이기에
> 구태여 옛날을 돌아보지 않아도
> 설움과 아름다움을 대신하여 있는 나의 긍지
> 오늘은 필경 긍지의 날인가 보다•

나는 김수영이 지녔던 긍지를 아직 가지지 못했다. 아마 평생 얻지 못할지도 모른다. 하지만 이 지독한 피로 때문에 내가 놓치고 있던 세계를 볼 수 있게 되었다. 몸의 피로는 뭔가를 해야 하는 불안과 염려에서 나를 해방시킨다. 지독한 피로로 아무것도 하지 않을 때, 나는 나를 잃어버린다. 지독한 피로로 아무것도 하지 않을 때, 나는 사물과 가까워진다. 지독한 피로로 아무것도 하지 않을 때, 나는 세계를 발견한다. 그때 쓸모없는 것들의 쓸모가 생긴다. 피로한 눈을 감는다. 슬며시 불안을 떨쳐버리고 부드럽게 한 세계가 솟아난다.

• 〈긍지의 날〉 부분, 《김수영 전집 1》, 김수영, 민음사, 2003

언어적 고통

시란 무엇인가, 라는 질문에 대한 답은 다양하다. 그 답은 나와 상관없는 정의定義에 가까울 가능성이 높다. 반면에 시를 쓰는 일이란 어떤 것일까, 라는 질문은 매우 개인적이며, 그래서 그 답은 최소한 나의 삶과 무관하지 않을 것이다. 시를 쓰는 것은 극도로 피로해진 상태에서 눈을 감고 부드럽게 한 세계가 솟아나는 것을 기록하는 일이다. 하지만 그것만으로 시가 되는 것은 아니다.

에밀 시오랑E. M. Cioran은 쉼표 하나를 위하여 죽게 되는 세상을 동경했다. 나는 언제쯤 쉼표나 마침표 하나를 위해 죽을 수 있을까? 뭔가를 기록하는 일, 그것은 특별한 것일까? 뭔가를 기록하는 일, 그것은 새로운 것일까? 내 삶은 저 언어와 함께 풍요로워질 수 있을까? 나는 참 궁색하게도 이 대답도 없는 질문을 늘 하고 있다. 아마 앞으로도 계속 이 미궁에서 헤어나지 못할 것이다. 그런데 이상하게도 이 질문은 아무것도 하지 않고 있을 때에만 찾아온다. 하고 싶다고 해서 할 수 있는 게 아니다. 언어에 대한 고민은 지독한 피로의 끝에서 시작된다. 그래서 나는 내내 피로하고, 그리고 불안하다.

세계는 엄연히 내 앞에 있다. 그런데 언어는 언제나 저만치 있다. 저렇게 흐릿하게 서 있다. 그래서 저 언어가 불안하다. 사실 불안한 것은 나 자신이다. 저러다 언어가, 세계가 사라질 것 같아 두렵다. 그런데 언어는 나의 생각으로부터 멀어지지 않고 나의 몸에 아슬아슬하게 매달려 있다. 언어는 나의 몸을 은신처 삼아서 이 세계에 간신히 붙어 있다.

하루의 많은 시간을 나는 내가 알고 있는 것에 대해 생각한다. 그리고 내가 알고 있는 것을 내가 알고 있는 언어로 기록하는 일에 대해 생각한다. 그리고 내가 알고 있는 것을 내가 알고 있는 언어로 조금씩 기록한다. 내가 알고 있는 것을 내가 알고 있는 언어로 기록하는 일에는 무시할 수 없을 만큼의 은밀한 쾌락이 있다. 나는 이것을 좋아한다. 하지만 나의 앎은 나의 삶과 함께 가는 것인가? 그 앎은 옳음과 함께 있는 것인가? 이런 질문을 할 때면, 내가 알고 있는 것을 내가 알고 있는 언어로 기록하는 일은 조금 고통스럽기도 하고 두렵기도 하다.

말들의 움직임이 우리의 삶과 일치할 수 있는 가능성은 없을까? 그래도 나는, 알고 있다는 것과 기록하는 일에 대해 끊임없이 생각한다. 얼마만큼 내가 알고 있는 것을 내가 알고 있는 언어로 기록할 수 있을까를 생각한다. 그러다가 내가 알고 있는 것을 알고 있지 못하는 언어로 기록할 수 있을까를 아주 잠깐 생각한다. 알고 있는 것을 알고 있지 못하는 언어로 기록하는 것이 불가능하다고 판단한다. 그러고는 그 생각을 그만둔다. 그렇게 생각하는 순간에, 나는 또 내가 알고 있지 못하는 것에 대해 생각하기 시작한다. 알고 있지 못하는 것에 대해 생각하는 일은 아주 드물게 오는 기적 같은 행운이다. 알고 있지 못하는 것을 생각하고 있다는 사실을 알아내기란 쉽지 않다. 나는 용기를 내어 내가 알고 있지 못하는 것에 대해 내가 알고 있는 언어로 기록하기 시작한다. 내가 알고 있지 못하는 것을 내가 알고 있는 언어로 기록하는 일은 기쁜 일이고 즐거운 일이다. 하지만 나는 그것을 조금은 진실하지 않다고 걱정한다. 그 걱정을 떨쳐버리기 위해 나는 내가 알고 있지 못하는 것에 대해 내가 알고 있지 못하는 언어로 기록하는 일은 어떨까, 하고 생각한다. 알고 있지 못하는 것을 알고 있지 못하는 언어로 기록하는 일은 최소한 그 진정성을 의심하지 않아도 되기 때문이다. 드물게 나는 내가 알고 있지 못하는 것에 대해 내가 알고 있지 못하는 언어로 기록한다. 아무것도 하지 않았는데도 시간이 지나면 신기하게도 뭔가가 기록되어 있다. 세계와 나는, 세계와 언어는, 언어와 나는 어떻게 만나는가?

내가 알고 있는 사실과 내가 알고 있는 언어가 만난다.
내가 알고 있는 사실과 내가 알고 있지 못하는 언어가 만난다.
내가 알고 있지 못하는 사실과 내가 알고 있는 언어가 만난다.
내가 알고 있지 못하는 사실과 내가 알고 있지 못하는 언어가 만난다.

세계와 나는, 세계와 언어는, 언어와 나는 이렇게 만나고 헤어진다. 드물게 알고 있는 언어와 알고 있지 못하는 언어가 만나기도 한다. 이 만남의 순간에 나는 또 이렇게 생각한다.

나는 내가 알고 있는 언어가 내가 알고 있는 사실을 제대로 기록하고 있는지 잘 몰라 슬프다.
나는 내가 알고 있지 못하는 언어가 내가 알고 있는 사실을 말할 수 없다는 것이 때로는 안타깝다.
나는 내가 알고 있는 언어가 내가 알고 있지 못하는 사실을 왜곡할지도 모른다는 사실이 매우 두렵다.
나는 내가 알고 있지 못하는 언어로 내가 알고 있지 못하는 사실을 마음대로 기록하고 있다는 것이 정말 부끄럽다.

낮고 느리게

나는 말을 잘하는 편이 아니다. 말수도 적다. 여러 명이 함께하는 사적인 대화에서도 그렇고 공적인 토론의 장에서도 그렇다. 물론 시에 대해서도 여느 시인이나 평론가처럼 매력적이고 화려한 말을 구사하지 못한다. 말을 잘하지 못하는 것에는 이유가 없지 않을 것이다. 그런데 말을 잘 안 하는 것에는 다른 까닭이 있는지 모르겠다. 자신의 생각을 말과 글로 열정적으로 옮기는 이들을 보고 부러울 때가 없었던 것은 아니다. 하지만 나는 웬만해선 말을 아끼는 편이다.
나는 목소리가 큰 사람을 그다지 신뢰하지 않는다. 그 우렁찬 목소리가 나의 모든 감성과 이성의 활동을 중지시키는 듯한 느낌을 받아서다. 예컨대, 기차나 버스와 같은 조용한 공간에서

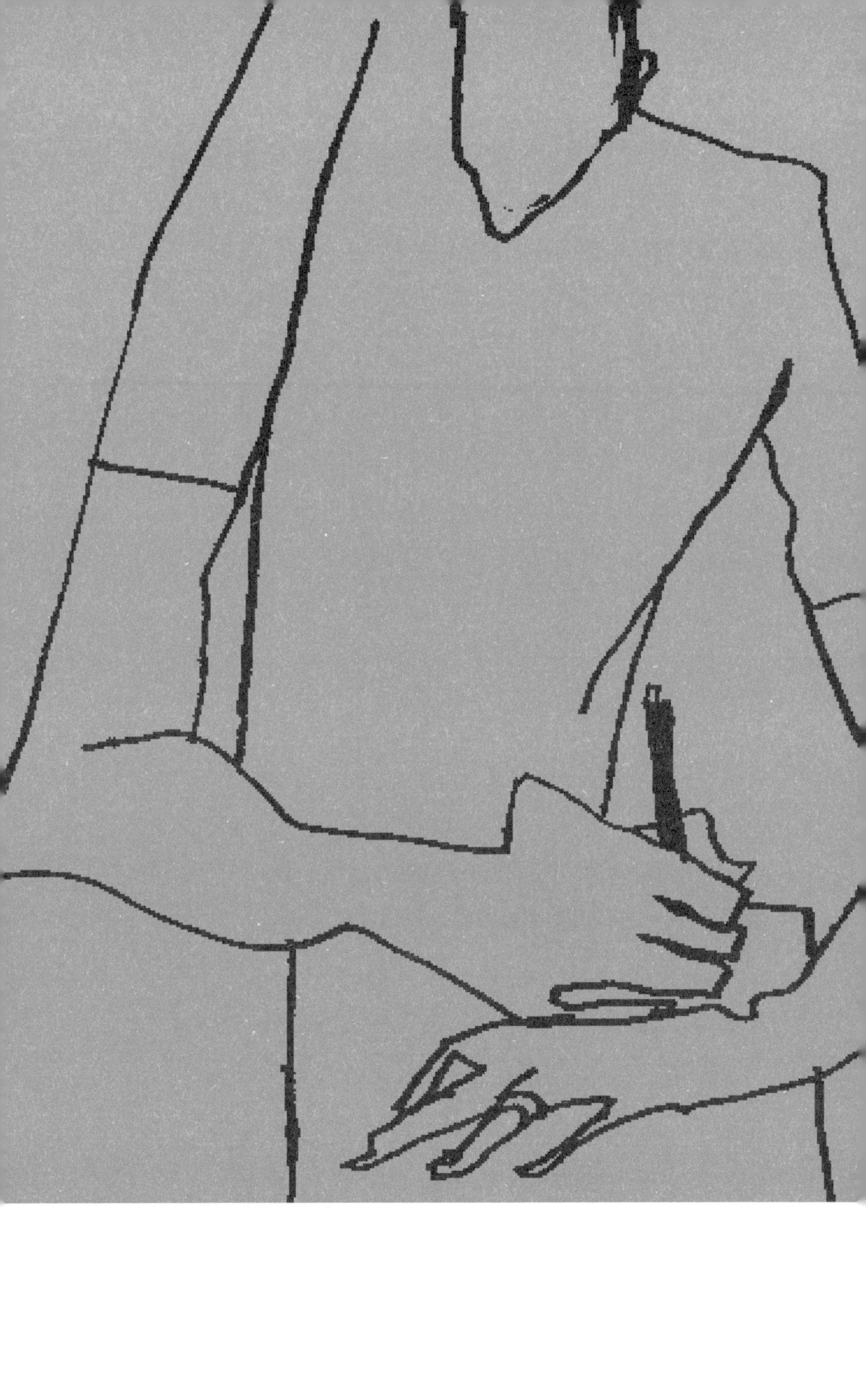

큰 목소리로 말하는 사람을 보면 무섭다는 느낌이 먼저 든다. 뿐만 아니라 여러 사람의 목소리가 섞여 있는 홀이 넓은 술집에 있으면 머리가 아프다. 목소리가 크지 않은 나로서는 그런 곳에서 나누는 대화가 즐겁기는커녕 곤욕스러울 때가 더 많다. 때로 의사를 전달하기 위해 목소리를 높이고 있는 나 자신을 발견할 때면 화가 나고 무서운 생각이 들기도 한다. 큰 목소리가 늘 두렵다.

반면에 한적한 선술집이나 찻집에서 나누는 이야기는 내가 좋아하는 몇 안 되는 것들 중의 하나다. 오고 가는 말은 몇 마디 없지만 나는 그 말들의 울림을 즐긴다. 드물게 내뱉는 한마디 말 속에, 가벼운 웃음과 떨리는 눈망울 뒤에, 잠깐 동안의 침묵 아래 반짝반짝 빛나는 것이 있다. 나는 그것이 진실이라고 지금까지 믿어왔다. 비록 환하게 울리며 사람의 마음을 사로잡는 말이 아니더라도 모든 감각이 대상을 이해하는 처음이자 마지막이며 전부인 말에 위안을 받는 일은 드물게 느끼는 행복이다. 낡은 개념적 허구로부터 한참 멀리 있는 이 말들은 아무리 하찮아 보여도 깊은 울림을 준다. 종종 그 믿음이 거짓일 때는 있었지만 보고 듣고 느끼는 그것 자체에 충실한 말들은 한 번도 나를 속이지 않았다. 아직까지 나의 취향은 바뀌지 않았고, 앞으로도 그럴 것이다. 나는 그런 말들을 악착같이 좋아한다.

그러므로 의미의 과잉은 오히려 그 말이 가진 최소한의 청각적 울림보다 못할 때가 많다. 지식이나 권력으로 무장하고 목소리를 높이는 이들을 만나면 두렵고, 머리가 아프다. 그 목소리가 권위를 등에 업고 있거나 권위를 노리고 있을 때도 마찬가지다. 대부분 그 말들은 속도가 빠르며, 명료성과 단순성을 그 특징으로 한다. 단일한 시점으로 이 세상에 완벽하고 단단한 위계를 부여하는 말. 그것은 헛된 신의 말처럼 그 말을 듣는 이로 하여금 주눅 들게 하고, 듣는 이의 마음을 사로잡기도 한다. 때로 그 말들은 결코 번역되지 않는 감정까지도 이해되어야 할 지식의 한 요소로 취급한다. 대부분의 그 말들은 침묵할 줄 모른다. 그래서 의미와 말이 어긋나는 그 지점에서 발생하는 미묘한 감각과 울림을 기대하기란 어렵다. 나는 말의 외부에서 말을 움직이는 엄청난 힘을, 가벼운 소리에 무임승차하는 무거운 기의들을 싫어한다. 가끔 그 엄청난 속도로 달리는 무거운 말의 주인이 되기도 하는데, 그때 내 말과 글은 조악해져 손볼 수가 없을 때가 많다.

자신만의 어조와 고유한 느낌으로 조용히 말을 주고받는 사람들은 드물다. 모두들 중심의 말에 귀를 기울이면서부터 뜻 그 자체를 무시할 수 없게 되었다. 어떤 말이 갖는 한없이 가볍고 투명한 느낌보다는 그 말의 중심이 더 중요하다. 그러나 여전히 내가 좋아하는 대화의 상대자들은 무한한 것, 이름할 수 없는 것에 대해 말을 아끼는 이들이다. 그들은 늘 말의 중심으로부터 멀리 떨어져 있다. 나는 그들이 거기서 한 걸음 더 나아갈 수 없었던 이유에 대해 잘 모른다. 말할 수 없는 것에 대해서는 결국 아무것도 말할 수 없으며, 그래서 고작해야 침묵할 수밖에 없었던 그들의 말과 글에서 나는 생활을 긍정하고 공허에 직면하여 운명을 사랑하는 버릴 수 없는 법칙을 배웠다. 부끄럽게도 내 시의 많은 부분이 이를 기록한 것들이다.

무장武裝한 세상에 대항하기 위해서는 무장하지 않아야 한다. 무장하지 않은 영혼, 무장하지 않은 정신으로 말의 무거운 의미를 망각하고 침묵할 것. 존경하는 어느 시인이 내게 해준 말이다. 무장하지 않는다는 것은 절대적인 시점視點을 버리는 것이다. 절대적인 시점이 없으므로 그것이 가닿을 절대공간도 없다. 추상적인 대상이 아닌 현상들로 충만한 말들의 공간에 무장하지 않은 자들은 항상 머문다. 무시되어온 말이 펼치는 가장 아름다운 순간에, 한없이 낮고 느린 그 세계에 나는 오래 머물고 싶다.

그리하여 시란

언젠가 내가 잘 알고 있다고 믿고 있었던 사람이 나에게 알아들을 수 없는 말로 이야기했다. 어느 순간 나는 그가 외계어外界語를 쓰고 있다고 생각했다. 그는 자기가 아는 말로 자기가 아는 것에 대해 말하고 있었다. 그는 자기가 아는 가장 빈약한 말로 자기가 아는 진실하지 않은 것들에 대해 말하고 있었을 뿐이다. 나는 그의 입만 쳐다보았다. 그의 입에서는 상상할 수 없는 말이 흘러나왔다. 그것이 마치 운명인 것처럼 꼬리에 꼬리를 물고 말들은 움직였다.

그의 말은 복잡하고 빽빽했다. 그의 입에서 흘러나오는 말이 나를 힘들게 했다. 잔뜩 먹잇감을 노리고 있는 늑대의 눈처럼 그것은 무서웠다. 그는 그가 쓰고 있는 말이 이 세계를 제대로 기록하고 있지 않다는 것에 대해 슬퍼하지 않았다. 그는 그가 쓰고 있는 말이 그가 모르는 이 세계를 왜곡할지도 모른다는 사실에 대해 두려워하지 않았다. 그는 그가 쓰고 있는 말로 그가 알고 있지 못하는 이 세계를 마음대로 기록하고 있다는 것에 대해 부끄러워하지 않았다.

침을 튀기며 내뱉는 저 말로 그는 또 무엇을 할까? 그때 그의 말 주변에는 이 세계의 아주 사소한 것들이 없지는 않았지만 그의 말에는 이 세계의 진실이 담겨 있지 않았다. 그때 그의 말은 변명과 구실로 사용되었다. 그때 그의 말은 나를 매우 우호적인 사람으로 만들어놓을 뻔했다. 그때 그의 말은 이 세계에 대한 그의 태도를 보여주었다.

그런 그에게 쉼표와 마침표와 의문부호가 잔뜩 들어간, 아주 사소한 감정에 대한, 조심스럽게 이 세계에 대해 말하고 있는 나의 말은 아무 소용이 없을지 모른다. 그에게 나의 말은 분명 보이지 않거나 낯설 것이다. 그는 어떤 글을 읽어도 조금 더 지혜로워지지 않을 것이며, 마음의 위안을 얻을 수 없을 것이며, 점점 초조해질 것이다. 그래서 나는 아무것도 아닌 것처럼 조용하게 있다. 사실 아무것인 것처럼 있기보다는 아무것도 아닌 것처럼 있는 편이 쉽다. 그럼에도 불구하고 나는 분명하게 뭔가를 기록하고, 뭔가를 만들어가고 있는 중이다.

다시
그 공장엘
가보아야겠다

유홍준

유홍준

1962년 경남 산청에서 태어났다. 1998년 《시와반시》 신인상에 〈지평선을 밀다〉 등이 당선되어 등단했고, 시집으로 《喪家에 모인 구두들》 《나는, 웃는다》 《저녁의 슬하》, 시선집으로 《북천—까마귀》가 있다. 젊은시인상, 시작문학상, 이형기문학상, 소월시문학상을 수상했다.

이론이 있으면 일은 잘 돌아가지 않아도 그 이유는 알게 된다. 실천을 하면 일은 돌아가는데 그 이유는 모른다. 이론과 실천이 결합되면 일도 돌아가지 않고 그 이유도 모르게 된다.•

그 공장엘 근 이십 년을 다녔다. 그런데 떠나온 지 육 년이나 지났다.

그 공장에서 사고를 두 번 당해 내 왼손 검지와 오른손 손목엔 커다란 흉터가 남아 있다. 여름이 되면 감출 수가 없는 이 흉터를 보고 사람들은 신기해하기도 하고 징그러워하기도 한다.

이상하다. 그 공장엘 한번 가봐야지 가봐야지 하면서도 안 가게 된다. 그렇게 오래 다닌 공장인데도 그렇다. 아니, 가보고 싶긴 한데, 왜일까 자꾸만 미루게 된다.

가끔 눈을 감고 그 공장에서 일하던 때를 떠올려보면 끔찍했다는 생각이 든다. 어떻게 그곳에서 그런 일을 했던가 싶기도 하다. 엄청난 덩치의 기계와 소음과 열기와 속도…… 그러나 삶이 나를 다시 또 그렇게 내몰면, 어쩔 수가 없다, 나는 또 그렇게 그 공장 일을 할 수밖에 없을 거다. 그게 삶이고 목숨이니까.

그 공장은 진주 MBC 근처 우리 집에서 남강 둑을 따라 조금 하류 쪽으로 내

• 《베르나르 베르베르의 상상력 사전》, 베르나르 베르베르, 열린책들, 2011

려가면 있다. 1공장이 있고 2공장이 있는데, 나는 2공장에서 일했다. 생산부 가공과 C반 반장이 내 직책이었다. 글쎄, 내 작업복 이름표엔 그렇게 적혀 있었다. 그런데 지금 그 공장은 돌아가지를 않고 흉물이 되어 멈춰 서 있다. 그 공장의 기계들은 중국 쪽에 팔렸다고 한다. 기계는 그렇게 팔렸는데 그 공장 땅은 덩치가 커서 누가 사려고 하는 사람도 없다고 한다. 내가 돌리던 기계가 뜯어져 없어졌다고 하니까 괜히 마음이 이상하다. 그 기계는 내가 이십 대 후반부터 사십 대 중후반 장년이 될 때까지, 그러니까 내 청춘을 다 바쳤던 기계다. 날이면 날마다 붙어살던 기계다. 그런 그 기계가 이제 없어졌다고 한다.

내가 다니던 그 공장은 하얀 종이를 생산하던 종이공장이었다. 눈부시게 하얀, 티 없이 맑은, 종이를 생산하던 그 공장에서 나는 단 하루 쉬는 날도 없이 삼교대 근무를 했다. 지금도 여전히 나는 생산, 생산이라는 말이 참 친근하고 좋다.

하얀 종이를 오래 들여다보면 쉬이 안질眼質이 간다는 말이 있다. 시력이 나빠진다는 말이다. 그런데 그 종이를 나는 바라보고 또 바라보았다. 그러다 문득 이런 시를 쓰기도 했다.

펄프를 물에 풀어, 백지를 만드는 제지공들은 하느님 같다

흰 눈을 내려

• 〈문맹〉, 《나는, 웃는다》, 창비, 2006

세상을 문자 이전으로 되돌려놓는 조물주 같다

티 없는, 죄 없는

순백

無化의 길……

더욱 완전한 백지에 이르고자

없애고 없애고 또 없애는 것이 제지공의 길이다, 제지공의 삶이다, 마치 거지의 길이며 성자의 삶 같다

그러므로,

오늘도 백지를 만드는 제지공들은 자꾸만 문자를 잃어간다, 문맹이 되어 간다

문명에서 - 문맹으로

휴일 없이

삼교대 종이공장 제지공들은 출근을 한다•

아, 그래, 생각이 난다. 그 하얀 종이 위에 티끌만 한 흠집이라도 생기면 불량이었다. 그러면 나는 고향이 경북 의성인 직장 상사에게 불려가 혼쭐이 나곤 했다. 경위서며 시말서를 쓴 적이 한두 번이 아니다. 불량이 나고 경위서를 쓰고 욕을 바가지로 얻어먹고 나면 에이씨~ 이 짓 안 하면 못 사나 정말! 열두 번도 더 나는 그 공장을 때려치우고 싶었다.

그 공장에서 나는 시를 배우고, 시를 쓰고, 시인이 되었다. 심지어 시집을 두 권씩이나 내기도 했다. 내 인생에 아주 중요한 일들이 거기에서 일어났던 거다. 맞다, 제지공장 작업복을 입고 시를 쓴다는 것은 만만치가 않았다. 밤늦게 퇴근을 하다 남강을 바라보면 까닭 없이 무언가가 밀려올라와서 서럽기도 했다.

"오래전에 살던 곳으로 되돌아가는 사람은 성자이거나 폐인"이라고 한 이는 시인 박용하다. 그런 시를 쓴 박용하도 어느 한 시절 몹시 배가 고팠던 적이 있었나 보다. 누렇게 시들어 땅 위에 떨어진 목련 꽃잎을 내려다보며 '카스테라 빵 껍질' 같다고 했으니까.

내가 다니던 그 공장에도 목련나무 몇 그루가 있었다. 나는 목련 중에서도 공장에 뿌리를 박고 사는 목련은 참 서글프고 처량하다는 생각을 했다. 목련은 차갑고 종이는 뜨거웠을 뿐, 둘은 색깔이 같았다.

목련 꽃잎은 차갑고 하얬지만 갓 기계를 통과해 나온 종이는 정말로 뜨겁고 하얬다. 사실 종이는 물로 만드는 건데 최종 단계에선 그 물기를 모두 제거

해야만 했고, 그러자니 자연 뜨거운 드라이기機를 통과해야만 했다. 그래서 갓 나온 종이는 손을 대기가 힘들 만큼 뜨거웠다.

불량이 났거나 지절紙絶이 난 종이를 우리는 파지라고 불렀다. 그 파지는 다시 처음 단계로 돌아가 커다란 믹스기 같은 곳에 갈리고 물에 풀려 종이가 되는 과정을 거쳐야 했다. 일테면 종이도 윤회를 했다.

우리는 그 파지 쌓아두는 곳을 좋아했다. 야근 때가 되면 더러는 그 파지 속으로 기어들어가 토막잠을 자기도 했다. 산더미처럼 쌓인 종이 속으로 파고 들어가 등을 대고 누우면, 좋았다. 발끝부터 머리끝까지 종이를 뒤집어쓰면 아늑했다. 아직 온기가 남아 있는 종이의 체온이 내 등짝으로 전해져올 때의 느낌, 그 느낌, 갓 구운 빵 같은 냄새는 아니었지만 특유의 암모니아 냄새가 나는 종이에 이미 나의 코는 익숙해져 있었다.

그때도 나는 시인이었다. 종이 속에 들어가 눈을 감고 누우면 이상한 감정들이 몰려오곤 했다. 종이를 깔고 종이를 덮고 누워 기계 소리를 들으며 나는 막연히 어디에서 오는지도 모르는 시를 생각했다.

소음은 나의 노래
소음은 나의 자장가
소음 없이 난 이제 하루도 못 살아!

도시로 나와 이십여 년, 소음굴 속에서만 살았다
소음 중독자가 되었다
태양인에서
소음인으로
마침내 騷音人으로 나의 체질은 바뀌었다
24시간 연중무휴 제지 기계가
고속으로 돌아가는 종이공장에서
소음 없이는 못 사는
이제 소음 없이는 못 자는 소음인

얼마 전에 고향엘 갔다가 알았다
소음을 견디는 것보다
적막을 견디는 것이 더 힘들다는 것을
소음 없는 고향은 견딜 수 없어
소음 없는 고향에선 도대체 잠을 이룰 수가 없어
하룻밤도 못 자고 나는 도망쳐왔다
매음굴보다 더 지독한
나의 정든 소음굴 속으로

• 〈소음은, 나의 노래〉, 《나는, 웃는다》, 창비, 2006

저 봄 언덕에 꽃이 피거나 말거나
저 가을 들판에 벼가 익거나 말거나
너 없이는 못 살아 정든 소음아•

맞다, 내 몸은 아주 규칙적인 기계음에 길들여져갔다. 하얀 종이 속에 들어가 몸을 웅크리고 그 규칙적인 기계음들을 들으면 저절로 곤한 잠에 빠져들었다. 그것은 아주 매혹적이고 야릇하고 묘한 것이었다.
나는 내 생애 첫 소설을 그 파지 더미 속에서 썼다. 1990년 진주상공회의소 주최 공단문학상을 받은 단편 〈출장일기〉가 그것이다. 지금 그 소설은 내 기억 속에 첫사랑처럼 남아 있다.
그런데 그 공장의 관리자들은 파지 속에 들어가 자는 것을 한사코 말렸다. 이웃 공장에서 커다란 사고가 터졌기 때문이었다. 야근이었고, 이웃 공장 한 근무자가 파지 더미 속에 들어가 잤고, 지게차를 모는 동료 근무자가 그 사람이 들어가 자는 파지 더미를 들어서 믹스기 같은 곳에 집어넣어버렸다고 했다.
아침에 퇴근을 하려고 하는데 사람이 하나 없어졌고, 아무리 찾아도 안 보였고, 평소에 근태勤怠가 좀 안 좋았던 사람이었고, 몰래 담치기(?)를 했나 했고, 그러다 그냥 집에 갔겠거니 하고 퇴근들을 했다고 했다. 그런데 만 하루가 지나도 그 사람의 행방은 나타나지 않았고, 종이에서 불량이 나기 시작했

다고 했다.
새하얀 종이 위에 까만 사람의 머리카락이 간혹 박혀나왔다고 한다. 그제야 사람들은 알았다고 한다. 몰려오는 잠을 참지 못해 파지 더미 속으로 기어들어간 그 사람은 파지를 치우는 동료 근무자에 의해 파지와 함께 믹서 같은 그곳에 밀어넣어졌고 산산조각으로 갈려 종이 속으로 스며들었던 것이다.
요즘도 나는 간혹 그 생각을 한다. 파지 속으로 들어간 그 사람은 지금 어디에 있을까? 종이는 재생되고, 재생되고, 또 재생된다. 버려지거나 사라지는 것이 아니다. 점점 더 질이 나쁜 종이로 전락하며 돌고 돈다. 새하얀 아트지였다가 스노우 화이트지였다가 백상지였다가 신문용지였다가 마침내 우리가 똥종이라 부르는 누런 포장지로 혹은 박스용지로 점점 더 질이 나쁜 종이로 변해갈 뿐, 종이는 이 세상에서 온전히 사라지는 것이 아니다. 아마도 파지 속에 들어가 자던 그 사람의 주검은 여전히 이 세상을 떠나지 못하고 어딘가를 떠돌고 있을 것이다.
그렇다. 이 세상의 수많은 물건들에는 그런 주검들이 스며 있다. 나는 공장엘 다니면서 그것을 알았다. 우리가 쓰는 수많은 물건들, 그것들 속에는 다 그런 고통, 그런 주검, 그런 희생들이 스며 있다. 그런데 우리는 그것들을 잘 모르거나 아예 잊고 산다. 우리가 입고 있는 옷, 우리가 타고 다니는 자동차, 우리가 신고 다니는 신발, 우리가 앉아 있는 의자, 우리가 사용하는 이 컴퓨터가 다 그런 과정들을 거쳐서 왔는데 말이다.

가보나 마나 내가 다니던 옛 공장은 쓸쓸할 것이다. 정문 앞 바리케이드는 벌겋게 녹이 슬어 있고 출근카드를 꽂아놓던 그 나무함函과 수백 명의 얼굴과 이름을 다 알고 있던 그 경비 아저씨의 웃음은 사라지고 없을 것이다.
그 요란하던 옛 기계들과 푸른 작업복들과 희로애락들은 다 어디로 갔을까? 그 옛 동료들, 그 옛일들은 마치 이제 아주 내 인생에 없었던 일처럼 여겨지기도 한다. 내 인생의 가장 많은 날들을 그곳에서 보냈는데도 말이다.
어쨌거나 나는 그곳에서 돈을 벌어 집을 샀고, 아이들을 학교에 보냈고, 그나마 아쉬운 대로 사람 구실을 하면서 살았다. 그런데 허탈하고 허망하다.
이제 그 공장은 완전히 문을 닫았고, 몇 년째 저렇게 흉물로 방치되어 있다.
그렇다. 제가 살던 곳에 다시 돌아온 사람은 성자 아니면 폐인일 것이다. 그것이 나는 두려웠고, 그래서 그 공장에 가는 걸 자꾸만 미뤄왔던 것이다. 성자와 폐인을 하염없이 유보하며 그냥 나는 애써 외면하고자 했던 것이다.
그러나 외면한다고 외면해지는 것이 아니다. 두고두고 잊지 말아야 할 건 내가 그 공장에 다녔었다는 사실이다. 우리가 나를 낳고 길러준 고향을 잊지 말아야 하듯이, 그렇다, 나는 그 공장을 잊지 말아야 한다. 그 공장은 내 고향이다.

저 산중 절간
두 눈 질끈 감은 스님은

• 〈기계는 기계의 염주 베어링을 돌린다〉, 《나는, 웃는다》, 창비, 2006

좌정하고 염주 돌리며 무어라 무어라 중얼거리고
저 고요한 성당
미사포 쓴 수녀님은 하염없이 고개 처박고
묵주 돌리며 로사리오 기도를 올리지만
내가 다니는 종이공장
제지 기계는
베어링을 돌린다
스님보다도 오래, 수녀님보다도 더 끈질기게
기계는 기계의 염주 베어링을 돌리며 용맹정진을 한다
소음이라 부르는 기계의 염불 소음송騷音頌을 외우며
오직 한 길 생산도生産道를 닦는다

가진 것 없고 배운 것 없는 내가 믿는 건 이 공장 이 기계의 크신 능력뿐,

오늘도 나는 푸른 생산 도복을 입고
닦고 조이고 기름 치나니
일용할 양식 내리시는 기계신 앞에•

한 인간이 태어나서 겪고 자란 필연적인 경험들, 그것은 곧 그 사람의 뼈대

같은 것일 게다. 제지공이면서 시인으로 몸부림을 치며 살았던 세월들, 그 경험과 기억들은 나에게 더없이 소중하다.

그렇다, 규격화된 제품만을 요구하는 공장에서 내 시는 잘못 생산된 불량품 같은 것이었다. 그런데 그 규격화된 것들은 이제 다 잊히고 없는데 어쩌자고 내가 '시'라고 만든 이 불량품들은 사라지지 않고 여전히 존재하고 있을까? 내 왼손 검지와 오른손 손목에 남아 있는 이 커다란 흉터처럼.

시란, 어떤 사람이 보면 신기한 것이고 어떤 사람이 보면 징그러운 것일까?

오늘 저녁엔 자전거 타고 천천히 남강 둑을 따라가서 흉물이 되어버린 그 공장 정문 앞에 우두커니 서 있다 와야겠다.

고장 난 시의 혁명

이기인

• 이 글은 필자의 〈고장 난 시의 레토릭Rhetoric〉이라는 글을 덧대어 씀.

이기인

인천 출생. 2000년《경향신문》신춘문예로 등단.

시집으로《알쏭달쏭 소녀백과사전》《어깨 위로 떨어지는 편지》가 있다.

● 시 혹은 주름.

_ 흐릿한 선의 반복처럼 희미한 고독의 그림자가 늘 곁을 떠나지 않아서 아마도 시를 '그리듯이' 쓰고 싶지 않았나 싶다. 언젠가부터 찾아온 그 알 수 없는 '고독증' 비슷한 것은 그야말로 희미했지만 그 마음의 반복과 사귐으로 인해서 어느덧 시의 울타리를 오래 배회하지 않았나 싶다. 지난 시절에는 그 누구에게도 마음을 열지 못했다.

_ 그러다 우연히 나와 비슷한 이들(특히 책 속의 이야기들)의 표정을 살피면서 또 어느 시간에 이르러서는 그 고독의 '깊은' 빛과 뒹굴며, 어울리게 되었다. 그 시간 속에서 혼자 노는 아이의 그림자를 염려하듯 '불쑥' 붙잡은 것이 시가 아닐까 싶다. 내 시의 처음 모습에는 혼자 노는 아이의 뒷모습 혹은 장난감에서 떨어져나온 바퀴와 같은, 이제는 어디로 가야 하는지를 잃어버린 '바퀴'가 많다.

_ 이후 나는 내가 경험하는 모든 세계의 것들로부터 '고장 난' 영감을 받기로 했다. 그 세계는 보다 추상적이고 비가시적인 세계

였다. 시를 쓴다는 것은 새로운 자기 선언이 아닌가. 시인은 누추한 이를 만났을 때도 그의 새로운 잿빛을 발견해야 한다고 생각했다. 그의 잿빛 '세계'를 살려내고 싶었다. 이렇듯 '그 무엇을' '은연중' 선언하면서 시적 영감을 '주름처럼' 지속적으로 얻었다.

●

시를 잉태하는 시간을 따져본다.
한낮의 바람결. 낳아지지 않는 보랏빛 바위의 그늘.

●

시의 감각을 둔화시킨다.
시력을 잃고 시를 얻을 수만 있다면.

●

최초 독자는 문맹자 구름, 바람, 길의 어머니.
안경이 없는 황홀 아저씨가 쫓아온다.

●

손가락으로 쓴 시가 아프다, 아니 닳아서 없어졌다.
무엇을 무섭게 썼을까?

●

시의 붕대 속에서 시의 손톱이 빠진다.

곪은 시는 삶을 긋지 못한다.

●

잠자리에서 잃어버린 시를 찾지 못해서 낮잠을 청한다. 그 잠이 늦어져서 밤으로 이어지는 날이 많다. 밤의 이야기는 인쇄술이 떨어진 나라의 달력 그림처럼 보편화한 상징이 익숙하다. 눈을 감으면 편리한 대로 찾아지는 꿈을 어서 버리고 잠을 청한다. 꿈속에서는 내 쪽에서 허공에 하는 말이 많다. 잠에서 일어나 목이 아프다. 시인의 목소리는 꿈속에서도 아프다. 아니, 현실에서 더 아파야 하리. 음악을 반복해서 듣는 이는 반복적으로 고개를 끄덕인다. 끄덕이는 일이 습관적으로 편하다. 섬세하게 꿈꾸지 않는 자는 섬세하게 고개를 좌우로 흔드는 일이 쉽지 않으리.

●

이끼가 이끼가 이끼가 이끼가 시의 내면을 뒤덮는다.

초록의 시간이 온다.

●

발가벗고 있는 시를 마중 나가다.

발가벗는다.

●

경험에 불을 밝힌다. 꺼진 시가 붉어진다.

앗 뜨거! 쉼표도 입을 벌린다.

●

시의 출발이 높다. 현기증이 높다. 자궁 밖으로 나오는 시의 신호다.

전율하거나 비명을 연주하거나.

●

미지의 시에게 주어진 다이아몬드 무늬의 방석은 없다.

부활의 방석이 폭신하다.

●

100미터를 달리는 시행은 101미터의 호흡을 감추고 있다.

시의 리듬을 살려야 하리.

●

시가 빈혈을 앓을 때다.

바람은 하늘을 꾸짖으러 하늘로 올라간다.

●

장난감 상자를 뒤집어본다. 일부는 고장 난 세계의 표정을 보여주고 일부는 과거의 순진한 추억을 간신히 기억하라고 한다. 굴러가지 못하는 바퀴는 어디 있는가. 기형적으로 성장한 욕망은 굴러가지 못하고 자동차 트렁크에 실려서 어두워진다. 수북한 장난감의 시간은 많은데 모두가 뒤죽박죽 섞여서 아프다. 고장 난 시간을 서로가 견디어주는 것. 받쳐주는 것. 기도해주는 것. 사라진 바퀴 하나의 삶은 어쩌면 성직자의 길로 나아가기도 했으리. 이런 기대감으로 쏟아진 상자의 말을 다시 주워 담는다. 시간의 창고에서는 그들의 잠이 편안하리라.

●

감쪽같이 눈물을 흘리고 곁을 보지 않는 사이다.
시는 우거진다.

●

집을 나온 시행이 관절염을 걱정하지 않고서 걸어간다.
시행은 목발을 숲에 버렸다.

●

정오의 시를 자정에 까맣다고 말한다.
이튿날 정오에 시가 하얗다고 고친다.

●

젖은 가슴으로 써야 하는 젖지 않은 시가 있다.

마른 고통의 기억이 눈알을 빼놓는다.

●

범벅이 된 시가 시인을 원망을 하지 않는다.

범벅의 질서가 완성되었다.

●

시는 어디에 있는가.

시인은 시와 다툰다.

●

칼슘이 부족한 시에게 칼슘을 주어서 어서 움직이라고 말하고 싶다. 표정을 주고 어서 웃으라고 하고 싶다. 그러나 그 세계의 뼈와 살과 근육은 이러한 말의 매혹에 꿈쩍하지 않는다. 책상 위에서 쓰다 만 시는 밤새 나를 조롱하며 재우지 않다가 새벽의 폭풍 속에서 덜컹거리는 지붕의 불안을 듣다가 나를 설득하는 시를 썼다. 지붕을 잃어버린 자의 한뎃잠을 걱정한 이후의 시였다. 아니, 지방에서 외로이 사는 분을 걱정하는 시였다. 아니, 검은 폭풍의 회오리를 사유화하지 않는 돌멩이 같은 마음의 시였다.

●

균열을 만들고 길을 만들고 시의 길이 가던 길을 멈춘다.

시인의 꽃이 그곳에 잠시 피었다.

●

봄으로 쇠사슬을 끌고 가는 시는 끊어지고 싶다.

쇠사슬을 풀어낸 시가 환하다.

●

똑똑. 당신의 집으로 들어갈 수 있을까요.

새벽 두 시의 시가 창밖에서 혼자라고 말한다.

●

눈 깜짝할 사이에 봄의 눈처럼 시가 사라졌다.

나뭇가지는 봄에 쓴 시다.

●

공복으로 한 사람이 걸어간다.

시인은 풍경을 먹기 시작한다.

●

답을 원하지 않는 질문을 계속해서 던지는 일과는 재밌다. 슬픈 문장을 아름답게 보는 일처럼 생각 끝에 이어진 성당으로 시를 기도처럼 안고서 걸어간다. 어느덧 시의 일과를 산다고 믿고 있지만 실제의 삶은 가장 비시적인 삶이다. 시적인 것을 찾아보지만 시적인 것이 시적이지 않은 게 눈앞의 풍경이다. 창세기 이후의 풍경은 한 그루의 사과나무까지도 제도화시켜서 전지가위로 나뭇가지의 봄을 잘라내게 한다. 내게 있어서 시는 아직도 원시의 빛을 키우는 사과와 비슷하다. 궁극의 열매를 동그랗게 키우고 싶은 마음이 한 상자 가득하다.

●

어쩌다 제목 없는 시를 적고 말았다.
지나가는 개가 짖는다. 지나가는 나비가 짖는다. 지나가는 파리가 짖는다.

●

열에 아홉 가지의 시를 꺾어버리고 기회를 살핀다.
살아 있는 시에 새가 앉는다.

●

어느 저녁에는 불경스러움을 배운다. 너무나 완고한 세계에 대한 불만이 차오르는 날에는 시집 속의 모든 시가 불경스러움을 들고 일어서길 기대한다. 딱딱한 세계의 벽은 고문실의 네 벽처럼 한 세계의 울음을 새어나가지 못하게 한다. 그 벽에 걸린 초상화는 모호한 웃음을 흘린다. 모호한 시와 모호한 존경심을 동반한 시집들이 층층이 쌓인 방을 나와서 하얀 병원의 뒷골목을 돌아다닌다. 고양이의 영생은 더러운 길바닥의 쓰레기를 뒤지면서 살아나고 주름 많은 이의 영생은 휠체어를 타고서 병원에 도착한다. 시의 이미지가 노트로 이송되는 저녁에는 한낮을 지나온 피의 이미지가 많다.

●

울음을 통해서 웃음을 지양한다.

시인은 근면까지 지양한다.

●

시의 이자가 세다.

성실 근면한 시인에게 붙이는 세금이 아름답다.

●

질병처럼 아픈 시의 사례.

비가시적인 언어를 꿈꾸는 눈이 아픈 시.

●

피곤한 처소에서 낳은 시들이 쿨쿨 잔다.

스스로 깨어날 때가 있다.

●

시의 문지방이 높다. 시의 문지방을 폴짝.
시의 문지방이 넓다.

●

시의 주소를 찾아다니다 시립미술관 같은 공간에 갇힌다. 이미 수십 년 전의 시를 삼킨 그림이 아악 200호 크기의 입을 벌리고서 관람객 속의 나와 어떤 소음들을 희롱한다. 파란 시를 뒤덮은 물감은 파란 구름, 파란 꽃으로 파르르 떨리는 바람과 함께 있다. 워홀의 그림처럼 반복되는 사람들이 긴 줄을 서서 이 느린 바람을 쏘이면서 들어온다. 너무 멀리 왔다 싶은 시의 실험은 파란빛의 스펙트럼을 펼쳐 보이기도 한다. 이상한 빛과 소음을 연주하는 이들은 새로운 프리즘의 주인들. 미술관을 나오며 항상 곁에 있던 빛을 의심해본다.

●

주권을 쥔 시선이 시의 쾌락을 본다.
희박한 시의 사랑과 뒹군다.

●

붙들고 있던 시가 다 써진 것을 어떻게 알아차릴까?

섹스가 언제 끝났는지 아냐? 잭슨 폴록이 말했다.

●

종종 팥알만 한 시상을 연못에 빠뜨린다.

그 앞에서 일렁이는 붉은 저녁의 하늘빛을 주렁주렁 딴다.

●

뱀이 징그럽다. 서럽다고 말하기 위해서는 뱀보다 긴 언어의 혀를 놀릴 수도 있어야 한다.

●

난생처음 보는 꽃을 꽃이 아니라 별빛으로 기억하는 바람이 시인의 눈을 따갑게 때린다.

●

이것이 무엇인가 한 꾸러미의 시창론 열쇠? 삶의 열세劣勢가 시의 열세가 많아진다.

시인은 침묵으로 들어가는 열쇠를 가졌는가.

●

개간하지 않은 땅을 살피듯이 길들여지지 않은 개를 좋아하듯이 발버둥 치는 시의 소재를 한 번이라도 붙잡고 싶어서 깜깜한 시의 집으로 저벅저벅 들어가본다.

●

쓰다 만 시를 다시 쓰기란 얼마나 치사스러운가.
무릇 나를 붙들어주는 시는 참으로 드물고 드물지만 얼마나 행복한 순간인가.

●

메마른 시행이 있다고 생각하면 조금은 울리고 싶은 시행이 있다.

●

질깃하게 살아가는 억새의 삶이 한 계절 시를 쓰면서 말라비틀어져 있는 것처럼 보인다.
너는?

●

시에서 색깔이 바뀌는 수염.
아저씨의 수염은 노란색이다. 아저씨의 수염은 파란색이다. 아

저씨의 수염은 붉은색이다. 시인은 여러 마리의 수염을 동시에 기른다.

●

흩어져 있는 시상을 끌어모아서 하나의 시로 데려오지 않는다. 흩어져 있는 그 자리에서 오래 어엿한 시로 살아 있게 한다.

●

이미지 앞에서는 더 궁핍하게 살아야 한다.
더 더 서운해져야 한다.

●

요기尿氣가 밀려오듯이 시가 밀려오기도 한다. 맨살에 부딪치듯이 올 때가 좋다.

●

당신을 염두하고 쓴 시들은 더 늦게 당신에게 당도하길 바란다. 그사이. 시들은 정처 없이 더 멀리 내 곁을 떠나기도 한다. 어쩌면 당신은 당신을 향한 시를 오랫동안 읽지 못할 수도 있다. 그래서 가끔은 파문波文과 같은 시를 써보자 마음을 찢어본다.

●

은밀하게 떠나온 공간을 오밀조밀하게 다시 걸어보기도 한다.

시의 벗도 행복하다.

●

한참 독자를 자청한다.

부끄러움을 배운다.

●

작은 변화를 감지하기란 얼마나 숨죽이는 시의 호흡인가.

작은 빛을 먼저 깨물어본다.

●

밀랍으로 만든 시가 호소한다.

졸린다.

●

첫 번째 시의 껍질은 의식적이다. 최초 시의 껍질은 사라진다.

●

고립된 시를, 오류를 범하는 시를 만나서 차 한잔 나누고 싶은 밤이다.

●

시의 맨바닥에는 빛과 어둠이 동시에 아른거린다.

오늘의 빛과 어둠을 천천히 옮기는 시간이다.

●

시는 생각하는 대로 다 쓸 수 없어서 천만다행이다. 일시적으로

고통이 풀리고 풀린다.

●

시는 다 쓸 수 없어서 다행이다. 시의 욕심을 조금씩 놓아본다.

●

시는 잘 보이지 않아서 다행이다.

●

사방이 시로 가득하다. 그래서 시는 붐빈다.

● 주름 혹은 시.

_ 〈시인에게 온 편지〉라는 시가 있다. 청송교도소에서 날아온 수형자의 편지를 읽고 쓴 시다. 검열한 편지지 위로 삐뚤삐뚤 흘러가는 글씨를 보면서 오감의 자유를 만끽하는 이야말로 누

구보다 구체적으로 '살아야지' 하는 마음이었다. 가끔 시의 독자가 궁금할 때는 이 시를 마음에 지핀다. 또 다른 시는 〈아프지 않아요—구름〉이라는 시다. 어쩌다 시를 쓰는 일이 위안일 때가 있다.

_ 이 시는 몸이 아픈 아이가 하늘을 보며 '뱉은' 말을 옮겼다. "햇빛 뒤에 하늘이 있어요, 그런데 저 구름은 무릎을 꿇고 있는 모양이에요". 아이의 붉은 혀에 묻은 말들이 시행이 되었다. 한때는 내게서 먼 고난을 내 것이 아니라고 부정하고 싶었다. 구름은 그 어떤 섭리에 따라 그저 그렇게 만들어진 거라고 믿었다. 하늘의 구름이 무용無用이었다. 그랬는데 무용한 구름에게도 마음을 빼앗겼다. 무용하던 시행에서, 아이가 '다시' 내뱉은 말은 "무릎을 꿇었던 구름이 무릎을 펴고 일어나서 걸어가요"였다. 구름은 이제 무용이 아니었다.

_ 시인은 주위의 모든 것들로부터 영향을 받는다. 이제까지 만난 시와 '유명' '숨은' 시인을 비롯해서 나무와 새와 하물며 미친개에게서도 영향을! 한 시절 만난 최하림 시인과의 만남을 가끔 떠올린다. 당신의 말은 종소리처럼 고요히 깨어나서 내게로 흘러든다. "종소리는 때리는 소리라기보다 울리는 소리"처럼 느리지만 다가온다. 시인은 성냄을 잃어버린 나무 같았다. 나는 당신의 말을 알아듣기 위해서라도 착한 귀를 가져야 했다. 마음

의 귀를 키우는 시간이 이어졌다. 침묵 속에서 말이 태어나고 시가 태어난다고 믿고 싶다. 오래된 침묵을 낳고 싶다.

우리는
모두
서로의
베이비

이민하

당신은 말이 없고 눈이 터널처럼 깊다. 뒤통수가 뚫려 있다. 나는 그 뒤통수를 향해 길고 어둡게 전진한다. 당신은 내가 잘 모르는 사람. 하지만 옆에 앉아 팔꿈치를 대보고 싶은 사람. 팔꿈치가 스칠 때마다 섬뜩한 이물감과 따뜻한 안도감이 교차한다. 당신은 "그랬어요?" 정색을 하다가 은근슬쩍 "괜찮아." 말을 놓는다. 종결어미를 오르내리며 거리감과 친밀감의 간격을 등고선처럼 쥐고 있다. 나는 그 '밀당'의 기류에 말려들었다. 아무래도 이건, 상사병이다.

귓가를 어지르던 속삭임이 기어코 잠을 방해했다. 아침 여덟 시 근처, 잠자리에 누웠던 나는 뒤척이던 신경다발을 다시 의자에 눌러앉히고 책상에다 토악질을 해댄다. 한두 마디 주워 담는 머리맡의 노트로는 감당이 안 되는 이런 날. 아주 가끔은 당신이 문 열어달라고 부르기라도 하는 것처럼 일어나지 않고는 못 배기는 것이다. 침대에 함께 막 널브러졌던 고양이들이 무슨 일인가 하고 어리둥절해 바닥에 퍼진 몸을 어쩌지 못하고 고개만 쳐든다. 한 녀석은 기어이 나를 따라와 내 무릎 사이를 비집고 잠에 든다.

빛이 난입하는 걸 대면해야 하는 이런 날 말고 대체로는 아침에 자고 오후에 일어난다. 비애인지 특권인지 출근할 일이 없기에 얻어진 일상이고 아침이 돼서야 원고를 보내는 습관이 굳어진 패턴이다. 잡지사로 인계되는 그 시간까지가 원고에 얹혀살던 나의 시한부 생이다. 한 사람의 내가 전송속도만큼

이민하

1967년 전북 전주에서 태어났다. 2000년《현대시》로 등단했으며, 시집《환상수족》《음악처럼 스캔들처럼》《모조 숲》이 있다. 현대시작품상을 수상했다.

가볍게 아침 이슬로 사라지고 나면 그날 하루는 아무것도 안 하고 뻗어 있다. 다음 날 당신이 나를 깨운다. 죽었니, 살았니.
당신과 함께라면 뭐든 골몰한다. 마주 앉으면 좋을 묵직한 차탁을 만들고 가벼운 나무 액자도 상자에 담아 문文 앞에 내놓는다. 나무를 밤새 사포로 문지르는 건, 무얼 털어놓고 무얼 끼우든 간에 당신이 잠깐 스치는 시간의 거스러미에 긁히지 않기를 바라서다. 차탁 위에 사진을 늘어놓든 액자를 깔아놓고 차를 마시든, 그건 당신의 취향. 그리고 시의 실용이다. 당신이 제멋대로 다룰수록, 시가 모호하게 닳을수록 나는 신이 난다. 멀리 있는 가족들이 걱정을 한다. 그런 일로 밥은 먹고 사니. 오랜만에 나서는 산책길 위엔 발로 뛰고 입으로도 뛰는 무한 체력의 소유자들이 있다. 낯선 건물이 들어선 자리는 두 달 전에도 바뀐 곳이다. 돌아오는 모퉁이에는 얼굴이 뽀얀 할머니가 상자를 줍고 있다. 당신의 뒤통수처럼 뚫려 있는 상자 안으로 나는 들어간다. 당신이 나를 사용할 것이다. 그런데 여긴 왜 이렇게 추운 거지?
물속에 있는 기분이다. 의자 등받이에서 카디건을 내려 입고 입김을 뿌뿌 날리며 편지를 쓴다. 시간과 공간이 구부러져 맞닿은 어느 날의 대기 속에서 그것이 당신에게로 갈 것이라 믿는다. 세 번째 시집 《모조 숲》을 묶으면서 대놓고 주문을 걸었다. *우리는 모두 서로의 베이비.* 나는 엄마 배 속에서부터 당신을 사랑했(던 것 같)다.

'소풍고통',

다른 듯 닮은 이 두 단어가 어디서 한 몸이 되어 흘러왔을까. 눈을 떴을 때 자판 위엔 손가락이 늘어져 있고 귓가엔 작은 소리 알갱이가 붙어 있었다. 잠은 현실을 벗어나는 것이 아니라 현실에 끼어드는 것이다. 어떤 이들에겐 급속도의 렘수면과 환각과 수면마비를 동반한다. 나르콜렙시narcolepsy다. 꿈과 현실이 예고 없이 만나고 경계 없이 섞인다. 몸과 뇌가 이른바 따로 놀기도 한다. 가령, 각성 상태에서 육체만 잠에 빠진다거나 신체 행위는 유지한 채 꿈을 꾼다거나. *시는 내게 수면발작이다.* 하지만 고작 수 분에서 수십 분, 지나가는 잠 한 토막이 뚫어놓은 시간의 공백은 금세 복구된다. 분말이 내려 쌓이는 공병처럼 나는 머리를 살살 흔들었다.

조금 전까지도 나는 확 트인 통유리 창 너머로 보랏빛 야생화들이 출렁이는 들판을 바라보고 있었다. 빛나는 태양이 눈을 찔러댔고 들판 가운데로 모아진 오솔길은 꽤 멀찍한 언덕으로 이어졌는데 들판을 훑던 내 눈은 그 길을 따라 언덕 끝까지 오르는 것이었다. 나는 그 너머가 궁금했으나, 거긴 상상의 영역이다. 누군가를 끌어들인다면 묘사의 힘으로 상상에의 진입이 가능하다. 그건 시 쓰는 방식과도 같다. 이리로 와볼래? 나는 말을 하려다 멈칫했다. 다섯 뼘 정도 떨어진 내 눈앞에는 통유리 쪽에 몸을 밀어붙인 채 나를 향해 아무렇게나 누운 여자 둘이 있었는데 오른편의 여자가 먼저 말을 던졌다. '소풍고통'이라는 글이야. 어디선가 들었음 직한 시인의 이름도 덧붙였다.

책을 들고 있던 그녀는 그걸 읽어주려고 천천히 입을 뗐다. 그 순간 하필 전화벨이 울렸다. 벨소리가 제풀에 꺾일 때까지 여자의 입에만 집중했지만 말소리는 이미 들리지 않았다.

부재중 전화가 와 있었고, 창밖의 햇살이 내 얼굴 위로 쏟아지고 있었다. 소풍고통이라니. 이 생뚱맞은 단어를 맞닥뜨린 건 내가 잠들기 전 시의 미로를 헤맸기 때문일 것이다. 소풍과 고통 사이에서 오른발과 왼발이 메트로놈처럼 허우적거렸을 것이다. 시간을 좀 더 돌아보면, 시가 나를 끌어내기 전까지 나는 진공 상태의 무기력감 속에 있었다. 모든 외출의 끝이 탈진 상태로 환원하듯이. 그렇게 쓰러진 몸들을 차례로 밟아야 하는 것처럼, 기억이란 용기가 필요하다. 시는 왼발 오른발에 구령을 붙이고 식도에 언어를 넣었다 뺐다 하며 내 몸을 극적으로 재활시킨다. 실제로 나는 시 쓰는 동안 거식증과 폭식증을 반복한다.

그리고 나도 모르는 사이 잠에 푹푹 빠진다. 겨울에서 봄으로 징검다리를 몇 개 건넜을 뿐인데 발목이 파랗게 젖었다. 띄엄띄엄 골목의 불빛들을 건너며 발목이 또 까맣게 젖었다. 두 손이 날마다 젖었을 것이다. 발목에서 파란 물방울을 떼어내며 시간을 말리는 일. 가끔은 검은 거머리를 떼어내며 핏자국을 말리는 일.

시는 내게 일종의 로드무비다. 나와 당신, 실재와 잠재潛在, 나와 나 사이의 끝없는 길 위에서 시간이 연출하고 언어가 편집한 것이다. 사건의 현장검증에는 재연하는 나와 지켜보는 나와 기록하는 나, 최소한 세 명의 등장인물이 필요하다. 시간의 흐름이 역류할 수 없듯, 매 순간 대응하는 정서적 체험 역시 똑같은 지점이 있을 수 없다. 뒤를 향해 걸어도 앞으로 가는 길이며, 멈추어 있어도 끝나가는 삶이다. 태고는 보존되는 것이 아니라 다시 쓰는 방식으로 구전된다. 그러므로 의심하는 순간에만 진실에 가까워진다.

길은 그래서 암기가 안 된다. 경험보다는 감각과 실험의 대상이다. 나는 길에 대해 민감하고 동시에 과감하다. 한마디로 길치다. 여덟 살 땐 방과 후 버스를 기다리다 무턱대고 두 발로 새집을 찾아나섰다가 길을 잃은 적도 있다. 피아노 교습소와 병원을 오가던 아홉 살 때도 헤매다 보면 어느새 산책으로 바뀌곤 했다. 낯선 길에 대한 내성이랄까. 초등학교를 세 군데 다니는 동안 다섯 집을 거쳤으므로 어렸을 적부터 늘 새로운 길을 상대해야 했다. 삼 년여를 살았던 진북동에 와서야 옆집 친구 소연이가 생겼는데 그 애 말고 다른 친구들은 모두 길 위에서 만났다. 이를테면 지나가는 바람과 놀이터의 그네, 어둡도록 나를 붙잡던 자전거 바퀴.

그리고 책과 음악. 집에서는 그것들과 놀았다. 세계명작소설전집과 클래식전집은 아버지 소유였고 비틀스, 딥 퍼플, 레드 제플린, 퀸, 산울림 등은 큰

오빠의 멤버들이었지만 나는 가리지 않고 어울렸다. 아침이면 옆집 성악가 아저씨의 모닝콜이 깨워주던 곳. 교실 대신 천변에 앉아 바라보던 물결처럼 기억 속의 전주는 고요하고 무심했지만 끊임없는 선율과 색채로 일렁거렸다. 그건 고독의 세계였다. 가족에 대한 책임감과 폐결핵이라는 병마의 틈바구니에서 붓으로 숨을 쉬던 아버지의 캔버스에서 그걸 보았다.

그 속에는 나도 있었다. 초등학교 막바지에 가족이 서울로 이사를 하여 전학 문제로 반년을 혼자 친척집에 남겨지기 이전에도 나는 수개월씩 가족과 떨어져 지내곤 했다. 서너 살 무렵 외가에 맡겨졌을 때 오랜만에 찾아온 엄마를 놀라게 했다던 나의 무표정은 너무 더디게 진화했다. 체육 시간마다 혼자 남겨졌던 교실에서도 운동장에서 회오리치는 노란 먼지와 아이들의 함성 소리를 등 돌린 채 검은 칠판과 놀았다.

밤이면 옥상에 올라가 별을 견뎠다. 그건 미지에 대한 '동경'보다는 '향수鄕愁'에 가까웠다. 흡사 외계 행성과의 교신이라도 기다리는 기분이었다. 집은 늘 안락했지만, 할머니는 산송장처럼 지내면서도 계집애인 나만 따돌렸고 아버지는 귀가 후엔 누워 있거나 그림만 그렸고 엄마는 활달했지만 뒷수발로 바빴다. 오빠들의 계호 속에 남동생들이 유년의 탈옥을 준비할 때, 외딸인 나는 일찍이 독거감방 신세였다. 여섯 살과 열한 살, 나쁜 일을 당했을 때도 엄마에게조차 말하지 못했다. 심각한 대화든 사소한 수다든 함께 나눌 상대도 방법도 내겐 없었다.

그런 내게 소설책이 먼저 말을 걸어주었다. 그 시절 헤르만 헤세는 나의 교주이자 보스이자 주치의였다. 그의 처방대로 국내외 시집들과 수첩을 챙겨 산책을 다니며 시라는 걸 처음 흉내 내던 열한 살, 나는 시인이 되기로 결심했다. 합창단 활동을 하면서 함께 키우던 음악에 대한 꿈을 그때 접었다. 나만의 언어가 필요했고, 뭐든 혼잣말이라도 하고 싶었다.

쉿, 비밀이야

난생처음 아버지의 편지를 받았다. 그는 나의 신간 시집과 자전적 산문을 읽었던 것인데 진심으로 내 이야기에 화답했고 내 언어를 응원해주었다. '사랑한다'는 표현도 가족들 중 최초였다. 감동의 후유증이 컸던 탓일까. 지난해 설날. 이제야 말문이 터진 아이처럼 질문거리를 뒤지던 나는 어릴 적부터 머릿속에 총알처럼 박혀 있던 의문의 풍경 하나를 꺼내 종이에 그렸다. 인가 몇 채가 멀찍이 보이고 생강을 말리는 도랑가 건너로 대나무밭이 있는 마을. 아버지가 찬찬히 들여다보았다. 여긴 내 고향 같은데? 맞아, 네가 애기였을 때 고모랑 거기 잠깐 살았었다. 나의 형편없는 기억력이 대견했다. 그것도 현실과 환상이 뒤범벅된 이미지의 편린들 속에서 적중한 것이기에 마냥 신기했는데, 아버지는 그 조각을 가지고 다른 퍼즐을 맞춰나갔다. 비밀이란 그런 거다. 주고받는 것. 이야기는 할아버지와 큰고모의 분열증으로까지 번졌다. 그런데 말이야, 할아버지가 늘 골방에 틀어박혀서 그림도 그리고 글도 쓰고 했거든. 아버지와 내 피가 거기서 흘러온 줄은 몰랐다. 내가 시인이 되지 못했다면 나도 그렇게 혼자 미쳤을까.
걷잡을 수 없는 가속으로 인식의 총량이 육체의 용량을 초과하던 순간이 있었다. 주위엔 아무도 없었고 약도 없었던 어느 새벽. 극한에 이른 머릿속이 현실의 궤도를 이탈하려는 찰나, 마지막 실 한 가닥처럼 붙어 있던 손가락이 최근 기록의 통화 버튼을 눌렀다. 불안해한 이모가 석 달째 날마다 전화를 걸어주던 때였다. 멀리서 나를 부르는 한마디가 밧줄처럼 던져졌고 나는 의식의 사선을 넘어올 수 있었다. 등단 직후의 일이다. 그 후 시가 나를 감시했다. 밑도 끝도 없는 무의식의 바다 위에 언어라는 부표를 띄워놓고서.
이젠 말해야겠다. 너무 미안해서 말할 수 없었다며 아버지는 잠시 심각해졌다. 산아제한이 심했던 시절이었다. 아이 둘 낳고 너를 가졌을 때 말이다. 너를 지우려고 병원엘 갔는데 수술하기엔 늦었다더구나. 결국 의사는 내게 약물을 먹였다는 것. 나는 토해내려고 발버둥 쳤을 것이다. 임신 중기 이후 태아는 흔히 독살하거나 질식사시킨 후 배출시킨다고 한다. 낙태를 조금만 더 서둘렀다면 나는 꼼짝없이 분쇄되어 공중분해되었을 것이다. 그때의 죄책감 때문에 네 동생들은 고민도 않고 낳았던 거야. 그러니까 나는 동생들에겐 생명의 은인이다. 내가 아플 때마다 부모님이 안절부절못했던 건 그래서였나 보다. 아버지는 지금도 안부 전화라도 드리면 내 건강부터 물으며 선수를 쳤다.

엄마의 죄책감은 더했을 것이다. 그래서였을까. 나는 손에 물 한 방울 묻히지 않고 자랐다. 그런 만큼 엄마와 가깝지도 못했다. 태교가 아닌 죽음의 공포를 학습했던 엄마 배 속에서부터 사실 난 혼자라는 걸 알았던 것 같다. 정말이지 가족들 사이에서도 유령처럼 겉돌았다. 방문을 닫고는 못 자는 폐소공포도, 불을 끄면 기어드는 가위눌림도 그때 생겼는지 모른다.

시를 왜 쓰느냐고 질문을 받으면 태어나는 순간부터 사라짐에 대해 고민했었다고 얼버무렸는데, 아닌 게 아니라 나는 늘 죽음을 의식했다. 주변에서 비명횡사할 때마다 내가 연루된 것 같은 죄의식 속에서 자랐다. 훗날, 아기 때 죽은 언니 얘기를 들은 후로는 급기야 그녀가 내 몸속에서 주변의 목숨을 훔쳐 악착같이 연명하는 것으로까지 생각했다. 더욱이 익사할 뻔한 경험과 잔병을 꽤 치르면서도 잘만 살았기에 신빙성이 충분했다.

그러니까 내 죄의식은 부모님의 것과는 크기부터 달랐다. 기억의 밑바닥에 묻혀 있다 최근에 떠오른 사실 하나는 내가 엄마를 불편해하던 무렵에 엄마가 정말 세상을 떠났다는 것이다. 독실한 크리스천이었던 엄마는 내 머리 위에 손을 얹고 가위눌림과 악몽을 퇴치해주곤 했는데, 미션스쿨인 정신여고의 채플 시간에도 도망 다니던 나였지만 엄마와 유일하게 가까워지는 이 시간만은 정말 좋았었다. 하지만 평소엔 간섭과 단속이 심해서 너무 창백해 보인다고 노란색 옷은 안 입힐 정도였다. 엄마가 사라진 후에야 꿈속에서 우린 비로소 친해졌다.

시는 비밀과 죄를 나누는 일이다. 아직 소화하지 못한 비밀에 대하여는 보채거나 추궁하지 않는다. 나를 조금씩 누설하고 그 틈새로 타인의 비밀이 흘러들게 하는 딱 그 정도의 소양을 요구한다. 시가 때로 모호한 표정을 띤다면 이를 위해 문장의 조도를 낮추기 때문이고, 문자의 법칙에 가려진 내면의 현실이 가시적인 원근법을 벗어나기 때문이며, 해독解讀이 아니라 해독解毒을 꿈꾸는 그 지점이 이질적인 두 개의 비밀이 교환되는 장소이기 때문이다. 투명한 불빛 아래서 서로의 비밀을 낭독할 수는 없다. 그런데 가끔은 당신도 그렇지? 탈 없이 살아온 당신도 언젠가 한 번은 죽었을 거라는 생각, 죽였을 거라는 생각. 그래서 우리는 서로를 알아본다. 당신이 있어서 다행이야.

음악처럼 스캔들처럼

한 개의 입으로는 태어날 수 없나니
우린 뱃속에서 옹알이 대신 입 맞추는 연습을 했네.
지퍼처럼. 복화술처럼.
서로 다른 얼굴로는 태어날 수 없나니
우린 뱃속에서 걸음마 대신 변장술을 익혔네.

처음 거울을 마주하고 텁수룩한 입술을 면도하던 날
차가운 혀를 몰래 나누고 우린 스쳐갔네.
음악처럼. 스캔들처럼.•

사람들 사이에 흩어져 있던 나(의 혀)들이 마주치고 키스하고 사라지는 것. 그건 음악이다. 음악은 튜닝에서 시작하고 침묵으로 끝이 난다. 학교 때 피아노 조율 육 개월 과정을 배운 적이 있는데 튜닝 해머가 맥놀이를 잡을 때의 쾌감 속에는 나라는 노이즈가 일시정지되는 효험이 있었다. 그것은 한 곡의 나를 전속력으로 날려보내기 위한 세트포지션과 같다.
그 시절 나는 기타를 쳤고 노래를 했다. 대학가마다 라이브 카페가 성행했던 당시로서는 그리 별스러운 일도 아니었다. 삼십 분이 한 타임이고 방학 땐 서너 군데를 구할 수 있었으니 아르바이트치고 그만한 고수입이 없었던 데다 결정적으로 나는 노래가 좋았다. 새로운 장소마다 가족에게 공개하는 일도 성가시지 않았고, 기타는 어깨너머로 엿본 것이 고작이지만 카포 없이도 즉흥적으로 코드를 바꿔 키를 옮길 수 있을 정도의 감각과 순발력은 있었다. 당시엔 자양동에서 살았고 저녁 아홉 시면 큰오빠의 출입금지령이 발효됐기에 화양동 일대를 벗어나지 못했는데, 건국대 정문 근처의 '아트 31번가'가 기억에 남는다. 음악 욕심이 많던 젊은 사장의 오디션을 거친 일곱 개 팀이 차례로 종일 무대에 섰다. 이미 언더 쪽에서 종횡무진하던 가수 장필순이 거

• 〈첫 키스〉, 《음악처럼 스캔들처럼》, 문학과지성사, 2008

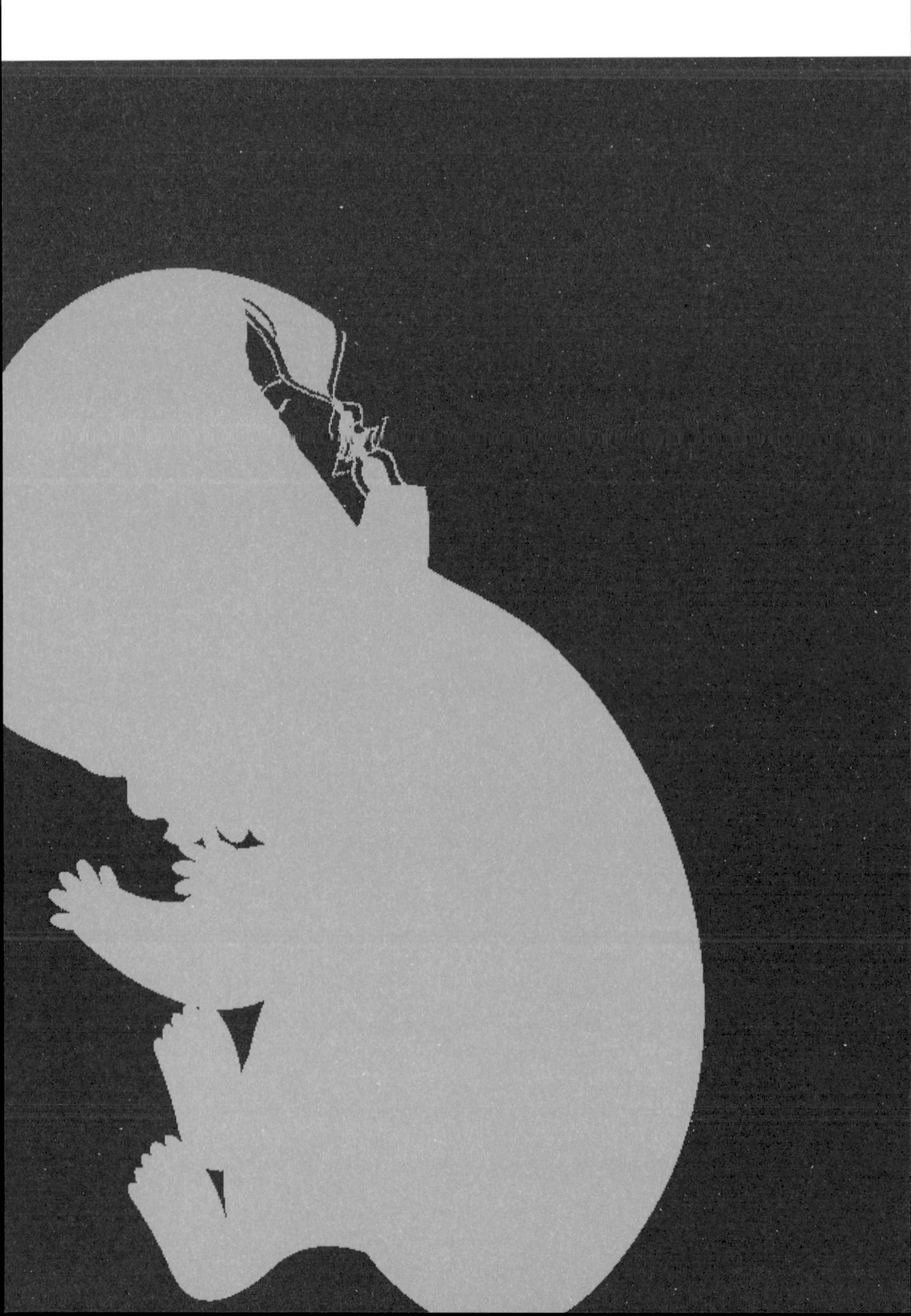

기서 독집 앨범을 준비했고, 그녀의 솔로 데뷔 방송을 함께 지켜보며 모두 축하해주었었다. 그녀는 진부한 소재는 싫다며 내게 가사를 써보지 않겠느냐고 전화번호를 주기도 했는데 내가 국문과에 다니고 있었기에 가볍게 흘린 부탁이었다. 유일한 듀엣이었던 건대 커플 중 남자애도 국문과 학생이었고 내 또래였다. 그는 시를 꿈꾸었으나 자신의 우상이자 동명이인인 최승호 시인을 극복할 수 없다는 무력감에 지레 좌절했다.

우리 중 절반은 노래가 생업이었다. 캠퍼스 대신 무대로 뛰어든 갓 스물의 남자애는 가수 한영애의 거친 입담을 옮기며 마치 친한 누나 흉보듯 하기를 좋아했다. 경력도 화려하고 성량과 창법부터가 카리스마 넘쳤던 검은 선글라스의 삼십 대 남자는 평소에는 말수가 적고 라이브 무대만을 전전했는데 얼굴의 화상 자국 때문이었다. 단칸방에서 어렵사리 동거 생활을 하던 스물 중반의 남자도 있었다. 그들의 직업의식은 한결같이 절실했으나 현실은 하나같이 부실했다. 그마저도 학생들에게 잠식당한다는 위기감 때문인지 그들의 노래엔 왠지 하소연이 실렸다. 가끔은 무대가 아닌 시험장에 든 표정으로 청중의 공감을 종용했다. 사람의 고막을 지나 마음까지 적시는 파동을 만들어내는 일이 도취감 없이도 가능할까.

음악은 이해와 해석 이전에 몸으로 소통하는 장르다. 출생을 알리는 첫울음과 심장의 리듬이 음악의 기원이기 때문이다. 음파는 문자보다 흡수가 빠르고, 청각이 주는 상상력은 회화의 직설화법이나 서사의 완결구조를 통한 상상력을 능가한다. 내게 다음 생이 있다면(이 말은 우습다. '다음 생'을 만난다 해도 '다음 생'인 줄 모를 테니까. 더욱이 내세는커녕 당장 몇 년 치의 앞날에도 무심할뿐더러 시야 말로 내겐 버거운 행복이지만), 그땐 음악을 하고 싶다. 작곡도 좋고 연주는 더 좋다. 아니, 한 곡의 음악으로 태어나도 좋겠다. *문학도 '文樂'이 될 수는 없을까.*

'쓴다'는 것

어느 봄날 저녁 외계로부터 메시지가 왔을 때 애석하게도 나는 시에 꽁꽁 묶여 있었다. 번번이 사람들의 호출에 불응한 죄로 고립무원의 유배 생활을 자초하게 되었는데, (그의 아름다운 모국어를 옮기면) 발신지는 토성. 신비로운 울타리를 지닌 그의 별은 어떤 곳일까. 마음으로만 땡땡이쳤다. 일상에서 발을 빼려고 시를 쓰는데 시의 늪에 빠진 꼴이라니!

나는 종종 백 살은 된 것 같다고 농담을 했다. 사실은 전생의 굽이를 세 번은 넘은 듯한 기분에 휩싸였다. 가까스로 다다른 이 고요한 숲에서 기다려준 고양이 세 마리와 동거하며 길고양이들과 어울리는 지금의 삶이 나는 가장 마음에 든다. 밤마다 부스럭대던 어둠의 공포도 쥐처럼 사라지곤 했다. 위태롭던 2012년 여름엔 내 손목에 부족의 문신까지 허락해줬으니 감격스럽고 자랑스러운 나머지 생활난이며 몸의 잔고장 따위 엄살일 정도다. 그러면 "날개를 버리고 나는 법에 고심 중"(〈사각의 눈〉, 《환상수족》)이라던 이민하 씨는 성공한 것일까. 일상화된 유희는 유희가 아닐 것이다. 고착화된 불안이 더 이상 불안은 아니듯이. 나는 이런 말도 했었다. "당신의 부릅뜬 눈이 좋아요 당신의 불안이 좋아요".

나라는 노이즈가 시를 쓴다. 컴퓨터의 잡음도 끊이질 않는다. 기계의 심장이 헉헉거리는 소리다. 내가 잠들면 본체의 소음도 잦아들지만, 언젠가는 뜨거운 피가 흐르는 전선줄마저 뽑히게 될 것이다. 하드에 남아 있던 글자 세포들도 기능을 멈출 것이다. 카프카의 막스 브로트가 내겐 없다는 사실이 안심이지만, 혹여라도 사후 미발표 원고들의 부검은 원치 않는다는 유언을 여기에 몰래 끼워둔다. 유고遺稿의 주체가 누구란 말인가. 당신이 극구 말려주기를! 당신은 나의 유언 집행자. 지금 마주 보는 당신의 눈은 의심스러울 만큼 믿음이 간다.

시는 내게 '사라지는 놀이'다. 詩를 쓴다(記)는 것, 그것은 時를 쓴다(用)는 것. 쓰고 나면 나는 죽은 듯 뻗어 있고 하얗게 초기화된다. 백지처럼 했던 말을 또 하고, 같은 기억도 다르게 말한다. 반복과 변주. 그것은 음악의 원리다. 나는 가끔 시보다도 음악에 대해 야릇한 경쟁심을 느낀다. 무모한 일이지만 음악을 향해 두 손을 드는 건 항복인 동시에 행복이기 때문이다. 기꺼이 기립박수를 보내며 생이 끝나도 좋을 것 같다.

그런데 내가 진짜 사라진다면, 사라짐에의 욕망은 실현된 것일까. '사라지는 놀이'는 사라지기 직전까지만 실현되는 놀이다. 놀이에는 당신이 필요하다.

사라지는 놀이에는 사라지는 당신이 필요하다. 그런데 당신은 어디에 있지?

당신이 그립다.

이승희

비를 맞으면 나는 젖는다

이승희

1965년 경북 상주에서 태어났으며, 1997년에 《시와사람》으로,

1999년에 《경향신문》 신춘문예로 등단했다.

시집 《저녁을 굶은 달을 본 적이 있다》와 《거짓말처럼 맨드라미가》를 펴냈다.

'서쪽' 동인으로 활동 중이다.

어릴 때 나는 누구보다 비 냄새를 잘 맡았다. 비 냄새는 습기가 아니라 마른 먼지 냄새로부터 왔다. 비가 내리기 전 하늘이 갑자기 어두워지면서 마른 먼지 냄새가 먼저 달려왔다. 마른 먼지 냄새가 훅 끼칠 때까지 놀고서야 우리는 비를 맞지 않기 위해 내달렸지만 번번이 집 앞에 이르기 전에 비를 맞았다. 비를 맞고 나면 우울했다. 비린내가 났고, 옷을 벗어야 했고, 엄마의 잔소리를 한 움큼씩 들어야 했다.

어떤 세계는 내가 아무리 달아나려 해도, 벗어났다고 생각하는 순간 제자리라는 것을 알 때가 있고, 어떤 세계는 내가 아무리 열망해도 손을 내밀어주지 않았다. 나와 상관없이 세계는 언제나 온전하고 안전했다.

비를 맞으면 나는 젖는다. 나는 그게 마음에 든다. 나를 적시고 비는 흘러갔다. 이것도 마음에 든다. 아주 갔다. 이건 더욱 마음에 든다. 그런데도 잘 가라고 말해주지 못했다. 나는 그게 자꾸

마음에 걸렸다. 무엇도 나를 흠뻑 적셔주는 게 없던 시절이 있었고 나는 자주 비에 젖었다. 비가 오는 지역을 따라 먼 길을 걸어가기도 했다. 비는 늘 나보다 한발 빨랐고, 나는 비보다 느렸다. 그래도 비를 맞았다. 비를 맞으면 옷을 갈아입지 않았다. 저절로 마를 때까지, 빗물이 아주 천천히 내 몸을 떠날 때까지 기다려주었다. 내가 앉는 자리마다 비는 스며들었고, 내 방에도 내 삶에도 자꾸 비가 묻었다. 그런 나를 사람들이 싫어해서 사람들 곁으로 가지 않았다. 나는 그렇게 비가 나를 천천히, 아주 오래 다녀가게 했다. 그게 비겁하지 않은 거라고 믿었다. 그렇다고 달라질 것은 없었지만 그렇게 해야 비에게, 상처에게 부끄럽지 않았다. 아니, 내 마음이 후련했다. 시도 그렇다. 내 몸을 조금씩 살다 갔으면 싶었다. 내 일상의 어느 곳이든 조금씩 묻혀가며, 조금씩 말라서 증발하기를. 내 몸 어디에도 남아 있지 않게 투명해졌으면 싶었다. 이를테면 나에게 시도 그랬으면 좋겠다. 비처럼 내려서 나를 먼저 적시고 어느 세상의 한 부분을 아주 조금이라도 적시고, 그다음엔 흔적 없이 말라가도 괜찮겠다.

공원

나는 너와 저녁의 공원에서 셔틀콕을 친다. 사람들은 가로등 아래에서 트랙을 돌고, 혼자만의 음악을 듣는다. 우리는 음악도 없이 셔틀콕을 친다. 네트 너머 너는 분명한데, 너는 큰 팔을 휘

둘러 내게 아무것도 보내지 않는다. 나도 내게 있는 힘껏 아무것도 너에게 보내지 않는다. 그래도 우린 셔틀콕을 친다. 그게 우리의 셔틀콕을 치는 방법이다.

셔틀콕을 따라 밤이 흩어진다. 음악 소리도 없이 나는 셔틀콕을 따라다니느라 온 저녁을 다 보냈다. 그래도 우리의 셔틀콕은 계속된다. 무시무시한 직선의 끝은 수직낙하, 난 그게 너무 좋아서 그렇게 늙고 싶었다. 끝내 셔틀은 이루어지지 않는다. 셔틀 없는 셔틀콕은 밤새 계속된다. 내가 멀리 보낸 셔틀콕처럼 몇 개의 별이 지나갔고, 너는 자주 웃었다. 너는 나의 애인이었다가 딸이었다가 나만 사랑하는 고양이였다가 트랙을 무표정하게 돌아서 가버린 사람들이었다.

그것은 지금도 그렇다. 이 세계에서 발을 빼면 아웃이다. 네가 보낸 그 무수한 셔틀콕이 내 몸 곳곳에 박혀 난 자주 아웃되었고, 어느 날부터는 나는 아예 아웃된 채 밖으로 자라기로 했다. 그럼 네가 아웃될 거라 믿었다. 그러나 너는 아웃되지 않았다. 그게 참을 수 없이 괴로웠던 시절이 왔다 갔다 한다. 그러나 너라는 세계를 향해 나는 오늘도 셔틀콕을 날린다.

나는 오늘 밤 또다시 한밤의 공원으로 애인과 셔틀콕을 치러 갈 것이다.

나는 공원에 간다. 여긴 한낮의 공원. 그네와 미끄럼틀, 시소가 질서 있게 배치된 세계. 빈 술병이 지키는 공원의 한낮 벤치에게 말을 건다. 대답이 없다. 내 이럴 줄 알았다.

나는 산문처럼 흩어진다. 곳곳에 내가 잘못 쓴 말들의 잔해 끔찍하다 끔찍해. 오늘은 비둘기가 보이지 않는다. 다 투명해져서 날아갔다. 다 죽었다. 허공에는 비둘기들이 죽으며 사라진 투명해진 공간이 촘촘하다. 내가 들어갈 구멍이 없다. 나는 왜 투명해지지 못하는 걸까. 무엇과 싸워야 할까. 어떤 말이 나를 투명하게 할 수 있을까. 한낮의 공원은 빈 술병 같아서 휘파람 소리가 난다.

누군가 벗어둔 옷이 있고, 누군가 잊고 간 시간이 있다. 내가 공원에 가는 이유. 이를테면 또 내가 시를 쓰는 이유.

종점

눈떠보니 종점이었다. 나는 어떻게 떠밀려왔는지 모른다. 그러나 나는 그것이 꼭 슬프지는 않다. 중요한 것은 여기보다 더 먼 곳이 존재한다는 것. 나는 순환이 싫다. 북해에 뜬 별을 지나 멀고 먼 다른 행성까지 가는 동안 종점의 풍경들이 말했다. 아니다, 종점의 풍경들은 아무 말도 하지 않는다.

어쨌든 종점의 풍경들이 나를 받아주든 안 받아주든 좀 끼워주지 하면서 슬그머니 그 속을 걷는 일은 외롭고도 행복한 일. 그 풍경 속을 걸으며 가장 많이 생각했던 말은 '폐허'. 그 길을 걷는다는 것은 내 마음의 폐허를 거기다가 다 내보이는 거라는 생각. 흐지부지 늙어갈수록 종점의 풍경 속을 걷는 일이 많아진다. 무엇이든 힘에 겨우면 종점으로 가서 하염없이 걸었다. 나,

아주 종점의 풍경이 되어보자고, 종점의 생이 되었으면 좋겠다는 생각.

창을 열면 항상 종점. 내게 말 건네지 않는 풍경이 거기 있다. 밤이 되면 종점은 다른 행성으로 떠 있곤 했다. 수십 대의 버스들이 줄 맞춰 서 있는 차고지는 순환이 끝나면 또 다른 별로 졌다. 입을 꾹 다문 버스들이 한 치의 오차도 없이 무표정으로 바라보는 건 내일의 순환일까 아니면 오늘의 완성일까. 모든 시작은 저렇게 단단한 끝에서부터 다시 시작되는 그런 평범. 그 평범 아래에 잠든 그 모든 폐허를.

난 이제 안녕하지 않을 거야, 안녕하지 않을 수 있어서 얼마나 좋은지, 안녕하려고 나 얼마나 힘들었는지, 나는 가끔 구름처럼 떠다닌다. 구름처럼 흩어진다.

절벽에서 한 걸음, 그게 가능하다는 것을 알았다. 그 마음이 절벽에서의 한 걸음을 받아준다. 그래서 또 서게 되는 절벽, 그렇게 끝없이 밀어가는 절벽, 나무는 그렇게 자란다. 그 많은 이파리의 끝을 밀어가며 자란다. 키 큰 나무들이 쓰러지지 않는 것은 뿌리 때문이 아니라, 그렇게 끝을 끝까지 밀어가는 이파리들의 안간힘 때문이다. 그 안간힘이 더 간절해지면 좋겠다 나는.

어느 날 집들이 사라지면 골목길은 어떡해야 하느냐고, 어디로 뛰어내려야 하느냐고 물었다. 아직도 난 그 답을 찾지 못했다. 하지만 종점에서는 아무것도 묻지 않기로 한다. 여긴 묻고 대답하는 세계가 아니다. 질문과 대답이 서로의 빈 곳에서 자란다.

자라는 것들의 방향은 그게 어디든 끝이다. 나는 또 그게 마음에 든다. 그게 마음에 들어서 자꾸만 써보는 것이다.

홀연

나는 나를 난간에 세워둔다.
내가 난간이 되든 난간이 내가 되든
그건 아무래도 좋겠다.

난간에 서기까지도 너무 힘들었다.
이제 내려가지 않을 것.
그러면 나 참 행복할 것.
투명해질 수 있을지 몰라.

안녕

'안녕'이라는 말은 참…… 나는 내 안녕이 어디 있는지 가만히 묻는다. 내 몸 어디에도 살고 있지 않은데, 이미 나를 떠난 지 오래인데. 내 안녕을 묻는 당신의 이름이 무엇인가. 당신은 내 안녕을 본 적이 있나? 그 저녁, 어둠을 이해하는 건 불빛이라고 썼다. 그래서 밤새 빛으로 남을 수 있는 거라고 써보았다.
서로를 버티는 저 모습이, 버티는 힘이 닿아 있는 그 경계가 밀어내면서도 끌어안을 수밖에 없는 삶의 모습이라는 생각. 가만히 녹슬어가는 일, 구름에게 내 몸을 떼어먹히는 일, 떼어주는 일. 부치지 못한 편지들은 부치지 못한 채로, 나 없이 환한 집들의 불빛은 그 불빛대로 늙어가게 두는 일. 어느 날, 나 이제 늙어서 더 늙을 게 없을 때까지. 시든 잎처럼 앉아 있는 날 많았다. 하나도 슬프거나 아프지 않았다.
구름이 연신내역을 지나다 말고 가만히 나를 내려다본다. 너 거기서 뭐하니라며 가만히 내 몸을 밀어왔다. 아직도 쓰러질 곳을 찾지 못했느냐고 물었다. 그 구름에 목매달고 싶었다.

> 죽을힘을 다해 꽃을 피우는 일은 못된 짓이다. 죽을힘은 오직 죽는 일에만 온전히 쓰여져야 한다. 당신도 모르게 하찮아지자고, 할 수만 있다면 방바닥을 구르는 어제의 머리카락으로, 구석으로만 살금살금 다니면서 먼지처럼 쓸데없어지자고. 한없이 불량해지는 마음도 아이쿠 무거워라 내려놓고, 내 몸 어디든 바람처럼 다녀가시라고, 당신이 나를 절반만 안아주어도 그 절반의 그늘로 나 늙어가면 되는 거라고.•

"어떤 열렬한 마음도 이 세상에서만 가능하다는 것은 거짓말이다"라는 생각. 그 말을 증명하기 위해 싸우고 싶었고 그래서 "죽은 나를 두고 살아 있는 내가 입을 꾹 다물고 먼지처럼 그릇 위에 쌓여가는 일은 그러므로 아주 서러운 일은 아니"라고 믿는다. 나는 나에게, 그리고 당신에게 다정하지 못했다. 친절하지 못했다. 그 어떤 사소함도 지상에 닿는 무게가 되기까지는 분명

• 〈제목을 입력하세요〉 부분, 《거짓말처럼 맨드라미가》, 문학동네, 2012

살아냈어야 할 생이 있다는 것을 알게 되었다.

엽서

오직 한 방향으로, 그것이 나를 향해서 온다는 것, 세계의 절반을 돌고 돌아 오기도 한다는 것, 그것이 누군가의 안부라는 것, 더불어 내게 안부를 전하는 온기라는 것. 누군가 내 안부를 묻는다는 것이 신기하고 경이롭기까지 하다. 그림이 있고, 또박또박 내 주소와 내 이름이 적혀 있다는 것은.

때로는 누군가 내게 엽서를 보냈다고 하는데, 당도하지 못한 엽서도 있다. 어느 소설가가 보냈다는 쿠바에서의 엽서는 끝내 내게 오지 않았다. 아바나의 어느 거리 혹은 어느 서류철 밑에서 잠들었을지도 모를 그 엽서를 생각하면 몹시도 아프다. 아주 오지 않는 게 아니라 어디서 더 묵은 잠을 자는 거라 믿는다. 그래도 된다고 생각한다.

나는 무수하게 많은 엽서를 쓴다. 천국으로 보내고 나를 가둔 감옥으로 보내고, 우울한 불빛에게도 보내고, 이젠 내가 살지 않는 나의 집으로도 보낸다. 그래도 이 세계는 내게 답장 같은 것을 하지 않는다. 답장은커녕 비아냥대기 일쑤다. 그래도 나는 엽서를 쓴다, 시를 쓴다. 아니, 그래서 쓴다. 이제 답장 같은 거나도 기대하지 않는다. 그냥 쓴다. 나는 어떤 방향이어야 하는가. 그건 분명하다. 너에게. 세상의 수많은 너라는 사람들이면 된다.

나는 내가 받은 엽서들을 창문에 붙여놓았다. 포스트잇처럼 간절해 보인다. 기분이 좋아진다. 나도 창문에 엽서처럼 딱 붙어 살았으면 좋겠다.

이야기의 시작, 내 시의 자리들

사람들은 아버지를 두고 '한량'이라고 불렀다. 책을 읽고 가끔 글씨를 쓰고, 그리고 대부분의 시간은 가까운 지역을 두루 둘러보시는 게 일이었다. 그런 아버지를 나를 제외한 식구들은 모두 싫어했다. 어머니는 아버지 대신 생계를 책임지며 힘들어했고, 누님들이나 형님들은 가난에 대한 고달픔을 전적으로 아버지 탓으로 돌렸다. 나이 들어서 들은 이야기지만, 아버지가 젊었을 때는 그나마 집에 있는 날보다 온 세상을 떠돌아다니는 날이 더 많았다고 한다.

그런 아버지가 일을 하셨던 적이 있다. 장손이었던 아버지는 제법 많은 땅을 물려받아 논농사며 밭농사를 지었다. 정확히 말하자면 아버지가 직접 농사를 지으신 것은 아닌데, 꼭 직접 하셨던 일이 있다. 담배를 말리는 일이었다. 담뱃잎을 따고 새끼줄에 꼬아서 담배건조실에 널면, 그때부터는 아버지가 불을 때고 담배를 말리셨다. 그것만큼은 절대 남의 손을 빌리지 않으셨다. 이상하게 그것은 잊히지 않고 내 기억에 남아 있다. 나는 아마 그것 때문에 시인이 되지 않았을까 생각한다. 그것은 그만큼 내게 아주 강렬한 이미지로 각인되어 있다.

갓 따온 푸른 담뱃잎은 등을 마주하여 새끼줄 사이사이에 꼬여 발을 만든다. 길게 엮은 담배 발은 사다리를 타고 올라가 건조실 달대에 맨 위부터 층층 늘여 단다. 그날 밤부터 아버지는 건조실 옆에 잠자리를 꾸리고 대엿새 꼬박 불을 조절하며 노릇노릇 담뱃잎을 익힌다. 불을 얼마큼 어떻게 조절하셨는지는 전혀 알지 못했다. 다만 내게 중요한 것은 그렇게 아버지가 담뱃잎을 말리기 시작하는 날부터 끝날 때까지 나는 거의 대부분의 시간을 아버지 곁에서 한 발짝도 떨어지지 않았던 것이다. 이유는 간단했다. 먹을 것과 이야기가 잠시도 떨어지지 않았기 때문이다.

호두나무 옆 담배건조실에는 아버지가 읽으시던 책들이 늘 쌓여 있었다. 아버지는 같은 책을 여러 번 읽으셨다. 그러고는 나를 옆에 앉히시고 당신이 읽으신 책을 재미난 이야기로 다시 들려주셨다. 조선의 건국에서부터 독립운동, 4·19까지 거의 대부분은 우리 역사에 대한 이야기였고, 이순신 장군이나 이덕형 장군 이야기는 아버지 스스로 신 나서 해주셨기에 더 실감 났다. 그러다가 배가 고프다 싶으면 아버지는 옥수수며 감자 등을 구워주셨다. 그러다가 밤이 오고, 은하수가 흘렀고 밤새도록 아버지의 이야기가 별똥별처럼 떨어져내리는 것을 보다가 잠들곤 했다. 다음 날 아침이면 신기하게도 나는 방 안에 누워 있었고, 그러면 나는 다시 쏜살같이 아버지를 찾아들었다.

그러나 그게 다였다. 담배를 말리는 며칠의 시간이 지나면 아버지는 내게 그다지 다정하지 않으셨고, 다시 예전처럼 말이 없으시고 조금 무서운 존재가 되었다. 하지만 나는 그 며칠의 기억만으로도 일 년 내내 행복했고 아버지가 좋았다. 그런 마음은 우리 집이 모든 농사를 접고 청주로 이사 나와 가난한 도시 하층민으로 서서히 내몰릴 즈음까지도 계속되었다. 농사도 잘 짓지 않던 아버지가 도시로 나와 할 일이란 막노동 외에는 없었다. 하지만 아버지는 절대 일을 하지 않으셨다. 그저 여전히 책을 읽고 글씨를 쓰셨다. 딱 한 번을 제외하고는 그것은 돌아가실 때까지 계속되었다.

아버지가 두 번째 일을 하신 것은 청주에 살면서 그야말로 하층민으로 기울던 시기였다. 일을 하지 않고 시골에서 땅 판 돈으로는 마구마구 자라는 육 남매를 감당할 수 없었다. 어머니의 노동이 계속되던 어느 날 아버지는 그나마 있던 거의 모든 재산을 정리해서 국수 기계를 사오셨다. 갑자기 우리 집은 국숫집이 되었고 나는 국숫집 막내아들이 되었다. 아버지는 마당 한편의 헛간을 정리하고 거기에 국수틀을 설치하셨다. 그리고 며칠 후부터 바로 국수를 뽑아내기 시작했다. 국수를 만드는 것은 그리 어려운 과정은 아니었다. 반죽을 하고, 기계를 돌려 국수를 뽑고, 그것을 마당에서 말리고, 다시 그것을 알맞은 크기로 재단해서 무게를 달아 금액을 정해놓고 파는 일이었다. 그런 과정의 대부분을 아버지가 감당하셨다. 지금은 어떤지 몰라도 당시에는 모든 게 수작업이었다. 반죽을 하는 일도, 모터 없이 직접 국수 기계를 돌리는 일도 너무나 고된 일이었다. 그러나 그것은 내 일은 아니었다. 나는 국수가 말라가는 동안 국수 아래를 기어다니며 국수와 함께 마르고, 졸고, 마른 국수가 떨어지면 똑똑 끊어 먹곤 하는 게 전부였다. 젖은 국수가 바람에 살랑이며 말라가는 동안 국수 가닥 사이로 하늘이 살살 흔들렸다. 그게 너무 좋아서 나는 국수 아래를 그렇게 기어다니거나 누워서 하늘을 바라보곤 했다.

시 혹은 글에 대한 이야기를 하자면 아버지가 늘 떠오른다. 그것은 처음 내게 이야기의 세계를 열어주었던 기억 때문일 것이다. 또한 우리 식구들 중에서 유일하게 글을 쓰는 일에 대해 끝까지 지지하고 응원해주셨던 때문이기도 하다. 그러니까 아버지는 내 삶의 방향을 아주 일찍 문학 쪽으로 돌려놓으신 게 아닌가 하는 생각 때문이다. 이야기를 통해 상상하게 만들고, 그런 상상을 통해 행복할 수 있다는 것을.

갑자기 드는 생각이 있다. 아버지와 셔틀콕을 치면 어떨까? 잘 받아주실까? 이제 내게 그런 세계는 다시없겠지만 이 세계에 대해 헛손질만 하는 나를 보면 어떤 표정을 지으실까?

벽에 대한 기록

이영주

이영주
1974년 서울에서 태어나, 2000년 《문학동네》로 등단했다.
시집으로는 《108번째 사내》 《언니에게》가 있다.

동굴

이 벽은 울고 있는 것일까. 축축하다. 벽 안쪽에서 입김이 새어나오는 것만 같다. 조금씩 출처를 알 수 없는 연기가 떠돌고 있다.

나는 벽에 붙이고 있던 손 하나를 천천히 뗀다. 벽의 눈물 같은 것이 묻어 있다. 얼룩. 내 손바닥에 새겨진 이 손금들도 모두 얼룩은 아닐까. 길고 깊은 얼룩들.

— 이 벽에 기대고 있으면 어쩐지 어깨를 들썩거리고 있는 기분이야.

— 움직이지 말고 있어.

— 아니, 난 움직이지 않아. 벽이 움직이고 있을 뿐.

— 너무 축축해서 그래. 등이 젖고 있어서 등이 굽는 기분일 거야.

너와 나는 낮은 음성으로 몇 마디를 나눈다. 그리고 잠깐의 침묵.

창문 밑에 켜놓은 촛불 쪽으로 시선을 던진다. 우리는 조금 어긋난다. 같은 곳을 볼 때에는 조금, 아주 조금 어긋난다.

우리는 함께 여행을 다니고 있다. 나는 너와 함께 같은 시간, 같은 공간을 떠도는 중이다. 이 순간들이 지나가면 모든 시간은 공간의 기억으로 남을 것이다. 모든 공간은 흘러가버리는 어제의 시간들로 기록될 것이다. 그렇게 우리는 시간을, 공간을 나누어 갖고 각자의 흔적들을 묻어두겠지.

우리는 동굴 펜션 안에서 서로의 벽을 더듬어보고 있다. 낯선 곳에서는 벽이 더 잘 보인다. 방을 구하고 나면 제일 먼저 보이는 것은 어째서 때에 전 벽지일까.

귀퉁이가 찢겨나간 가난한 나라의 지도처럼 작은 방의 벽들은 허술하고 부실하다. 간간이 드러낸 철골 사이로 열대야의 벌레들이 쏟아져나오곤 했었지. 헤아릴 수 없는 많은 발이 벽 틈을 기어갔다. 그 발들을 세다 지쳐 문 앞에 내 발을 부려두고 잠이 들었던 수많은 밤들이 있었다. 새벽이면 어느 것의 날개인지 알 수 없는 희뿌연 날개들이 잘게 부서져 있곤 했다.

터키의 카파도키아. 이곳은 기암괴석으로 유명한 지방이다. 영화 〈스타워즈〉의 촬영지이기도 한 곳. 우리는 이곳에 와서야 뜨거운 햇빛을 피할 수 있는 자신만의 동굴을 찾았다.

같은 동굴 방 안, 몸을 웅크리고 앉아 각자의 동굴을 파고 있는 시간.

이 동굴의 벽은 석회암의 특성 때문에 자연스럽게 굳어진 모양새다. 단단하고 차갑다. 차갑고 따뜻하다. 석회암은 물에 젖은 상태에서 도구를 이용해 파내면 쉽게 파진다. 도구가 없으면 손으로 파도 된다고 한다. 이슬람교가 휩쓸던 오스만제국 시대에 초기 기독교인들은 그들의 눈을 피해 이곳에 동굴을 파고 숨어 살았다고 한다.

기암괴석으로 이루어진 돌산 허리에는 커다란 구멍이 곳곳에 나 있다. 안으로 안으로 파들어간 오스만제국 시대의 투박한 손들이 이 벽의 역사일지도 모른다.

누군가의 손. 뭉툭하고 딱딱하게 굳어간 손. 손바닥을 마주 대듯 나는 다시 한 번 동굴 벽을 쓸어본다. 여전히 눈물 같은 것이 내 손을 적신다. 나는 울지 않는다. 만약 눈물이 아닌, 울음을 만질 수 있다면, 차갑기도 하고 뜨겁기도 한 이 기묘한 느낌이 아닐까.

이 방은 벽이 전부다. 한 귀퉁이에 침대가 있고, 어떤 가구도 없다. 간간이 흔들리는 촛불을 제외하고 어떤 빛도 없다. 이제야 잠이 들 수 있을까. 우리는 길 위에서 떠돌기 시작한 이후 깊은 잠은 단 한 번도 가진 적이 없다. 빛이 없는 곳, 어둠이 있는 곳은 생각보다 찾기 어렵다.

이제야 벽으로 된 어둠을 만난 것이다.

— 어둡지?

— ……촛불을 켜도 어두워.

— ……언제부터 울고 있었니?

— ……

너는 대답하지 않는다. 나도 묻지 않는다. 상처는 나눌 수 없다. 상처는 온전히 자기만의 몫이다. 그래서 상처는 잔인한 것이다. 마치 동굴에 오기 위한 여행처럼 햇빛 아래서 너무 밝게 웃고 지중해의 열기 앞에서 너무 잘 참았다. 너는 그것이 문제라는 것을 알고 있을까. 너무 뭐든 잘하는 것. 잘하는 것처럼 보인다는 것.
너는 지리멸렬하고 부서져가는 사랑의 끝을 맺으러 왔다. 이별이라는 이름. 헤어진다는 것은 타자와의 관계를 끝내는 것보다 지금까지의 자신과 헤어지고 새로운 자신을 찾아가는 것일지도 모른다. 사랑이라는 맹목 아래 버려두었던 자신을 찾아야만 한다.
너는 모로 눕는다. 촛불 아래에서 너의 어깨는 흔들리고 있다.
신음하는 벽.

벽이 울고 있다.

나는 너의 반대편 벽에 한쪽 뺨을 대본다. 나는 울지 않는다. 눈물 같은 것이 벽을 타고 흘러내린다. 어둠을 좇아 동굴까지 왔다. 이 동굴은 마음속에 울음이 가득한, 아주 오래전의 사람들이 손으로 파낸 구멍이다. 우리는 차갑고도 뜨거운 이 구멍에 누워 벽처럼 흔들리고 있다.

옥탑방

우리는 이곳에 단 하나의 가구를 들여놓는다. 원목으로 짠 긴 책상 하나. 그리고 의자 네 개. 홍대 앞 놀이터 근처에 우리는 우리만의 동굴을 구했다. 이 방은 붉은 꽃이 벽을 뒤덮고 있다. 벽은 피어나고 있다. 커다랗고 붉은 입으로. 벽에 등을 대고 꼿꼿하게 서본다. 벽지에 새겨진 붉은 꽃잎이 식용식물처럼 온몸을 휘감는 느낌이다. 나를 먹으려고. 내가 온통 붉어져서, 영화 〈다크 나이트〉의 조커가 된 기분이다. 찢어진 채 웃고 있는 입. 너는 발가벗겨진 듯 너무 커다란 꽃잎이 조금 징그럽다고 하고, 나는 있는 힘을 다해 벽지를 뜯어버리고 싶다.

이 벽은 계속 붉어지고 있다. 웃고만 있다.

책상을 가운데 두고 서로 마주 보고 앉아 우리는 책을 읽고 글을 쓴다. 때로 기획회의를 하고 클라이언트 미팅을 한다. 키보드를 두들기는 소리와 작은 스피커에서 간간이 흘러나오는 음악 소리가 우리의 벽을 말랑말랑하게 한다. 어둠을 여행하고 돌아온 이후 우리는 옥탑방을 구했다. 물론 귀국하고 한참이 지나서였다. 조용히 타오른 후 재로 남아버린 상처들은 잘 묻어두고 우리는 다른 여행을 시작하는 중이었다. 몇 세기 동안 쌓여온 축축한 손금들, 박물관에 보관될 손의 기억들은 카파도키아에 남았다.

우리는 그저 우는 벽 하나를 가지고 온 것이다.

너는 꽃잎이 산망스럽게 돋아나는 벽 위에 홍대 인디밴드 포스터나 색다른 디자인의 홍보물들을 붙이곤 했다. 낡은 창문 사이로 바람이 드나들고 단열이 되지 않는 벽 안으로 열기와 한기가 번갈아 찾아들었지만 너는 정성스럽게 방 안에 숨을 불어넣었다.

숨 쉬는 벽.

주변에서 울려퍼지는 취객들 소리, 클럽의 음악 소리, 방문 앞에서 어슬렁거리는 들고양이 울음소리, 아침이면 어김없이 울려퍼지는 공사 소리. 이 모든 것이 드나드는 벽. 그때마다 붉은 꽃이 커졌다가 작아진다.

우리는 서로의 언어에 대해 새벽 어스름이 찾아올 때까지 이야기를 나누다 잠을 청한다. 형광등 스위치를 내리지만 도시의 간판 빛이 방 안으로 스며든다.

— 밝다.

— 도시에는 완벽한 어둠이 없어. 언제쯤 칠흑 안으로 들어갈 수 있나.

— 벽의 두께가 늘어났다 줄어들었다가 하는 기분이야.

— 너무 밝다, 너무 밝아.

나는 한쪽 벽으로 몸을 붙인다. 시멘트의 서늘한 기운이 뼛속으로 스며든다. 메마른 먼지 속을 헤치고 나가는 기분. 목이 아프다. 나는 부스스 일어나 물을 벌컥벌컥 마신다.

너는 두 손으로 눈을 가리다 말고 스카프를 찾는다.

— 어둡게 해야겠어.

스카프를 감은 눈 위에 덮는다. 눈을 감고, 또 눈을 감는다. 어두워지는 법을 나는 너에게 배운다.

— 겹겹이 쌓아두면 어두워질까?

나의 질문에 너는 고개를 끄덕인다. 나는 도로 누워서 두꺼운 수건을 감은 눈 위에 얹는다. 가라앉고 또 가라앉는 기분. 편안하고 불가능한 기분.

언제쯤 이 도시에는 완벽한 어둠이 내릴까. 이 방은 마른 눈물만이 가득하다. 건조하고 건조해서 모든 물기를 바싹 말려버리는 것 같다. 가루가 부서져내리는 것처럼 우리의 눈가는 뻑뻑해지고 있다.

우는 벽이 필요한 것이다.

잠을 잘 수 있을까. 사람들은 거리에서 헤매고 있다. 집으로 돌아가지 못한다. 이상한 고독이 시끄러운 거리를 떠돌고 있다. 너는 눈을 감고 있지만, 온몸이 열려 있다.

너는 이 방 안에서 깊어지고 있다.

방은 밝고 어둡다. 햇빛 때문에 밝고, 간판의 불빛 때문에 밝다. 밝은 빛이 쏟아져 들어올수록 밤이 되면 책상 밑 어두운 모서리가 더 어두워진다. 나는 때로 그 모서리를 물끄러미 바라본다.

빛과 어둠은 왜 서로의 몸을 바꾸면서 자연스럽게 넘나들지 않는가. 어둠은 왜 점점 더 두꺼워지고, 밝음은 왜 점점 더 창백해지는가.
옥탑방은 지상에 세워진 모든 방 중에서 하늘과 가장 가깝다. 우리는 그것이 마음에 들었다. 빛을 좇아 위로 올라왔다.
어둠을 좇아 동굴로 가는 길도, 빛을 좇아 위로 올라가는 길도 모두 반반의 방향이다. 어둠 속에서 벽은 물처럼 흐르고, 빛 속에서 벽은 바싹 말라가고 있었다. 어둠과 빛.

우는 벽은 목이 마르다.

우리는 옥탑방에 마련한 작업실 생활을 정리했다. 너는 오랫동안 마음속에 키워왔던 나무 하나를 밖에다 심었다. 새로운 운명을 만나게 된 것이다. 자기만의 언어로 세계를 말하게 된 것이다. 이제 모두가 나무의 성장 과정을 지켜보고 물을 주고 햇빛을 내어줄 것이다.
공간은 한 존재의 운명을 바꾸기도 한다.

진동

길을 걷다 주머니 속에 손을 넣으면 축축한 다른 손 하나가 만져진다. 나는 커다란 구멍을 헤집는 느낌이 든다. 어둠을 만질 수 있다면 이런 기분이 아닐까.
만져지는 손. 자신도 모르게 손바닥을 마주 대는 것.
손등에 쏟아지는 빛 안쪽으로 어두운 손바닥이 솟아나는 것.
밝은 도시의 거리에서 나는 동굴 속으로 들어가게 된 것이다.

철제 계단을 오르내리면서 나는 '언어'라는 공간을 만난 것일까. 내가 시를 처음 썼던 순간도 지상으로 올라갈 수 없는 무겁고 깊은 반지하방 구석에서였다. 그때에도 나는 나보다는 낮은 천장이, 소년들이 침을 뱉고 가서 얼룩진 창문이, 수시로 부풀어올랐다가 가라앉은 벽지가, 아귀가 맞지 않는 방문이 시를 쓰고 있다고 생각했다.
무거운 철문을 열고 지상으로 올라가면 쏟아지던 강렬한 햇빛. 그 빛보다 크고 두려운 무엇이, 거부할 수 없는 이상한 매혹이 나를 끌고 갔다. 동네 공원 그네에 앉아 시시껄렁한 농담을 던지던 소년들의 슬픈 눈빛이 내 피를 흐르게 하는 것 같았다.

시간은 무형으로, 잔인하고 꾸준하게 흘러간다. 내게 어울리는 것은 시간이 머물 수 있는 공간이라고 여겼다. 시가 되어가는 순간의 힘은 공간에 흔적을 남기고 만다. 시인으로 산다는 것은, 순간이라는 결정체가 남기고 간 흔적의 물질을 좇는 일인지도 모른다. 남들이 말하는 '잘사는' 일과는 전혀 상관없는 짓이다. 쓸데없는 일인 것이다.

남아 있는 것은 어쩐지 슬프다. 창문에 붙어 있는 오래된 침처럼. 떼어내려야 잘 떼어낼 수 없는 껌처럼. 그런 것 따위야 잊어야 하는데, 그게 잘 되지 않는다. 자꾸만 그곳을 서성거리고 그러다가 남들처럼 살아가는 속도를 놓치고 그래서 뭘 가질 수가 없는 것. 바보 천치 같은 것.
그런데 어쩌면 좋을까. 나는 벽이 제 어깨를 들썩거릴 때마다 멍청하게 서서 그 진동을 온몸으로 받아내고 있으니. 격렬한 눈물의 흐름을 내가 대신해서 가고 싶으니.
용접을 하는 사람이 불꽃보다 어둠을 다정하게 생각하듯이, 노역의 끝에 남은 어둠이 나를 감쌀 때 나는 다른 것은 하고 싶지 않아진다. 쓸데없기 때문에 그것에 매달리는 자의 쾌락.
새벽. 다정하게 벽으로 스며드는 새벽의 냄새. 그 틈에서 퍼덕이고 있는 벌레 날개들의 냄새. 그리고 시의 냄새.

나는 마음껏 재미있어할 수 있게 되었다. 마음껏 고통스러워할 수 있게 되었다. 이 모두가 세상의 구석이다. 구석은 자란다.

시와 함께 걸어온 길

이재무

어느 날 불쑥,

나도 가끔 나에 대해 스스로 궁금할 때가 있다. 그중 하나, 왜 내가 시인이 되었을까? 하는 점이다. 왜냐하면 대부분의 시인과 작가들이 거쳐오게 마련인 문학청년기를 나는 경유하지 않았기 때문이다. 이 말은 내가 등단 시기를 즈음하여 어떤 뚜렷한 목적이나 목표의식을 가지고 문학에 전념해오지 않았다는 뜻이기도 하다. 나는 거짓말처럼 우연하게 문학과 인연을 맺게 되었다. 그러나 그 우연은 이제 내게 필연의 운명이 되어버렸으니 우연치고는 너무 고약한 것이 아닌가 하는 생각이 들기도 한다. 하지만 너무 일방적으로 이렇게만 말한다면 문학(시) 쪽에서 서운해할 수도 있겠다. 문단 말석에 부끄럽고도 볼품없는 이름 석자나마 올려놓은 덕에 구차스럽긴 해도 호구를 연명해가고 있으니 어느 모로 보나 나는 문학에 상당한 빚을 져오고 있는 셈이니 말이다.

이재무

1958년 충남 부여에서 태어나, 한남대 국문학과를 졸업하고 동국대 대학원 국문학과를 수료했다. 1983년 무크지 《삶의 문학》에 〈귀를 후빈다〉 외 4편으로 작품 활동을 시작하여, 시집으로 《섣달 그믐》《온다던 사람 오지 않고》《벌초》《몸에 피는 꽃》《시간의 그물》《위대한 식사》《푸른 고집》《저녁 6시》《경쾌한 유랑》 등이 있고, 시선집으로 《길 위의 식사》, 산문집으로 《생의 변방에서》《세상에서 제일 맛있는 밥》 등이 있다. 난고문학상, 편운문학상, 윤동주상 문학 대상, 소월시문학상을 수상하였고, 한신대 외 여러 대학에서 시 창작 강의를 하고 있다.

고등학교 3학년 때까지만 해도, 아니 대학 입학 후 상당 기간 동안에도 나는 문학에 대해 도통 관심이 없었고 그런 만큼 자연 그에 대한 배경지식도 전무했다. 애오라지, 빛 좋은 개살구 같은, 허울만 그럴듯한 가문이 몇 대째 내리물림하고 있는 가난의 천형으로부터 벗어나고픈 일념뿐이었다.

군에서 제대한 내가 계절학기 복학을 앞두고 있었을 때 어머니가 갑자기 쓰러지셨다. 어머니는 간경화로 돌아가셨다. 평소 내색을 하지 않으셨던 관계로 식구들 중 누구도 그 병세를 눈치채지 못했다. 하지만 이것은 구차한 변명일 뿐 사실이 아니다. 제 궁한 처지들에만 골몰하느라 식구들이 알고도 모르는 척 나 몰라라 하는 동안 악화일로하던 어머니의 지병은, 계속되는 장마에 수위를 넘은 수압이 가까스로 견인하던 저수지의 제방을 일시에 무너뜨리듯 어머니를 쓰러뜨린 것으로 봐야 옳기 때문이다. 절대적 가난이라는 핑계 뒤에 숨어서 어머니의 죽음을 방치한 면이 없지 않은 식구들로서는 평생 면키 어려운 죄의식을 느끼며 살아가야 할 것이다.

어머니가 돌아가신 후 아버지의 나날은 술에 의존하지 않고는 불가능할 정도셨다. 그때 아버지 나이 쉰다섯, 지금의 내 또래였다. 그렁그렁 수심이 가득한 눈에 뒷산 앞산이나 담고 사시는 무능한 아비가 싫어 나는 담 바깥으로만 싸돌아다녔다. 통학이 가능한 거리였지만, 고향인 부여를 떠나 대전에 와서 보냈다. 주말이 되어도 방학이 되어도 가급적 핑계를 대고 집으로 내려가지 않았다. 그때 내가 주로 어울려 지내던 이들이 대전과 충청남도를 기반으로 활동하던, 무크지 《삶의 문학》 동인들이었다. 하지만 문학에 대한 취향이나 관심 때문에 그들과 친연하게 지냈던 것은 아니었다. 의지할 사람들이 필요했다. 사실 내막은 이러했다.

대학 2학년 재학 중일 때 나는 복학생들과 아주 친하게 지냈다기보다는 그들을 잘 따랐는데 이들 중 일부가 졸업과 동시에 예의 동인지 구성원이 되었고 나는 이들과 가깝게 지냈다는 이유만으로 나중에(군 제대 후 복학과 함께) 그들 무리에 합류하게 된 것이다. 동인들 중에는 이미 《창작과비평》과 《실천문학》 등을 통해 등단한 이도 있었지만 대개는 등단 전의 홍역을 한참 앓아대던 문학청년들이었다. 그리고 그들은 모두 내 선배들이기도 했다. 동인들 중 내 나이가 제일 어렸던 것이다. 나는 아직 학생 신분이었고 그들은 이미 졸업을 마친 사회인이었다. 정세가 급류처럼 요동치던 시절이었다. 나는 그들에게서 세상을 보는 안목과 세계를 읽는 태도 등을 익혔다. 그들은 내 생애 가장 뜨거운 나이의 외우이자 스승들이었다.

내가 최초로 문자로 남긴 시는, 대학 교지에 실린 〈엄니〉라는 시다. 어머니를 종산에 묻고 돌아온 그날 흩뿌리던 진눈깨비가 그치고, 희뿌연 달빛이 하얀 문창호지를 뚫고 들어와 얼룩덜룩한 벽면에 알 수 없는 상형문자를 그려내던 삼경, 나는 잠든 식구들 몰래 일어나 방구석 저 홀로 외롭게 틀어박힌 앉은뱅이 밥상 위에 놓인 부의록을 끌어다 빈 페이지를 열고 그 위에 시편을 썼다. 시가 그 어떤 귀띔도 없이 불쑥, 내 몸속으로 찾아온 것이다. 지극히 불행한 시대와 불우한 개인의 전기적 생애가 미학의 형식을 불러들인다고 말한 이는 헝가리 태생의 문예사상가 게오르크 루카치였다. 나는 이 진술에 기대어, 궁색하고도 지리멸렬하게 전개시켜온 내 시 문학의 기원과 배경과 이력을 감히 다음과 같이 말하고자 한다.

1980년대 중반 내가 시에 입문하고 시를 운명으로 받아들였던 것은 문학에 대한 각별한 의지에서 비롯된 것이 아니라 내 개인의 특수한 환경에서 말미암은 것이었다. 요컨대 내가 시를 찾아나선 것이 아니라 어느 날 불쑥, 넝마의 생활 속으로 시가 얼굴을 내밀어왔던 것이다. 이 말을 너무 거창하게 받아들일 필요는 없다. 오해가 없길 바란다. 내가 무슨 시대의 운명을 타고난 시인이었다, 라는 뜻이 절대 아니다. 나의 경우 환경과 시의 만남은 어떤 의지의 작용에서가 아니라 우연처럼 도래했다는 것, 즉 불행하고 불우한 개인의 특수한 환경이 자연스럽게 시를 불러들였다는 정도로 이해해주길 바란다.

산책길에 도둑처럼 불쑥,

오세영 시인은 최근 '시 쓰기에 대한 몇 가지 태도'에 대해 다음과 같이 말했다.

• 《시 쓰기의 발견》, 오세영, 서정시학, 2013

> 시인이 어떻게 해서 한 편의 시를 쓰게 되느냐 하는 문제에 대해서는 일률적인 해답을 내릴 수 없다. 각자의 개성, 지성, 취향, 처해진 상황, 문학적 감성, 시 창작의 관습 등이 한데 어우러져 복합적으로 이루어내는 결과이기 때문이다. 그러나 그 무엇이든 구체적 시 쓰기는 나름의 동기부여에서 시작되기 마련이다. 어떤 시인은 갑자기 시를 쓰고 싶어서 시를 쓴다. 어떤 시인은 잡지사의 원고 청탁을 받고 시를 써야겠다는 의무감에서 시를 쓴다. 또 어떤 시인은 아름다운 여자의 환심을 사기 위하여 시를 쓴다. 그러나 그 어떤 것이든 시작 동기를 살펴보면 크게 두 가지로 나누어질 수밖에 없다. 하나는 갑자기 시를 쓰고 싶은 충동에 사로잡혀 쓰는 경우요, 다른 하나는 의식적으로 시를 써야겠다는 목적에서 시를 쓰는 경우이다…… 그러나 그 쓰여진 결과를 놓고 볼 때 어떤 특정한 방식만이 우수한 작품을 빚는다고 말할 수는 물론 없다. 어차피 창작이란 이론만으로 되지는 않는 것이다.•

여기에 더 붙일 말이 달리 없다. 다만 내 경우는 두 경우가 반복되어 나타나고 있다는 점을 들 수 있겠다. 젊어서는 그냥 쓰고 싶은 충동에 휩쓸려 시를 쓰는 경우가 더 많았다. 그래서인지 서랍에는 미리 써놓은 작품들이 발표를 기다리며 늘 대기 중이었다. 물론 발표 지면이 지금보다 훨씬 더 적었던 탓도 있었지만 도대체가 식을 줄을 몰랐던 열정이 가져다준 결과이기도 했다. 아주 드물기는 했지만 여자에게 환심을 사기 위하여 시를 쓴 적도 있었다. 또 술을 마시다 우연처럼 시를 건지기도 하였다. 연애의 씁쓸한 뒤끝이 쓰디쓴 회한의 시를 남기기도 하였다. 하지만 나이가 들어감에 따라 열정은 소진되고 자연 그에 따라 의무감에 쫓겨 시를 써야 하는 경우가 더 많아지고 있다. 불행하게도 잡지사의 청탁이 있고서야 시를 생각하는 날들이 늘어가고 있는 것이다. 나는 이런 현실이 슬프고 안타깝다. 절제를 모르는 열정 때문에 충동에 휩싸여 시를 썼던 시절은 충분히 아름다웠다. 한밤중 잠을 청하다가도 갑자기 찾아온 시마詩魔 때문에 이불을 박차고 일어나 책상에 앉아 꼬박 날밤을 새우던, 아름다운 소모의 시절은 다시 오지 않으리라.

나는 이십 대 후반의 잠깐 동안을 빼놓고는 정규직으로 살아본 적이 없다. 한때는 출판사에서, 또 한때는 서울 목동과 노량진 일대의 몇몇 유명한 입시학원에서, 서른 후반 이후 지금에 이르기까지는 지방과 서울을 오가며 여러 대학을 전전해왔고, 또 전전하고 있는 중이다. 그러다 보니 자연 길 위에서 시간을 보내는 시간이 많았다. 내 시편들 중 상당수가 길 위에서 써진 것들이다. 버스와 기차 속에서 전동차 안에서 나는 틈을 내어 책을 읽었고, 차창 밖 스쳐지나는 풍경들을 일별하던 중 도둑처럼 불쑥 찾아온 시상을 메모해두었다가 집으로 돌아와 갈무리하여 구성하고, 재구성하고 정리하였다.

최근에는 산책길에서 시상을 주로 구하고 있다. 이 버릇은 칠 년 전 여의도에 살 때 생긴 것인데 아마도 나는 이 버릇을 평생 버리지 못할 것 같다. 현재의 거처인 마포로 이사 오기 전 여의도에서 내리 육 년을 살았다. 알다시피 여의도는 한강을 옆구리에 끼고 형성된 지역이다. 이 지역적 특성이 내게 산책의 일상을 선물로 가져다주었다. 특별한 경우가 아니라면 나는 매일 조석으로 시간을 내어 한강변을 거닐었다. 한강변을 거니는 이유가 꼭 건강 때문만이 아니었다. 나이가 들면서 무서운 적이 외로움이라는 것을 알았을 때 나는 걷는 일에 열중하였다. 외로움은 때로 독약과도 같아서 사람에게 치명적인 상처를 안겨준다는 것을 알았기 때문이었다. 외로움을 잘못 다스리면 사람은 얼마든지 추해지거나 망가질 수 있는 것이다. 내 한때의 위대한 스승이었던 분이, 아프게 걸어온 자신의 일관된 평생을 하찮고 사소한 외로움 때문에 스스로 부정한 일을 목도한 이후 나는 걷는 일에 더욱 의미와 가치를 두게 되었다. 걷다 보면 내 몸 안에 내재한 감정의 불순물들이 시나브로 빠져나가는 카타르시스를 느낄 수 있다. 또 나는 걸으면서 지금까지 깜냥껏 살아온 내 과거와 해후하기도 하고 아직 오지 않은 미래를 점쳐보기도 한다. 걸으면서 길가 수염처럼 돋아난 풀과 도열한 나무들과 서해를 향해 완만하게 걸어가는 강물이며 자주 형상을 바꾸는 하늘 정원의 구름들을 보고, 오가는 행인들의 각기 다른 몸짓들과 표정들을 읽기도 한다. 이렇게 걷다 보면 불쑥 충동처럼 혹은 신의 선물처럼 몸 안에 내재한 시 이전의 어떤 감정덩어리가 몸 밖으로 갑작스레 튀어나올 때가 있다. 나의 외면으로 행여나 그가 토라져 달아날까 봐 어르고 달래며 조심조심 신주 다루듯 모시고 집으로 돌아와 컴퓨터 속에 간직해놓는다. 청탁이 오면 나는 예의 모셔온 그들을 끄집어내어 조탁을 가한 후 시의 옷을 입힌다. 이렇게 태어난 것들이 근래의 내 시편들이다.

시대의 지진아가 꿈꾸는,

나는 1980년대에 문학을 시작한 사람이다. 사람은 누구나 한 시대 패러다임의 자장 속에 산다. 나 또한 예외일 수 없다. 1980년대의 패러다임이 오랫동안 나를 관장해왔다. 물론 지금은 물리적으로나 심리적으로나 그 시대의 패러다임으로부터 상당히 멀리 걸어왔지만 속내는 여전히 그 시대의 기원으로부터 자유롭지 못한 것이 사실이다. 주지하다시피 지난 1980년대는 거대 담론의 시대였다. 문학예술의 저울추가 한쪽으로 불균형하게 기운 시대였다. 그 시절에는 굵직굵직한 주제와 소재들을 즐겨 다루었다. 예컨대 '계급'이니 '민족'이니 '민중'이니 '통일'이니 하는 따위가 문학의 주요 담론이었던 것이다. 하지만 1990년대 초 사회주의가 연쇄적으로 붕괴됨에 따라 거대 담론에 대한 회의가 대두하게 되었고, 이를 초월 극복하고자 하는 여러 미시 담론들이 각축하듯 무성하게 전개되었다. 예컨대 서양의 근대 계몽이성 담론이 해체되고 그 자리에 새로운 담론인 포스트모더니즘이 들어서게 된 것이다. 이른바 모더니즘을 초월 내지 극복하고자 나타난 페미니즘, 생태주의, 탈역사주의, 에코페미니즘 등이 바로 그것이다.

시 문학도 이런 흐름과 변화에서 비켜갈 수 없었다. 지난 연대에 주를 이루었던 노동시, 통일시, 농민시, 전위실험시 대신에 도시시, 생태시, 여성시, 일상시, 정신시, 선시 등속이 등장하게 된 것이다.

1980년대의 적자로서 나도 한때 주제넘게 거창한 꿈을 꾼 적이 있었다. 시가 사회변혁을 주도할 수 있다는 맹신에 사로잡힌 것이다. 그러한 이념의 추종자로서 정치, 경제, 사회 등 각 방면에서의 구조적 모순에 처한 현실에 메스를 가하여만 하며, 한 시대 구성원으로서 시인은 마땅히 현실 변혁에 적극적으로 투신해야 한다는, 틀에 박힌 생각을 가졌던 것이다. 어떻게 보면 암울했던 당대의 현실이 감수성 예민한 시인 작가들에게 그러한 당위로서의 의무감을 압박한 측면도 없지 않았다. 생각해보라, 그가 최소한의 시민의식과 윤리의식을 지닌 이라면 광기와 야만으로밖에 달리 표현할 길이 없는 지난 연대를 어떻게 과연 수수방관하며 보낼 수 있었겠는가. 문학인이 사회변혁에 앞장서는 일은 당시의 정황으로서는 어쩌면 주어진 숙명과도 같은 일이었는지도 모른다. 나는 내가 할 수 있는 수준과 범위 안에서 그 일에 찬동하고 참여하였다. 하지만 세월은 우리의 의지대로 흘러가지 않았다.

나는 이제 더 이상 문학이 사회변혁의 무기가 되어야 한다고 생

각하지 않는다. 이런 생각은 더 이상 가능하지 않을 뿐 아니라 시대착오적이기까지 하다. 또한 나는 지난 연대처럼 문학이 사회적 변혁을 위한 도구가 되어야 한다고 강변하는 어리석은 맹목의 계몽주의자도 아니다. 하지만 문학이 자신들만의 자폐의 성안에 갇혀 자신들만을 위한 축제에 빠져서는 안 된다고 생각한다.

지금 우리 시대는 너무 많은 분열로 넘쳐나고 있다. 남과 북의 오랜 반목과 대립에서 연유된 갈등과 분열의 양상은 이후 남남 갈등으로 번져, 갈수록 그것을 심화시키고 있는 지경에까지 이르렀다. 즉 갈등과 분열이 사회 구성원에게 내면화되어 그것을 지각하지 못하는 단계에 이른 것이다. 지역 간의 갈등, 자본과 노동 간의 갈등, 이념 간의 갈등, 남녀 간의 갈등, 세대 간의 갈등, 거기에 최근에는 새롭게 생긴 강남과 강북 간의 갈등까지 더해져 난마처럼 얽혀 어지러운 형세를 이루고 있는 실정이다. 편 가르기가 만연해 있는 오늘의 현실을 문학인이라고 해서 피해갈 수 있는 것은 아니다. 갈등 그 자체가 나쁜 것은 아니다. 갈등은 때로 새로운 에너지를 창출하고 삶과 생에 동력을 실어주기도 하기 때문이다. 하지만 고은 시인의 지적처럼 우리의 경우 갈등에 굳은살이 생겼다는 점이 문제다. 활력이 아닌 갈등의 경화는 결코 사회적 생산을 이룰 수가 없다.

시인으로서 시인에게 주문하고 싶은 것은 앞서 언급한 것처럼 갈등과 분열로 갈가리 찢겨진 불모의 현실을 외면하지 말고 그것에 주의하고 주목하자는 것이다. 그러한 관심과 표명이 불화와 불신과 불통을 해결하는 첫걸음이 되기 때문이다. 나는 문학이, 시가 여전히 그런 역할에 일정 부분 참여해야 한다고 생각한다. 물론 예전의 방식이 아닌 새로운 방식으로.

시인으로서 내가 꿈꾸는 세상은 다른 것이 아니다. 우리들 삶에 최소한의 안전망이 구축된 세상, 사회적 약자가 자신들의 불우한 처지를 자유롭게 발언하고 호소할 수 있는 세상, 서로를 벼랑 끝으로 내모는 극단의 대결의식에서 벗어나 평화 속에서 민족이 공존하고 공생할 수 있는 길을 도모하는 국가적 분위기, 계층과 지역과 세대와 남녀 간의 불통이 해소된 세상, 이념의 차이로 편 가르기를 하지 않는 세상, 차별이 없는 세상, 실패한 가장과 청소년을 자살로 내몰지 않는 세상, 만인의 만인에 대한 투쟁이 없는 세상, 일등만 기억하지 않는 세상, 사교육비 부담으로 결혼을 기피하지 않는 세상, 어느 정치인이 내세운 슬로건처럼 '저녁이 있는 삶', 취직과 퇴직 걱정이 없는 세상…… 희망사항을 열거하자면 이루 헤아릴 수 없이 많다.

그러나 시가 무엇이건대 이상 열거한, 이 엄청난 일들을 감당할 수 있겠는가. 감당하자는 게 아니다. 하지만 시가, 시인이 이러한 일들에 작으나마 관심을 표명하는 일을 하자는 것이다. 김수영은 그의 산문 〈시여, 침을 뱉어라〉에서 "모기만 한 목소리가 삼팔선을 뚫는다"라고 말했다. 좌절하기에 앞서 모기만 한 목소리가 모이고 모여 태산을 이룬다면 삼팔선을 뚫는 일이 가능할 수 있다고 시인은 말하고 있지 않은가. 김수영 시를 공부하고 연구하는 사람들은 부지기수로 많아도 그의 시와 산문을 실천하는 사람들은 드문 것 같다. 여기까지 말하고 나니 나는 내가 어쩔 수 없는 시대의 지진아라는 생각이 든다. 여전히 계몽의 미몽에서 벗어나지 못하고 있는 걸 보면.

주름진 그녀와 발맞춰,

누구나 자신의 걸어온 생을 되돌아보면 감회가 생기지 않을 수 없을 것이다. 올해로 내 나이 쉰일곱이다. 결코 적다고 할 수 없는 나이다 보니 살아갈 앞날보다는 지나온 날들을 더 자주 돌아보게 된다. 그럴 때마다 회한 서린 추억들이 맨 얼굴을 내밀어 온다. 그중 가장 가슴 아픈 일은 내 생을 다녀간 그 많은 인연들을 잘 갈무리하지 못했다는 점이다. 오늘의 나는 저절로 생겨난 것도 아니고 혼자 만들어온 것도 아니다. 나를 다녀간 그들이 아니었던들 오늘의 내가 과연 존재할 수 있었겠는가.

나는 이른바 한때 주소가 길었던 상경파였다. 예전에는 주소가 길면 대개가 가난했다. 자기 집을 갖지 못한 사람들이 남의 집에 얹혀살아야 했기 때문이다. 마포로 이사 온 지 일 년이 좀 지났는데 다시 거처를 옮겨야 한다. 서울에 살림을 부리고 난 뒤 이번까지 합해서 도합 열두 번째 이사다. 하지만 이번엔 남의 집이 아니다. 정규직인 아내가 빚을 얻어 덜컥 일을 저질렀다. 서울로 올라온 지 삼십 년 만에 비로소 내 집이 생긴 것이다. 참으로 긴 시간, 먼 길을 걸어온 셈이다. 이 길을 나는 시와 함께 걸어왔다. 만약 시가 없었더라면 나는 도중에 주저앉았을는지 모른다. 매번 시는, 내가 지친 기색일 때 가장 먼저 달려와 손을 내밀어주었다.

지금 나는 시인으로서의 내 삶이 그리 싫지 않다. 알량하나마 문단의 말석에 이름 석 자를 올린 덕에 호구를 마련해나갈 수 있게 해준 것이 시였기 때문이다. 또 시가 지리멸렬한 내 생애에 있어 일시적이긴 하지만 구원을 가져다주기도 했기 때문이다. 내 시가 내 손을 떠나 거리에 나갔을 때 누군가의 눈에 밟혀 그에게 작으나마 위안을 주는 경우도 더러 있었다는 소식을 풍문으로 전해 듣고 행복과 자부를 느끼기도 했다.

신은 과거나 미래에 존재하지 않는다. 신의 거처는 현재의, 일상 속에 있다. 또 신은 외부에 존재하지 않고 우리 몸속에 내재해 있다. 그러므로 나는 하루하루의 삶에 충실할 필요가 있다. 생활은 촛불이다. 언제든 꺼질 수 있는 것이다. 촛불이 타오른다. 촛불은 타오르는 동안만 촛불이다.

무언가에 쫓겨 늘 바지런히 앞만 보고 걷다가 무심코 뒤돌아보면 거기 시가 땀에 젖은 얼굴로 나를 바라보는 날들이 많았다. 그런 시가 안쓰러워 떨쳐내지 못하고 조강지처인 양 여직 품어 다니고 있다. 가까이 들여다보니 그새 주름이 자글자글 그녀(詩)도 나처럼 늙어가고 있다. 이제 걸음의 속도를 늦춰 늘 숨차 하는 그녀와 나란히 보폭을 함께하리라.

지상의 낙지족들인 담쟁이들은 등로에 충실할 뿐 등정을 고집하지 않는다. 매 순간 오르는 일이 아프고 아름다운 결실이므로 그들은 꿈의 실현과는 아무런 상관이 없이 살아간다. 시시포스의 후예들인 그들을 닮고 싶다. 나날이 결실인 삶을 살아가련다. 오늘 하루 열심히 산 사람은 행복한 사람이다. 내일을 위해 오늘을 제물로 바치지 않으리라. 살며 사랑할 시간이 얼마 남지 않았기 때문이다.

시는 전쟁이다!

장석주

시인의 운명으로 호명된 것

시는 더도 덜도 아닌 전쟁戰爭이다. 어떤 사람들은 시라는 이 끝나지 않는 전쟁에 즐겁게 참전한다. 우리는 그들을 시인이라고 한다. 시인은 시라는 전선에서 복무하는 보병이다. 철학은 '강의실'이나 '카페'에서 나오고, 역사는 '감옥'이나 '광장'에서 나온다면, 시는 오로지 자신의 골방을 '전선'으로 삼은 자의 '전쟁'에서만 나온다. 철학의 이성, 역사의 피, 시의 언어는 하나다. 시인이 목숨을 걸고 쓸 때, 즉 시가 전대미문의 전투일 때, 시는 참되다. 모든 위대한 시는 삶과 죽음의 경계를 넘어서 온다.

시인이여, 참호를 파고, 적들을 응시하며, 적들의 심장에 총구를 겨누어라! 시인은 무엇과 전쟁을 하는가? 시인은 우중愚衆, 허상, 무지와 억측들, 야만과

장석주

1955년 충남 논산에서 출생하고, 서울에서 성장했다. 시인이자 비평가, 독서광으로 널리 알려져 있다. 책, 산책, 음악, 햇빛, 바다, 대숲, 제주도를 사랑하고, 서재와 도서관을 사랑한다. 1975년《월간문학》신인상에 시〈심야〉가 당선되고, 1979년《조선일보》신춘문예에 시,《동아일보》신춘문예에 문학 평론으로 입상하면서 시와 평론을 겸업한다. 고려원의 편집장을 거쳐 청하를 설립해 대표로 일했다. 1980년대 시 계간지《현대시세계》와 비평 계간지《현대예술비평》등을 펴낸다. 2002년부터 동덕여대, 명지전문대학, 경희사이버대에서 강의하고, EBS라디오와 국악방송 등에서〈문화사랑방〉〈행복한 문학〉등의 프로그램 진행자로 활동한다. 동서고금의 고전들에 대한 폭넓은 독서력을 바탕으로《세계일보》에〈인문학 산책〉을, 월간《신동아》에〈크로스인문학〉을 연재하고, MBC라디오의〈성경섭이 만난 사람들〉에서〈인문학카페〉를 일 년 동안 꾸렸다.《풍경의 탄생》《들뢰즈 카프카 김훈》《장소의 탄생》《이상과 모던뽀이들》《일상의 인문학》《마흔의 서재》《동물원과 유토피아》《철학자의 사물들》같은 감성적 문장과 인문학적 통찰이 돋보이는 책들을 내서 주목을 받았다. 애지문학상, 질마재문학상, 동북아역사재단의 독도사랑상, 영랑시문학상 등을 수상했다. 지금은 서울 서교동의 집필실과 안성의 수졸재를 오가면서 다양한 책을 쓰며 살고 있다.

억압들, 피상성, 악의 그림자, 상투적인 인습들의 우상들과 싸운다. 그리고 최후의 전쟁에서 바로 자신, 바로 시 자체와 맞선다! 철학이 "소요騷擾와 전쟁의 딸"(베르나르 앙리 레비)이라면, 시는 철학과 이란성쌍둥이다. 그래서 참다운 철학자는 시인을 닮으려고 하고, 참다운 시인은 철학자를 닮으려고 한다. 시인의 소명은 이 세상에 평화를 주는 것이 아니라, 오히려 전쟁을, 피와 살육의 전쟁을, 세계를 파괴하고 해체하는 최후의 전쟁을, 그 전쟁의 격렬한 기쁨을 주는 데 있다.

나는 문자와 예술의 그림자 한 점 없는 척박한 농촌에서 태어났다. 이 비非시적 환경은 내가 선택한 것은 아니지만, 철저하게 내가 감당해야 할 운명이었다. 열 살 무렵까지 논산의 외가에서 자랐다는 사실은 자랑스러울 것도 욕될 것도 없는 사실이다. 내가 태어난 곳은 한반도의 토착 정주민들이 모여서 일군 농촌 취락 마을이다. 드물게 관공서의 말단 서기, 정미소, 노름꾼도 있었겠지만, 농업은 마을 주민들이 삶을 기대고 비빌 수 있는 유일한 생업이었다. 마을에서 언덕을 넘으면 들이 끝도 없이 이어졌다. 외삼촌들을 따라 그 들로 나가 논과 수로들이 끝도 없이 이어지는 광경을 보았다. 그 들을 처음 봤을 때 현기증이랄까, 알 수 없는 공포감 같은 걸 느꼈다. 그 유년기의 체험은 무의식에 각인된 원체험이다. 그 뒤 서울로 올라와서 소년기와 청년기를 거치며 사십여 년을 살지만, 그 원체험에서 벗어날 수는 없다. 내 안에는 유년기의 긍정적인 자연 체험과 성장기의 부정적인 도시 체험이 함께 들어 있다. 그 둘은 융합하지 않고 불화하며 겉돈다. 내 의식은 그 '사이'에서 찢긴 채 있다. 아마도 내 가장 중요한 시적 상상력은 그 '사이'에서 나오는 게 아닐까 생각한다.

첫 시를 열다섯 살 때 썼다. 《학원》지에 투고한 시가 뽑혀 활자화되었다. 선자가 시인 고은이었는데, 그때 시인 고은의 이름을 처음 알았다. 어쨌든 그게 큰 자극이 되었다. 그 뒤로 십여 편의 시들을 연속으로 발표하고, 이듬해 학원문학상에서 우수작 1석으로 뽑혔다. 고등학교에 올라가서는 단편소설을 투고했는데, 그것도 뽑혀서 활자화되었다. 그러면서 자연스럽게 전국의 문학소년들 사이에 이름이 나고 그들과 교류를 하게 되었다. 어떤 절대적인 결핍은 그 시절 주변에 이끌어줄 만한 스승이 아무도 없었다는 것이다. 혼자 학교 도서관에 틀어박혀 책을 읽고, 스스로 길을 찾아야만 했다. 이 모든 일들이 거의 자연발생적으로 이루어졌다. 어쨌든 시가 내게 왔고, 나는 시인의 운명으로 호명된 것이다. 나는 그것을 거부하지 않고 기꺼운 마음으로 받아들였다. 일찍이 제도교육에서 자발적으로 이탈한 것은 나중에 더 자세하게 얘기할 기회가 있겠지만, 여러 가지 사정이 복합된 것이다. 동년배의 다른 친구들이 다들 대학에 들어가서 공부할 때 나는 무적자無籍者가 되어 또 몇 년간을 시립도서관에 틀어박혀 책만 읽었는데, 그게 내가 할 수 있는 유일한 것이었다. 결국 시립도서관에 처박혀 쓴 시와 평론이 1970년대의 마지막 해에 중앙 일간지의 신춘문예에 당선하면서 문단에 나오고, 그게 연줄이 되어 출판사 편집부에 입사했다. 아주 가끔 그때 내가 혼자 외롭게 시립도서관에 처박혀 문학이나 철학 책들을 읽는 대신에, 자연과학 쪽 공부를 했으면 내 삶이 어떻게 바뀌었을까, 하고 생각해볼 때가 있다. 아마 그랬다면 내 삶은 크게 달라졌을지도 모른다. 하지만 그 당시에는 그런 여유도 없었고, 삶과 세계를 꿰뚫어보는 지적 능력이나 균형 잡힌 '인지적 자각'이란 게 없었다. 지금 와서 생각해보면, 이십 대 초반에 이미 문학을 숙명으로 수락하고 고분고분 받아들였던 게 아닌가 싶다.

내 이십 대는 고독과 가난을 빼고 말할 수는 없다. 그게 부정적인 것만은 아니다. 그 결핍이 있었기에 문학과 음악에 대한 강렬한 열망 같은 걸 품게 된 게 아닐까? 이십 대 초반 시립도서관에서 책만 읽은 게 아니라 광화문에 있던 '르네상스'나 명동 근처에 있던 '필하모니', '전원', '티롤' 같은 고전음악을 들을 수 있는 곳에서도 많은 시간을 보냈다. 초기 시의 미학주의적 성향은 서양 고전음악들을 접하며 그 영향을 받았기 때문이 아닌가 싶다. 십 대 후반에 한국문학전집들을 독파하고 헤르만 헤세, 알베르 카뮈, 카프카, 헤밍웨이와 같은 널리 알려진 서구 작가들, 그리고 가와바타 야스나리, 미시마 유키오, 다자이 오사무와 같은 일본 작가들의 소설들을 남독하며 보냈다면, 이십 대 초반은 시립도서관의 참고열람실에서 서양철학자들의 책들을 많이 읽으며 보냈다. 그중에서 가장 크게 영향을 받은 게 니체와 바슐라르였다. 일종의 황홀경 같은 걸 느끼면서 그 책들을 읽었다. 그리고 김현과 김우창 선생의 책들을 읽으면서 내 공부가 얼마나 하찮은가를 깨달으며 매우 큰 지적 자극과 충격을 받았다. 초기 지적 자양분은 전적으로 이분들에게서 얻은 것들이다. 출판사 고려원에 들어가서 니코스 카잔차키스의 자서전인《영혼의 자서전》의 교정을 봤다. 그때도 작가의 방대한 지적 편력에 다시 한 번 충격을 받았다. 그때만 해도 니코스 카잔차키스는 국내에 소개가 그다지 되지 않은 생소한 작가였다.《영혼의 자서전》에서 깊은 감명을 받고 그의 전집을 만들어보자고 출판사 사장에게 건의를 해서 그 전집이 나오게 되었다. 나중에 고려원의 편집장 자리를 박차고 나와 출판사를 차린 것은 '니체 전집'을 새로 번역해서 내야겠다는 결심 때문이었다. 일종의 보은報恩이었다.

시인으로 산다는 것

마흔 중반 무렵, 서울 살림을 접고 안성으로 내려왔다. 안성으로 내려올 때는 몸도, 마음도, 돈도 다 거덜나버린 상태에서 지푸라기를 잡는 심정이었다. 생계를 걱정하고, 미래의 불안을 견뎌야 했다. 게다가 딱히 대상이 없는 분노 같은 게 있었다. 어느 순간 이러다 죽겠다는 자각이 들었다. 무엇보다도 마음을 다독여야 할 필요성이 있었다. 노자와 장자를 무작정 읽었다. 그리고 안성의 들길과 산길들을 찾아 걸었다. 내 몸과 내 마음이 내 것이 아니다라는, 다만 잠정적으로 '점유'하고 있을 뿐이라는 생각이 들었다. 내 몸과 마음이 내 것이 아니라면 이것을 억지로 쥐고 있으면 안 되겠구나, 하는 생각이 이어졌다. 욕심과 욕망은 내 몸과 마음이 내 소유라는 확신 속에서 번성하는 것이다. 벌써 안성 생활이 십삼 년째 이어지고 있는데, 만족하고 있다. 충분한 자기 위로의 시간들을 보내고, 덕분에 창작의 활화산 같은 시간들을 맞고 있다. 씩씩하게 책들을 써서 밥벌이를 하고 있고, 메말랐던 감성도 충만해졌다. 노자와 장자 읽기는 안성에 정착하면서 우연으로 시작한 것이지만, 나중에 돌이켜 생각해보니 필연성이 있었다. 우선 내게 노자와 장자를 읽을 수 있는 자유가 조건 없이 풍성하게 주어졌다는 점이다. 안성에서의 첫 시작은 백수 노릇이었으니까, 노자와 장자를 백 번 이상씩 읽어낼 수 있었다. 물론 지금도 노자와 장자의 그 심오한 철학을 다 이해하고 체화했다고 말할 수는 없다. 《노자》 1장에 나오는 "도가도 비상도道可道 非常道, 명가명 비상명名可名 非常名"은 아직도 내 중요한 화두다. 안성에 내려와 살면서 정말 달라진 부분이 있다면 그 두 현자의 힘이 크겠다. 인생에 대한 긍정과 여유, 넉넉한 관조적 시선, 잃어버렸던 웃음을 되찾게 했다. 마음을 비우고 욕심을 덜어내니까, 인생이 훨씬 더 살 만한 것으로 다가왔다. 삶을 가능한 한 단순화시키면서 책 읽기와 명상, 들길이나 산길 걷기에 집중했다. 그랬기 때문에 지난 십삼 년간 그 많은 책들을 읽어내고, 지치지 않고 서른 권이 넘는 책들을 써낼 수 있었다.

최근 발표한 시 〈큰 찰나〉는 "튀긴 두부 두 모를 삼키던 추분", "두드려 펼친 북어 한 쾌를 끓이던 상강", "삶은 고등어 한 손에 찬밥을 먹던 중양절"의 시간들을 관조하는 시편인데, 이를 두고 누군가는 곤궁한 기억의 추체험을 통한 찰나의 순간을 보여준다고 하고, 평론가 조강석은 이를 '마음의 섭생'이라고 이해했다. 내 단순하고 순일한 일상의 한 면이 고스란히 드러난 것인데, 실은 튀긴 두부, 북엇국, 고등어조림은 내가 좋아하는 음식들이다. 최근에 읽은 장 뤽 낭시의 책에서 "먹는 것은 먹은 것을 몸으로 합병하는 행위가 아니라 몸을 제가 삼킨 것을 향해 여는 것, '안'을 가령 생선이나 무화과의 맛으로 발산하는 행위"라는 구절을 읽었다. 음식을 먹고 삼키는 행위는 입으로 들어가는 것들을 몸으로 '합병'하고 '확장'하는 것이 아니라 단지 그것을 향해 내 몸을 여는 것, '안'을 그 매개물에 의지해서 그것의 맛으로 저를 '발산'하는 행위라는 것이다. 미각의 만족감이 삶의 행복과 연결되는 것은 드문 일이 아니다. 먹고 마셔라! 그리하면 행복해질 것이니! 몸은 마음의 외부가 아니고, 따라서 마음은 몸의 내부가 아니다. 다만 몸의 자명함에 견줘서 마음은 자명하지 않다만 몸의 섭생과 마음의 섭생이 그리 멀다고 생각하지 않기에 에피쿠로스라는 고대 철학자의 철학을 유쾌하게 받아들인다. 추분, 상강, 중양절은 몸을 제약하는 시간의 분절들이지만, 역시 마음의 현동을 제약하기도 하겠다. 나날의 일상은 단순하다. 나는 새벽에 일어나 신문과 인터넷을 보면서 하루 일과를 시작한다. 날마다 쓰고, 날마다 이러저러한 책들을

읽는다. 책 읽기는 나 자신에게로 떠나는 여행이고, 꿈과 무의식을 탐사하는 일이다. 아울러 책을 읽는 일은 명석한 사유와 감정의 발달, 그리고 창의적인 시 쓰기를 위한 초석이고 영혼의 단련이다. 철학, 역사, 미학, 예술 분야만이 아니라 건축, 요리, 축구, 뇌과학, 양자물리학, 사회생물학, 천문과학 따위의 책들을 다양하게 읽는다. 이런 독서 체험이 개별자로서의 삶 체험과 만나 섞이는 과정, 즉 융합을 통해 새로운 시적 상상력이 배양되는 것이다. 오후에는 산책을 하고, 단골 찻집에 들러 즐기는 차를 마신다. 혼자 있는 시간들이 많고, 그것을 유유자적 즐기는 편이다.

첫 시집에서 최근 시집까지

첫 시집 《햇빛사냥》(1979, 고려원)이 나온 것은 스물다섯 살 무렵이다. 고려원에 다닐 때 자비출판을 준비했는데, 그 사실을 우연히 알게 된 고려원 사장이 고려원에서 내자고 권유했다. 그 시집을 계기로 '고려원 시인선'이 나왔다. 그 뒤로 《완전주의자의 꿈》(1981, 청하), 《그리운 나라》(1984, 평민사), 《새들은 황홀 속에 집을 짓는다》(1986, 나남)로 이어지는 초기 시편들은 청년의 순수한 자아제일주의, 세계와 자아 사이의 찢김, 상처와 분열증, 관념주의의 우월성 따위가 우월하다. 대신에 체험의 직접성, 영감의 번뜩임, 광기 같은 것은 희박했다. "왜 생활은 완성되지 않는가/ 왜 생활은/ 미완성으로만 완성되는가/ 왜 생활은/ 미완성일 때 아름다운가"(〈왜 생활은 완성되지 않는가〉)에서 볼 수 있듯이 내 초기 시의 세계는 소진과 과부하에 걸린 소시민적 생활인의 무력한 비애감과 거대도시에 사는 일의 메마름, 거기에 관념적 이상주의가 뒤섞인 세계다. 《붕붕거리는 추억의 한때》(1991, 문학과지성사), 《크고 헐렁헐렁한 바지》(1996, 문학과지성사), 《간장 달이는 냄새가 진동하는 저녁》(2001, 세계사)에는 서울이라는 거대도시에서 끊임없이 타자와 자신에게 착취당하는 느낌이 불가피하게 침착되어 있다. 자아의 궁핍함과 메마른 도시에서의 무의미함과 건조함이 격렬하게 표출되었던 시기였다. 제대로 살려면 서울을 벗어나야 하는 게 아닌가 하는 강박적인 생각을 참 많이 했다. 숲이나 강과 같은 자연에 가까이 접하려는 열망이 있었다. 서울 삶에 대한 진절머리 같은 것들이 나던 시기였다. 끊임없이 가속화되는 속도 속에 갇히고 삶 속에서 자아는 죽어버리고 노동 기계가 되는 시간들을 견딘 것이다. 그 집단적 인식 안에 나도 속해 있었으니까 당시에는 메마르고 어둡고 비극적인 정조의 시가 나왔다. 좀 이색적인 시집이 《다시 첫사랑의 시절로 돌아갈 수 있다면》(1998, 세계사)인데, 그 시집도 사실은 시를 통해 나락에 빠진 나를 필사적으로 일으켜 세우고자 하는 능동적 의지가 있었다. 그 시집에 사랑시가 몇 편 있기는 하지만, 제목과는 달리 사랑시집은 아니다. 그 시집의 반 정도가 노르웨이 출신의 화가 에드바르트 뭉크 화집을 보면서 떠올린 영감으로 쓴 시들이다. 뭉크의 비극적인 삶과 내 삶이 겹쳐졌던 것이다. 그 시집에는 어떻게든 시를 붙들고 새로운 삶으로 도약하려는 몸부림, 자기 치유와 성찰, 상처와 슬픔과 모욕을 끝끝내 견

더내려는 불굴의 의지 같은 것이 오롯하다. 그 시들을 통해 생의 시련들을 견뎌냈다.

앞서도 얘기했지만, 2000년 여름 안성에 내려오면서 삶의 외관이나 내면의식, 감성이 커브를 틀면서 새로운 국면을 맞는다. 내 몸에 은닉된 도시의 자명성이 해체되고, 물, 나무, 안개, 새벽, 뱀, 너구리 따위의 자연 체험, 농약을 삼킨 개들의 죽음, 함께 놀아줄 귀신이라도 있었으면 하는 지독한 외로움, 소름 끼치는 근본으로서의 심심함 속에서 시가 나오니까, 그 전에 쓰던 시와는 전혀 다른 시 세계가 만들어졌다. 시골도 이미 선량한 자연친화주의나 지고지순과는 무관한 삭막한 현실이다. 밋밋한 시골의 삶도 피해망상과 배타주의, 뻔뻔한 속물주의로 얼룩진 도시보다 더 끔찍한 지옥이다. 무분별한 농약 사용과 폐비닐 방치 따위로 땅이 죽고, 제초제로 이웃의 어미 개와 새끼들 십여 마리를 비정하게 죽여버리는 극악한 이기주의, 그리고 한없는 퇴행과 정체로 뒤덮여 있다. 그런 걸 시골에 와서 열세 해를 살면서 겪어내며 《물은 천 개의 눈동자를 가졌다》(2002, 그림같은세상), 《붉디붉은 호랑이》(2005, 애지), 《절벽》(2007, 세계사)을 썼는데, '안성 3부작'으로 꼽을 만한 시집들이다. 안성의 물, 바람, 흙이 들어 있고, 내가 먹은 밥과 젊은 벗들, 밤과 고독들이 고스란히 그 안에 들어 있다. 이전의 시집들에 있던 메마른 콘크리트 감성 대신에 식물적 감성, 그늘과 여린 것들에 대한 자애, 자연의 관능성에서 연유된 활발함이 눈에 띄는데, 이것들은 내 안의 촉기가 풍성해진 결과일 것이다. 김영랑 시인은 이 촉기를 두고 "같은 슬픔을 노래하면서도 탁한 데 떨어지지 않고, 싱그러운 음색과 기름지고 생생한 기운"이라고 했는데, 바로 그런 뜻에서 그렇다. 안성 3부작에 어떤 풍성함이 있다면 자연과 제 오감이 비벼지면서 얻어진 이 촉기 때문이다.

《몽해항로》(2010, 민음사)는 안성에 내려온 지 만 십 년 되는 해에 나왔다. 안성 3부작을 낸 뒤 상상력의 중심이 안성에서 벗어나, 다시 죽음과 같은 사유와 상상력으로 회귀하고 있다. 장소마다 장소의 목소리가 있는데, 이제 내 시에는 안성의 목소리가 잦아들었구나, 하는 걸 느꼈다. 초기의 시들은 죽음이나 존재의 본질에 대한 사유로 들어가니까 관념적일 수밖에 없는 부분이 있었었다. 하지만 초기 시의 관념과 지금의 관념성은 다르다. 초기 시는 체험이라는 거름망을 통과하지 않은, 책 읽기를 통한 간접성에 연루된 형이상학이었다면 《몽해항로》에서 드러나는 관념성은 상당 부분 직접적이고 날것인 체험과 연륜에 의해 걸러지고 육화된 것의 분출 같은 것이다. 내 안에 있는 본래적인 것들의 목소리를 낸다고나 할까. 평생 붙든 화두라는 게 인간이라는 존재가 왜 태어났느냐, 왜 인간은 죽는가 하는 형이상학적 것들인데, 그것이 깊이를 매개로 하며 새로운 질문을 던지고 있는 것이다. '몽해'는 상징적인 시공이다. '몽해항로' 연작시들은 '몽해'라는 상상의 차가운 바다, 죽음이 무시로 출몰하는 그 가상의 시공을 통해서 존재의 유한성, 죽음에 대한 사유를 드러내는 시편들이다. 인간이 죽는다는 것은 슬프니까, 시에도 슬픔과 애조가 깔린다. 시에는 북풍이라든지, 차가운 바다라든지, 털만 남기고 죽은 비둘기라든지 하는 죽음을 은유하는 이미지들이 많이 나타난다. 이것은 의도적이기보다는 내 안에서 자연발생적으로 숙성된 사유와 상상력을 도약대 삼아 튀어나온 것이다. 《몽해항로》를 기점으로 다시 인간 본질에 대한 물음을 나에게 던지고 있는 중이다. 아마도 내 시는 새로운 방향으로 나아갈 것이다.

시를 아는 것은 우주를 아는 것

시를 아는 것은 우주를 아는 것이다. 나는 우주를 모른다. 다만 그 모름 속에서 먹고, 자고, 걷고, 웃는다. 나는 사십여 년을 시를 써왔지만 시를 잘 모른다. 그 모름 속에서 모름을 견디고 있을 따름이다. 거대한 모름의 한 모서리를 쓰다듬으며 나는 본능에 가까운 욕망으로 시를 쓴다. 때로는 고통과 분노로 쓴다. 나는 쓰기 위해 미지에 대해 상상하고, 악천후들과 싸우며, 영혼을 단련한다. "무엇보다도, 일단 써봐. 노래해. 피가 혈관을 흐르는 것처럼."(메리 올리버, 《완벽한 날들》) 나를 둘러싸고 있는 모든 것들이 내게 시를 준다. 내 앞에 열린 세계를 바라본다. 생명의 경이로 가득 차 약동하는 세계를! 박새, 버드나무, 비비추의 푸른 싹들, 토마토, 흐린 날, 빗소리, 뱀, 날도래, 반딧불이, 별, 바람, 모란과 작약, 여자들의 미소 그리고 모든 죽어가는 것들. 시는 그것들에 반응하는 피의 자연스러운 분출이다. 시는 피의 노래, 명랑한 울음, 생명의 약동이다. 피를 본다는 점에서 시는 전쟁이다!

시는 어디서 오는가

정끝별

‘오룩’이라는 이름을 가진 최초의 시인

그 외로운 남자는 사냥을 나갔다가 아름다운 물개 여인들이 가죽을 벗어놓고 목욕을 하는 장면을 목격한다. 물개 가죽 하나를 숨겨 물개 여인과 결혼해 ‘오룩Ooruk’ 이라는 아들을 낳는다. 제 어미의 물개 가죽을 찾아주고 제 어미와 ‘물속 나라’ 를 다녀온 오룩은 커서 훌륭한 고수鼓手이자 가수인 이야기꾼이 된다.

나는 이 이야기를 읽으면서 문학을 생각했다. 아니, 시를 생각했다. 물개 여인과 외로운 사냥꾼의 사이에서 태어난 오룩이야말로 영혼과 몸, 이상과 현실, 본원적 고향과 구체적인 일상 사이에 위치하는 시인의 상징적 위치를 가늠케 하는 존재가 아닐는지. ‘물속 나라’ 를 한 번 갔다 온 적이 있는, 그리고 가끔 새벽이면 큰 바위 옆에 배를 세워놓고 암물개와 얘기하는, 마을 사람들에게 그 ‘물속 나라’ 이야기를 들려주는, 이 오룩은 시인의 상징이다. 수많은 사람들이 잡으려 했지만 모두들 실패하기만 하는 그 ‘눈부신 물개, 신성한 물개’ 는 곧 모든 시인들이 찾아 헤매는 시의 정령일 것이다.

정끝별

1988년《문학사상》신인상에 시가, 1994년《동아일보》신춘문예에 평론이 당선되어 문단에 데뷔했다. 시집으로《자작나무 내 인생》《흰 책》《삼천갑자 복사빛》《와락》등이 있다. 유심작품상, 소월시문학상 수상. 이화여대 국문과 재직 중.

졸저(평론집) 《오룩의 노래》(2001) 서문의 일부분이다. '오룩'은 이누이트(에스키모) 전설 '사냥꾼과 물개 여인'에 나오는 외로운 사냥꾼과 물개 여인이 낳은 그 아들의 이름이다. '시는 어디서 오는가', '시를 어떻게 쓸까'라는 물음 앞에서 나는 오룩을 떠올렸다. 그 이름은 내게 시인의 다른 이름이다. 오룩의 이야기는 이러하다.

"너무 외로운 나머지 얼굴에 깊은 눈물 계곡이 패인"(나는 이 구절을 잊지 못한다, 외로울 거면 이 정도쯤은 외로워야 마땅하다! *시인이 자리하는 존재론적인 자리다*) 사냥꾼은 어느 날 아름다운 여인들이 물가에서 목욕하는 장면을 훔쳐보게 된다. 틀림없이 외로운 사냥꾼에게는 세상에서 가장 아름다운 풍경이었을 것이다. 목욕을 끝낸 여인들은 벗어놓은 물개 가죽을 입고, 하나둘, 물속으로 들어간다. 외로운 사냥꾼이 물개 가죽 하나를 숨긴 건 이때였다. 그러니 물개 가죽을 입지 못한 여인 하나가 물가에 오롯이 남는 건 당연한 일! 사냥꾼과 물개 여인의 사랑은 이렇게 시작된다. 그리고 사랑을 약속한 기간은 칠 년!
사냥꾼과 물개 여인은 아들 하나를 낳고 그 이름을 오룩이라 한다(오룩, 바닷속 물개의 형상을 지닌 것만 같은 멋진 이름이다! *시는 고유명사와도 같은 소리의 자리, 그 모국어로부터 출발한다*). 물개 여인은 어린 오룩에게 자기가 살았던 '물속 나라'의 이야기를 들려주곤 한다. 행복한 날들이었을 것이다. 어느덧 약속한 칠 년이 지났다. 그러나 외롭고 외로웠던 사냥꾼에게 가족은 자신의 목숨 그 이상이었을 것이다. 그 가족을 위해 사냥꾼은 아내에게 가죽을 돌려주지 않는다. 팔 년째가 되면서 물개 여인은 살결이 메말라가고 허물이 벗겨지고 머리카락이 빠지고 체중이 줄고, 심지어 걷지도 못한 채 시력마저 잃어간다.

그러던 어느 날, 잠결에 오룩은 오룩, 오룩, 하며 자신을 부르는 소리를 듣고 그 소리를 따라 바닷가로 나아가다 물개 가죽에 걸려 넘어진다. 오룩은 그 물개 가죽이 엄마의 것임을 금방 알아차린다. 엄마에게서 나던 엄마 냄새가 배어 있었기 때문이다. 오룩이 그 가죽에 얼굴을 묻자 **"어머니의 영혼이 갑작스런 여름 바람처럼 그를 뚫고 지나간다"**(아, 얼마나 아름다운 문장인가! *시의 영혼은 이렇게 온몸을 뚫고 오는 것이 아니던가*).

가죽을 주면 가족을 떠날 것이란 걸 알면서도 오룩은 어쩔 수 없는 힘에 끌려 엄마에게 가죽을 준다. 오룩은 떠나지 말라고 간청했을 게고, 물개 여인 또한 저와 살을 나누고 제 살을 뚫고 나온 지금-여기의 가족들과 함께 살고 싶었을 것이다. 그러나 물개 여인은 **"그녀나 오룩이나 시간 그 자체보다 더 오래된 그 무엇인가가 그녀를 부르고 있음"**(이 '부름'은 어디서 오는 걸까. '물속 나라'로 지칭되는 바로 저기-너머에서 울려오는 것일 게다! *시인의 시선은 이쯤에 두고 있어야 마땅하다*)을 온몸으로 느낀다. 하여 어린 오룩의 입에 숨결을 불어넣은 후 오룩을 데리고 바다에 들어가 오룩에게 '물속 나라'를 보여준다. 헤어지며 이렇게 당부한다. 나는 늘 오룩, 너와 함께 있을 거라고. 부지깽이나 칼, 조각품들처럼 내 손이 닿았던 걸 만지면 넌 노래 부를 수 있게 될 거라고. **"네가 노래를 부를 수 있게 바람이 네 허파 속으로 스며들 거야"**(바람이 허파 속으로 스며든다니, 그러면 노래를 부를 수 있게 된다니! *시는 이렇게 감염되고 또 이렇게 내통하는 것이리라*)라고. 이후 고수이자 가수인 훌륭한 이야기꾼이 된 오룩은, 새벽이면 가끔 큰 바위 옆에 배를 세우고 암물개와 얘기하곤 했다고 한다.

숨결, 영감 그리고 시심

오룩과 헤어지기 전, 물개 여인이 물속 나라를 보여주기 위해 오룩의 입에 불어넣었던 '숨결'에 대해 생각한다. 이 숨결로 인해 오룩은 바닷속에서도 숨을 쉴 수 있었고 모든 생명의 근원인 물속 나라를 볼 수 있었다. 이 숨결로 인해 노래 부를 수 있는 '바람'이 오룩의 '허파' 속으로 스며들게 되었다. 허파 속 바람과도 같았던 그 숨결은 도대체 어디서 온, 그 무엇이었을까?

숨결은 영감靈感이라는 말과 한 뿌리다. 영감inspiration이란 '신령스러운 예감이나 느낌', '창조적인 일의 계기가 되는 기발한 착상이나 자극'을 일컫는 말이다. 이 'inspiration'은 in(안)과 spirare(숨 쉬다)가 합성된 inspirare에서 비롯됐으며, 외부의 어떤 주체가 숨을 불어넣는다거나 안으로 숨을 들이마신다는 의미를 함의한다. spiritus(영혼, 용기, 활기, 숨)에서 파생된 spirare로부터 spirit(정신/심령, 천사/악마, 행운/저주), expire(끝나다, 숨을 거두다), respire(호

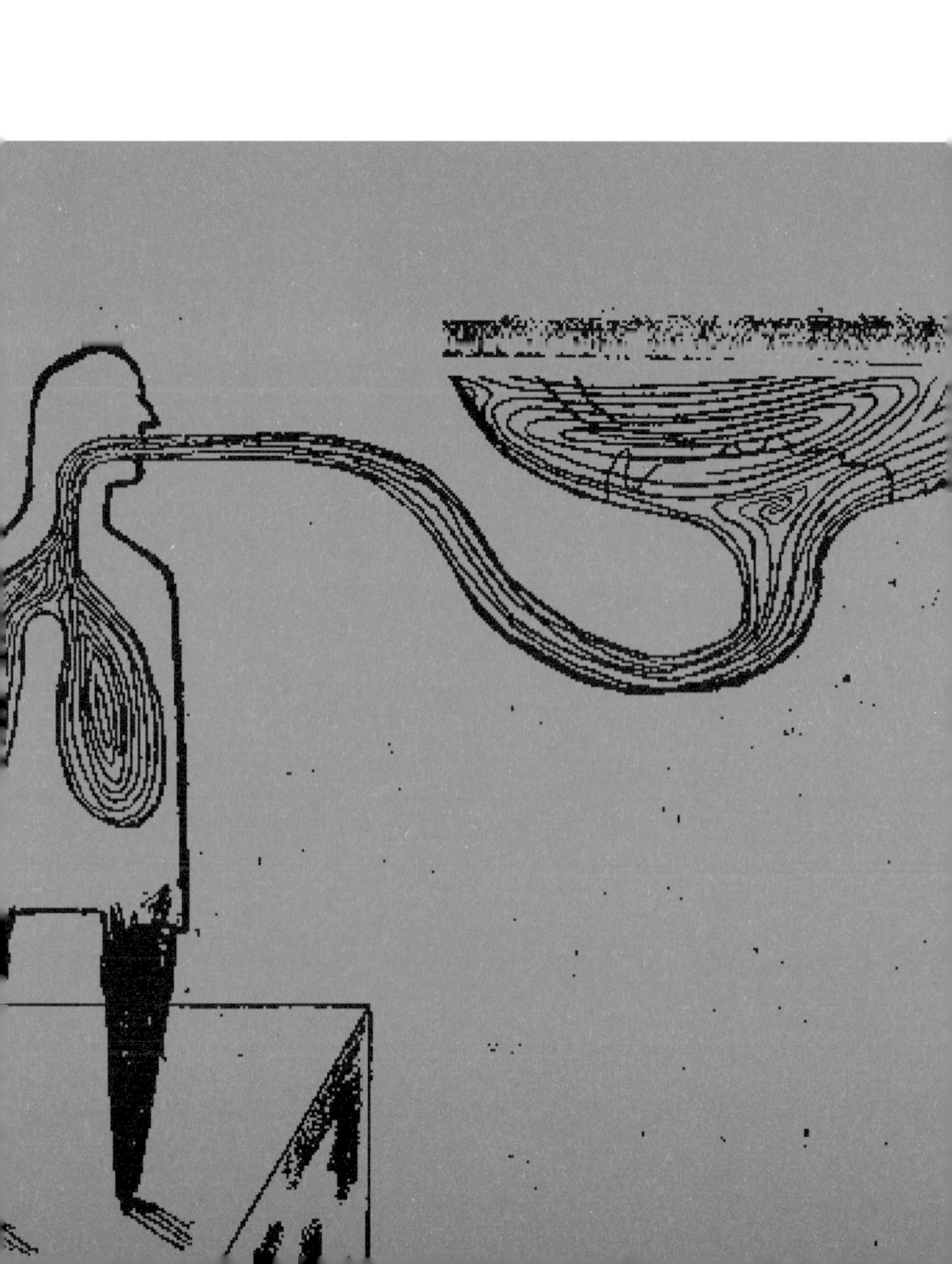

흡하다, 들이쉬다/내쉬다) 등이 유래했으며, 이 단어들은 모두 생명과 죽음, 이승과 저승, 천사와 악마, 행운과 저주의 이중적 의미를 지닌다. 영감이 지닌 이중적 속성이다.

'신의 입김', '뮤즈'라는 비유가 상징하듯 고대로부터 이 영감은 초월자의 힘에 의해 외부로부터 주어진다고 믿었으나, 낭만주의 시대에 이르러서는 '천재'의 증표로서 내부로부터 분출 혹은 유출되는 특성이 강조되었다. 들다/솟다, 얻다/주다, 밀려오다/떠오르다 등의 술어와 함께 쓰이는 데서도 알 수 있듯이 영감은 저 바깥에서 주어지는 것이기도 하고 이 안에서 샘솟기도 하는 것이다. 스며들고 번지는 울림·속삭임·비상·해체의 상태나, 날카롭고 뜨거운 감전·전율·집중·응집의 상태로 표현될 뿐만 아니라, 때로는 불꽃·번개·빛·음향·신기루·날개 등으로 비유되기도 한다. 영감이 가진 계시적이고 초월적인 속성을 강조할 경우, 계몽주의나 리얼리즘(사실주의)과는 멀어지고 신비주의나 낭만주의와는 가까워진다. 이데올로기와 이성과 테크놀로지가 융성해질수록 신성神性과 신비와 낭만을 근간으로 하는 영감의 입지점은 좁아지기 마련이다.

이 영감을 시에 한정시킬 경우 '시심詩心'이라 부를 수 있겠다. 이 시적 영감이 다른 장르보다 시에서 더 중요하고 시의 장르적 특성과 맞닿아 있기에 유독 시에만 마음(영혼)이라는 글자를 붙여 썼던 것이리라. 우리의 국민시인 김소월은 '시혼詩魂'이라는 용어로 특화하기도 했다. 이런 시심의 원천으로 많은 사람들은,

사랑과 자유에의 매혹, 자연(풍경)이나 시대(역사와 이데올로기)에 대한 인식, 책이나 사람들(예술가)과의 만남, 운명적인 상황이나 시선을 끄는 우연성, 심지어 술이나 담배(심지어 마약까지)에 대한 기호嗜好 등을 손꼽곤 한다.

'전광석화'처럼, '신의 계시'처럼 혹은 '그분'처럼, 순식간에 밀려오는 이 시심이야말로 세상 만물이 스스로 다가와 하나의 언어가 되겠다는 자청自請에 가깝다. 자청하는 언어는 시간의 강처럼 끝이 없고 또 새롭다. 시간 속에서는 모든 것들이 생멸하기 때문이다. 이 생멸의 시간을 언어화하려는 마음, 그것이 바로 시심이다. 그렇기에 우리는 시심이라는 말을 일상에서도 자주 사용하는 것이리라. 주지하다시피 우리는 기억을 기록하기 위해서만 시를 쓰는 것은 아니다. 우리를 기다리는 시간들을 위해서도 쓴다. 그러기에 세상 만물은 자신들의 시인을 찾기 위해 언어를 가진 우리와 관계 맺고 싶어하는 것이리라. 시심이 뿌리를 내리고 있는 사물의 깊이, 시간의 깊이일 것이다. 오륙의 이야기는 곧 시심이 어디서 어떻게 오는가에 대한 알레고리적 서사이기도 하다.

시는 어디에서부터 시작되는가

시의 기술적이고 형식적인 요소가 강조되었던 20세기 시와 시론에서 시심의 입지점이 좁아진 건 사실이다. 시에 대한 실험성, 일상적 체험의 재구성력, 시적 의도를 밀고 나아가는 시적

장치(device), 섬세하고 정교한 언어 구사력 등과 같은 시가 '만들어지는' 부분에 시심은 자신의 자리를 내주어야만 했다. 때문에 21세기 초입에 들어선 오늘날 우리가 시에 관해 얘기할라치면, '불어넣어지고' '스며드는' '노래 부르게 하는' 시심과 시가 '만들어지는' 부분과의 조화를 생각하지 않을 수 없다. 다시 《오룩의 노래》로 돌아가, 그 이야기 속에서 시가 어디에서부터 시작되는지를 이끌어내보자.

'사냥꾼과 물개 여인'의 이야기에서 유일하게 그리고 처음으로 등장하는 이름이 오룩이었다. 노래하는 최초의 시인에게 이름이 부여된 사실에 주목해보자. 이 부분에서 **최초의 언어인 제 모국어의 결과 가락으로부터 출발하라**는 첫 번째 강령을 이끌어낸다면 과도한 의미 부여일까? 시는 모국어와 운명을 같이한다. 언어라는 게 기표와 기의의 자의적 결합이라는 점, 모국어 자체가 부족의 언어이자 방언이라는 점을 감안해보자면, 어차피 시는 의미나 해석이나 번역이 불가능한 지점에 자리한다. 의미, 해석, 번역에의 예정된 실패가 시의 운명이다. 그럼에도 불구하고, 아니 그렇기 때문에 시는 모국어의 발견으로부터 출발해야 한다. 시는 모국어의 하나하나에서, 또는 그 단어들의 연쇄와 결락缺落에서 시작되어야 한다. 어떤 단어에는 그 언어 공동체만이 느낄 수 있는 의미의 두께가 있고 뉘앙스가 있다. 시어가 연결되면서 구축하는 음률은 우리의 몸과 마음이 기억하는 모국어의 장단이자 가락이며, 우리 삶이자 역사가 되는 까닭이다. 시인은 그 가락에 따라 의미의 질감을 구축한다. 물론 의미의 질감에 따라 다른 가락을 발견해내기도 할 것이다. 그런 의미에서 시는 우리 몸속의 가락을 언어로 표현해내는 일종의 악보와도 같다. 시인에 의해 선택되고 배치된 언어의 악보이자, 시인의 모국어로 만들어지는 하나의 놀라움이다.

반 평도 채 못 되는 네 살갗
차라리 빨려들고만 싶던
막막한 나락

영혼에 푸른 불꽃을 불어넣던
불후의 입술
천번을 내리치던 이 생의 벼락

헐거워지는 너의 팔 안에서
너로 가득 찬 나는 텅 빈,

허공을 키질하는
바야흐로 바람 한 자락•

이를테면 '와락'이라는 단어의 결과 무늬, 그 뉘앙스와 의미는

• 〈와락〉, 《와락》, 창비, 2008

우리만이 공유할 수 있다. 또한 이 '와락'이라는 단어가 '나락', '벼락', '한 자락'으로 전개되며 그 연쇄적 의미를 형성한다면 이것은 번역 불가능한 시의 축복이자 한계이기도 할 것이다.

"얼굴에 깊은 눈물 계곡이 패인" 간절한 외로움과, "그녀나 오룩이나 시간 그 자체보다 더 오래된", 안 보이는 간절함의 근원으로부터 시는 출발한다. 그런 간절함은 이루어질 수 없는 열망이기 이전에 포기될 수 없는 열망이다. 특히 사회·정치적 격변기마다 휴머니즘의 부활과 그 가치를 재확인하고자 했던 시대의식 또한 간절함의 중요한 요인이기도 했다. 그런 점에서 시는 기도에 가깝고 혁명에 가깝다. 기도에 가깝지만 인간과 시대에게로, 혁명에 가깝지만 언어와 저기-너머로 향해야 한다. 그러므로 시를 얻기 위해서는 **안 보이는 간절한 것들을 감각하라, 그리고 의심하고 물어라.** 안 보이는 간절함에 천착하고 그 간절함에 대해 되물어라. 그것이 사랑이든 시간이든 죽음이든, 유토피아든 신념이든, 돈이든 밥벌이든 사람살이든, 새롭게 인식하고 감각하기 위해 우리는 물어야 한다.

죽을 때 죽는다는 걸 알 수 있어?
죽으면 어디로 가는 거야?
죽을 때 모습 그대로 죽는 거야?
죽어서도 엄마는 내 엄마야?

때를 가늠하는 나무의 말로
여섯 살 딸애가 묻다가 울었다

입맞춤이 싫증 나도 사랑은 사랑일까
반성하지 않는 죄도 죄일까
깨지 않아도 아침은 아침일까
나는 나로부터 도망칠 수 있을까
흐름을 가늠하는 물의 말로
마흔넷의 나는 시에게 묻곤 했다•

'묵묵부답'일 수밖에 없는 물음들일지라도 새로운 언어로 물어지는 물음은 그 자체가 이미 답이다. 그 물음에 의지해 "많은 대답들이 있지만/ 우리는 물을 줄 모른다// 시는/ 시인의 맹인 지팡이// 그걸로 시인은 사물을 짚어본다,/ 인식하기 위하여"(라이너 쿤체, 〈시학〉)라는 시처럼.

끝으로, 시를 얻기 위해서는 "갑작스런 여름 바람처럼 뚫고 지나가"고 노래처럼 "바람이 허파 속으로 스며들" 수 있도록 **모든 관계를 해체한 후 재배치하고 충돌하게 하라.** 시는 고착되고 상투화된 기존의 관계를 해체한 후 흩어진 것을 다시 모아 재배치하려는 지속적인 시도 그 자체다. 이 '격변적'이고 '예기치 못한' 낯선 관계 속에서 구축되는 뜻밖의 발견이다. 임의적이고 우

• 〈묵묵부답〉, 《문학청춘》, 2010 가을호

연적인 다른 사물, 다른 시공간, 다른 언어, 다른 이미지들 간의 결합은 역동적인 의미를 생성한다. 이는 서로 다른 두 축軸 사이에서 전이, 전환, 치환, 병치 등의 방식으로 이루어지는 은유의 핵심 원리이기도 하다. 그런 의미에서 모든 시는 관계적이고 독창적이다. 두 가지 인식이 더 이상 상충되지 않는 채 결합하게 된다는 점에서 관계적이고, 재배치된 관계가 예전에는 결코 없었던 것을 의미한다는 점에서 독창적이다.

현관 앞 조간신문이 떨어졌다 신호탄처럼 십자매 한 마리가 아침 새장을 걸어나갔다

오른손에서 왼손으로 왼손에서 오른손으로

출근길 팬티스타킹 올이 나갔다 두 젓가락 사이에서 설렁탕집 붉은 깍두기가 떨어졌다 살색 스타킹 위로

주고받고 올리고 내리고 그렇게 오고 가고

오후의 병실 침대에서 아버지 고개가 떨어졌다 털썩, 하느님의 눈썹이 한 눈금 내려왔다

공중에서 공중으로 허공에서 허공으로•

• 〈저글링하는 사람-Georges Rouault, 〈Le Jongleur〉(1934)〉 부분, 《문예중앙》, 2012 여름호

서로 무관해 보이는 '상주喪主'가 '저글링하는 사람'과, 죽음과 '팬티스타킹'과 '깍두기'가 충돌하도록 재배치했을 때 우리의 관심은 증폭되기도 한다.

시의 힘, 시의 매혹

외로운 사냥꾼과 신성한 물개 여인 사이에서 태어난 오룩! 그는 '물속 나라'라는, 안 보이는 저기–너머에 대한 기억과 감각을 간직한 자다. 오룩이 최고의 노래꾼, 아니 최초의 시인이 될 수 있었던 것은 자신이 살고 있는 지상의 '지금–여기'에서 물속의 '저기–너머'를 노래할 수 있었기 때문이다. 시심은 그 사이를 오간다. 춥고 눈 덮인 지금–여기와, 안 보이는 저기–너머의 사이를 간절히 잇고자 하는 열망이 시심이다. 그러니 시는 영혼과 몸, 이상과 현실, 본원적 고향과 구체적인 일상 사이에 있을 것이다. 그 사이에서 시인은 자신의 간절함에 대해 끊임없이 되물으면서, 모든 관계를 재배치하고 충돌시키면서, 모국어로 노래하는 자다. 그렇게 부단히, 성실히 길어올린 '재능'과 '기회'와 '노력'의 총합이 바로 시일 것이다. 그래서 시는 안 보이는 것을 믿는 사람에게는 모든 것이기도 하고, 안 보이는 것을 믿지 못하는 사람에게는 아무것도 아닌 것이기도 할 것이다.

지금도 여전히 새벽이면 창가에 쪼그리고 앉아 어두운 하늘을 바라보며 저기–너머와 교신을 꿈꾸는 오룩의 후예들이 있다. "눈부신 물개, 신성한 물개"로 상징되는 시심을 찾아 헤매는 사람들이다. 나는 그들을 시인이라 부르고 싶다. 아닌 게 아니라 그들의 시에서는 새벽 냄새나 물속 나라 냄새가 배어나기도 한다. 그렇다면 시란, 지금-여기에서 저기-너머를 꿈꾸기에 우리 삶이 이게 전부일 거라고 생각하지 못하는 자들의 노래가 아닐까. 척박한 지금-여기의 현실에 뿌리를 박고 시간의 이빨을 견뎌내며 생명의 물줄기를 놓지 않는 자들의 노래가 아닐까. 시의 힘, 시의 매혹은 여기에 있을 것이다.

나는 시인인가? 정병근

청탁을 받고 고민에 빠졌다. 나는 아직 시인이 덜되었다고 생각하는 사람이고, 시인으로서 이루어놓은 것도 보잘것없기 때문이다. 거칠고, 지극히 사적인 토로에 불과할 것임을 알면서도 '에라, 모르겠다'는 심정으로 이 글을 쓴다. 편협하고 지루한 글이 될 것이다.

천형

"천형이 내렸다." 고은 선생님의 첫마디였다. 격려 어린 칭찬 정도로 알아들었다. 시상식이 끝나고 인사동 어디 술집에서 뒤풀이가 이어졌는데 나중에 보니 다른 수상자들은 모두 가고 혼자 남아 있었다. 끝까지 자리를 지키며 여러 가지 조언을 해주시던 김홍성 주간께서 숙소로 가자고 붙잡았지만 나는 무슨 심사인지 뿌리치고 나왔다. 새벽에 울렁거리는 몸을 이끌고 집으로 오는 고속버스를 탔다. 길고 긴 나의 천형은 그때 이미 시작되고 있었는지 모른다. 그렇게 대학 4학년 때 등단이라는 것을 했다. 올림픽이 열리던 해였다.

대학 시절 우리는 모이면 술을 마셨다(우리는 그때 시 동인을 만들었는데, 사랑하고 존경하는 그들의 면면과 이름은 생략한다). 불안하고 치기만만한 시절이었으므로 걸핏하면 술상을 엎었고 술잔이 날아다녔다. 생각해보면 그때만큼 열심히 시를 공부한 적이 없지 싶다. 습작 시절이었으니까. 보들레르, 랭보, 발레리, 말라르메 등 프랑스 상징주의 시인들에 열광했고, 릴케, 엘리엇, 브레히트, 네루다를 끼고 다니며 그들의 정신적 포스force에 닿으려고 노력했다. 폼도

정병근

1962년 경북 경주에서 태어나고 자랐다. 동국대 국문과를 졸업했으며,
1988년 계간《불교문학》신인상으로 등단. 2001년 월간《현대시학》으로 작품 활동을 시작했다.
시집으로《오래 전에 죽은 적이 있다》《번개를 치다》《태양의 족보》가 있다.
제1회 지리산문학상을 받았다.

잡고 싶었다. 방학 때는 학교 도서관에서 문학전집들과 사상서들을 잡히는 대로 읽었다. 그때의 탐독이 내 문장의 든든한 밑거름이 되었다. 소설을 쓰고 싶은 마음도 있었지만 시가 더 끌렸다. 김수영과 고은을 읽었으며 이상과 정지용을 공부했다. 문지와 창비의 시집 시리즈들을 사 모으면서 시인의 꿈을 키워갔다. 이성복의 '치욕'과 황지우의 '풍자'에 질투를 느끼기도 했다. 우리는 수시로 학교 앞 대폿집을 순례하며 막걸리가 흥건히 고인 고등어구이와 파전을 먹었다. 모르는 것에 대한 불안과 아는 것에 대한 자만이 뒤섞인 반인반수半人半獸의 시절이었다. 함부로 배운 술처럼, 따를 만한 지침이 없던 우리의 시는 거칠고 위태로웠다. 물론 학교에서는 존경하는 은사님들이 전공 지식을 선도해주셨지만 '시 쓰기'를 직접 가르쳐주는 분은 없었다. 우리는 나름의 방법으로 시를 터득하면서 졸업 후의 진로와 펄럭이는 시의 향방에 대해 고민했다. 함께 어울리면서도 각자도생各自圖生의 외로움을 뼛속 깊이 새겼다.

추운 겨울이었다. '시 멤버'인 후배가 며칠 전부터 술자리에서 보이지 않았다. 낮부터 거나하게 취한 우리는 누군가의 제의로 그의 자취방에 가보기로 했다. 그는 학교에서 십 리쯤 떨어진 산 밑 마을의 폐가에서 자취를 하고 있었다. 가는 도중에 너무 추워서 볼이 다 얼어터질 지경이었다. 요즘 같으면

휴대전화로 여러 정황을 살핀 후에 가도 갔겠지만 가면 가던 시절이라 그냥 갔다. 담장도 울타리도 없는 폐가의 마당에 들어서자 무수한 똥탑(?)들이 우리를 맞았다. 밤에, 변소 가기 무서워서 마당에다 볼일을 본 결과였다. 한 똥이 한 탑이었다. 얼핏 보아도 백여 개는 넘을 듯했다. 진경珍景이었다. 우리는 까치발로 뾰족한 탑들을 요리조리 피해 밟으며 마당을 건넜다. 찔리면 신발 밑창이 뚫릴 것 같았다. 넘어지면 더 큰일이었다. 그만큼 시끌벅적했으면 문을 열어볼 법도 하건만 그의 방문은 기척이 없었다. 문이 안쪽에서 잠겨 있고 신발도 있는 것으로 보아 그가 안에 있음이 분명했다. 이대로 돌아가기에는 너무 추웠다. 회유와 기다림 끝에 문이 열리고 그의 얼굴이 나타났다. 하마터면 기절할 뻔했다. 그의 얼굴은 사람이 아니라 프랑켄슈타인이었다. 입술은 당나발처럼 퉁퉁 부었고, 목과 얼굴은 찍히고 긁힌 상처투성이였다. 이 무슨……? 그는 말을 잘 하지 못했다. 평소에도 말을 심하게 더듬어서 성질 급한 내가 대신 말을 해줄 정도이니 오죽할까. 그냥 넘, 넘어졌다고 씩 웃을 뿐이었다. 나중에야 알게 된 그 엄청난(?) 내막을 어찌 몇 마디로 간추릴 수 있었겠는가. 자초지종을 모르므로 우리는 내용 없는 위로를 건네며 술을 마셨다. 그는 그 상황에서도 술잔을 사양하지 않았다. 벽에는 온통 그가 쓴 시들로 가득했다. 새 그림 비슷한 것도 있었지 싶은데 마치 상형문자처럼 우리를 노려보고 있었다. 그의 일그러진 몰골과 방 안의 풍경은 마당에 이은 또 하나의 충격이었다. 나는 예감했다. '당신은 분명히 훌륭한 시인이 될 거야.' 나중에, 무려 십여 년이 지나서야 그에게서 들은 사건의 내막을 요약하면 이랬다.

우리는 술값이 없을 때 종종 자전거를 맡겼다. 당시는 자전거가 흔치 않을 때라 담보 가치가 높았다. 나도 가끔 아버지의 자전거를 술집에 맡기곤 했다. 그날따라 내가 유독 그의 자전거를 탐내더란다. 덜컥 무서워진 그는 자전거를 구출하기 위해 술자리 중간에 빠져나와 도망을 쳤다. 거기까지는 좋았다. 그의 집으로 가는 길은 가파른 내리막 끝에 90도로 꺾인 강둑길을 지나야 했는데, 탈출의 기쁨이 충만한 나머지 내리막길을 브레이크도 잡지 않고 달리다가 미처 핸들을 꺾을 새도 없이 그대로 둑길 아래로 활강하여 돌밭에 처박히고 말았다. 죽지 않은 것이 천만다행이었다. 그는 잠시 죽었다. 아팠고 취했고 추웠으므로 오로지 살아야겠다는 일념 하나로 어찌어찌 몸을 일으켜 집까지 그 먼 길을 걸어갔다. 구르지 않는 자전거를 질질 끌면서…… 그가 바로 이윤학 시인이다(그는 이때의 일을 아름다운 산문으로 드러낸 바 있다). 나는 그에게 괜히 미안했다. 솔직히 그날 내가 그의 자전거를 탐냈는지는 기억나지 않는다. 순일純一하고 불안한 암시가 우리를 지배하던 시절이었다. 다 지난 일이다. 지난 일이라서 아름답다고 뭉뚱그리기에는 그에겐 너무 가혹한 추억일 듯싶다. 나의 예측대로 그는 나중에 모 일간지 신춘문예로 등단을 했고, 지금은 우리 시단을 빛내는 중견 시인으로서 자신의 시 세계를 펼쳐가고 있다. 그는 내가 시의 길을 잃고 헤맬 때, 내게 많은 도움을 준 은인이기도 하다. 그가 없었다면 지금의 나도 없을 것이다. 고맙고 미안할 뿐이다.

한 십 년

졸업하자마자 선배와 은사님의 도움으로 취직을 했다. 나는 기다렸다는 듯이 서울로 올라와 직장 근처에서 하숙 생활을 시작했다. 나의 신설동 시대가 시작되었다. 올라올 때 어머니께서 내게 간곡히 다짐을 준 검약과 성실, 절주 같은 금과옥조들을 잘 지키지 못했다. 밤마다 술추렴이 잦았다. 심지어 첫 월급을 탔는데 부모님께 속옷도 한 벌 사드리지 못하고 술집에 홀딱 갖다 바치고 말았다. 카드로 카드를 막는 악순환이 이어졌다. 인사동을 오가며 꽤 많은 시인들을 사귀었고 많은 시인들이 하숙집을 드나들었다. 머지않아 나는 하숙집 할머니의 경계 대상 1호가 되었다.

함께 어울리면서도 마음 한구석에는 채워지지 않는 허전함이 있었다. 어딘가 겉돌고 있는 느낌이었다. 등단은 했다지만 나를 시인으로 인정해주는 사람은 별로 없었다. 심지어 제법 친한 몇몇 시인들조차 술이 거나한 채로 나를 놀렸다. 나는 대범한 척 웃어넘겼지만 속으로는 뼈아팠다. 내가 등단한 잡지는 신생 잡지였고 그나마 폐간이 되어버려서 내 시의 근거 기반이 사라진 셈이었다. 고아가 된 느낌이었다. 원망스러웠지만 어쩔 도리가 없었다. 청탁도 오지 않았고, 써놓은 시도 없었다. 번듯한 매체로 등단하여 열심히 시 활동을 하는 친구들과 선후배 시인들이 부러웠다. 초조해질수록 시가 써지지 않았다. 재등단을 하고 싶은 마음이 굴뚝같았지만 그러기엔 내 역량이 모자랐다. 회사 생활을 하면서 시를 쓰는 일은 쉽지 않았다. 머리맡 판상에 '크로바 전동타자기'를 신주단지 모시듯 모셔두고 숱한 밤을 그냥 잤다. 아침에도 시를 생각하고 회사에서도 시를 생각하고 저녁에도 시를 생각했다. 하루에도 수백 번씩 주문을 걸었다. "나는 시인이다. 나는 시인이다……" 시 없는 시인의 삶이 이어졌다. 시인은 말하자면 나의 삶을 일관하는 존재 이유 같은 것이었다.

나는 마음속으로만 시를 쓰고 또 썼다. '마음의 시'는 출구를 찾지 못한 마그마처럼 내 몸속을 떠돌아다녔다. 잠이 오지 않았다. 잘 자지지 않는 잠을 자다가 벌떡 깨면서 숨이 안 쉬어지는 증상이 왔다. 가슴이 펄떡거리고 죽을 것 같은 공포가 엄습해왔다. 헉헉대며 기어가서 찬물을 들이켜고서야 겨우 정신이 들었다. 그때 기어가면서 내가 한 말은 엄마, 였지 싶다. 엄마, 엄마…… 정신없이 내뱉으면서도 내가 무슨 말을 하는지 알아들을 수 없었다. 응급실에 몇 번 실려갔다. 아무 이상이 없다고 했다. 곧 죽을 것처럼 위태롭던 증상이 병원에만 가면 멀쩡해졌다(훨씬 나중에야 공황장애라는 진단을 받았고, 지금까지 약을 복용하고 있다). 직장과 하숙집을 몇 번 옮겨 다니면서도 여전히 '마음의 시'는 멈춰지지 않았다. 점점 시인들과 멀어졌고 시를 잊고 살았다(어찌 잊겠는가).

가회동 자취방으로 어머니가 찾아오셨다. 처음으로 아들의 방에 들어선 어머니는 우셨다. "장가부터 가야겠다." 긴 울음 끝에 어머니는 나를 다잡고 말했다. 집안의 장손인 형님은 마흔이 가깝도록 고시촌을 떠돌며 실패를 거듭하는 중이었고 결혼을 하지 않는 형님 때문에 더욱 조바심이 나신 듯했다. 어머니와 하룻밤을 지내면서 많은 이야기를 나누었다. 나는 자꾸 웃으면서 어머니의 울음을 가로막았다. 그해 결혼을 했다. 빚을 안고 미아동에 열 평짜리 셋집을 얻었다. 아내에게는 참 미안했다. 결혼 생활이 시작되면서 시는 더욱 멀어졌다. 나는 전철과 버스를 타고 집, 회사, 집, 회사만 반복했다. 두더지처럼, 그렇게 십 년쯤을 살았다. 그동안 아이들이 태어났고 빚에 빚을 더 보태어 아파트도 장만했다. 나의 시는 어디에 있는가. 아득하였다. 뒤돌아보니 삼십 대가 저물어가고 있었다. 마흔이 코앞이었다.

허튼 생각

예술은 남아도는 정신이고 허튼 생각이다, 라고 믿는다. 정신의 우수리가 예술을 탄생시킨 것이다. 어찌 예술뿐이겠는가. 인간은 무얼 해도 필요보다 남는다. 이는 직립의 결과이다. 먹고 남으니 몸이 남고 몸이 남으니 정신 또한 남는다. 이빨이 하던 일을 손과 팔이 대신하면서 머리는 비로소 여유를 갖게 되었다. 치열한 먹이 활동으로부터 자유로워진 머리는 손과 팔을 부리면서 더 멀리 보고 더 높은 정신을 가다듬는 데 집중할 수 있게 되었다. 인간만의 자발적인 행위인 예술은 생존의 노동을 초월한 지점에서 발원한다. 정신은 끊임없이 모르는 것을 알고 싶어하고 아는 것을 소통하고 싶어한다. 우리는 우주로부터 내림받은 존재로서 매 순간을 맥동하면서 현재를 계시받고 미래를 통찰한다. 한 사람은 들판으로 나가 노래를 부르고 한 사람은 바위에 그림을 그린다. 누가 시키지도 않은 일을.

시는 글의 형태를 띤 문학예술이다. 시는 글이지만 말과 가까운 문학 장르이다. 짧고, 함축적인 표현(문장) 구조를 가지고 있기 때문이다. 흔히 시에서 잠언이나 예지언叡智言, 교훈과 같은 포즈가 얼비치는 이유도 시가 말의 속성과 닮아 있기 때문이다. 한편, 시의 운율은 노래와 가깝고 시의 이미지는 그림과 밀접하다. 그런 까닭에 시는 인접 예술과 가장 잘 통하는 지점에 위치한다. 시의 이런 친화력은 시의 본성으로부터 기인한다. 시는 글[文] 이전의 말[言]이며, 인간의 말을 넘어선 말(말씀, 진언眞言)과 닿아 있다. 그렇게 믿는다. 시인이 천착하는 시적 대상은 두 가지다. 나와 나 아닌 것. 시는 끊임없이 나와 타자 사이를 떠돌면서 착상되고 배태되기를 열망한다. 타자는, 너이며 그이며 자연 만물이다. 문학의 다른 장르들이 주로 인간의 주위에만 맴돈다면 시는 인간을 포함한 모든 것을 주저 없이 망라한다. 그것이 바로 시의 본성이고 시의 힘이다. 먼지에서 우주까지, 너로부터 별까지. 시는 그 우직함과 섬세함으로 대상을 차별하지 않으며 함께 울기를 마다하지 않는다.

시인은 존재의 침묵이 견지하는 진언을 꺼내어 밝혀주는 대역자이다. 시인은 그들의 무당이다. 시인은 침묵의 의중을 알아차리는 사람이다. 표정의 내

심을 읽어내고 보이는 것의 이면을 보는 사람이다. 저 나무와 바위의 안쪽이 궁금하다. 저들의 말을 알아들을 수 있다면 얼마나 좋을까. 꿈속에서처럼 시인은 받아 적는다. 나무에게서 불을 발견하고 바위 속에서 벼락을 꺼낸다. 폭포에서 절벽을 딛고 일어서는 물의 알몸을 본다. 그러나 그것이 그들 모습의 다는 아닐 것이다. 일부분만을 언뜻언뜻 보여주면서 그들은 끊임없이 시인에게 말을 갱신할 것을 요구한다. "당신의 말은 식상해요. 더 새 말을 해봐요." 이미 발화된 말은 그들의 것이 아니다. 그것을 아는 시인은 절망한다. 더 깊은 은유와 상징의 숲으로 시인은 말을 발명하러 들어간다. 세상에서 가장 완벽한 비밀은 죽음이라고 하지만, 인간의 가청권 밖에서 침묵하는 것들 또한 완벽한 비밀이다. 한 번만이라도 그 비밀과 내통하기를 시인은 간절히 소망한다.

어쨌거나 시인은 시를 쓴다. 보고 느끼고 생각하는 것이 각각 다른 만큼 시의 모습도 다양하다. 자아의 성찰과 존재의 본질에 몰두하는 시가 있는가 하면 삶의 현장에 눈을 맞추고 경제적으로 소외된 사람들의 아픔을 보듬는 시도 있다. 체제와 제도의 부조리에 항거하는 시도 있고 폭주하는 문명에 경종을 울리는 시도 있다. 사회정치적 이념을 실현하고자 하는 시인도 있고 독전자로서의 고독을 견지하는 시인도 있다. 나의 시도 저 어디쯤에 있을 것이다. 어디엔가 있을 것이지만, 그러나 내 시의 말법은 저들과는 달라야 할 것이다. 다름은 나다움이고 나다움은 나의 유일한 본성이다. 나의 시는 나 아

닌 것들을 통해 유일무이한 나를 실현하는 과정이라고 믿는다. 나는 지나온 시간을 딛고 순간순간을 태어난다. 대상과 끊임없이 교감하면서 불확정적으로 존재한다. 이미 구축된 관성의 자장을 벗어나서 가속과 감속의 첨단에 나의 시가 위치하기를 소망해본다.

시인은 우상을 섬기는 사람이 아니라 우상을 파괴하는 사람이다. 시인은 대세를 거스르는 사람이다. 남들이 갈 때 안 가는 사람이고 남들이 가지 않을 때 혼자 가는 사람이다. 느리면 빠르게 빠르면 느리게, 크거나 혹은 작게, 낱낱이, 샅샅이 살피고 보듬는 사람이다. 시인은 이미 인식되고 해석된 세계의 저 너머로 눈을 던지면서 합의된 언어의 울타리 밖에서 홀로 서성이는 사람이다.

또 한 십 년

우여곡절 끝에 첫 시집을 낸 지도 십 년이 넘었다. 그동안 달랑 세 권의 시집을 냈다. 나름의 사정이 있었다고 자위해보지만 등단하고 도합 이십오 년이 넘는 세월 동안 기껏 여기까지밖에 이르지 못했다는 자책이 앞선다. 일찍이 공자는 삼백 편의 시를 써야 겨우 시인 명색이라고 했다. 아직은 그 절반밖에 쓰지 못해 부끄럽고 앞으로 써야 할 시를 생각하면 또다시 아득하다. 시인은 시를 쓰는 사람이다. 돌이켜보면 나의 시 인생은 좌절의 연속이었다. 그 좌절은 지금도 여전히 진행 중이다. 때로 생활이 시를 가로막았지만 한편으로는 그 생활이 나의 시를 지탱해주었다는 생각이 든다. 침묵이 담보되지 않는 말은 부도수표처럼 가치를 잃듯이 삶이라는 땅을 밟지 않은 시 또한 뜬 구름처럼 공허할 뿐이다. 몸과 정신, 생활(인)과 시(인)는 욕망하는 만큼 서로 불화하면서 숙명적으로 길항한다. 어느 한쪽의 결핍을 채우면 다른 한쪽의 결핍이 투정을 부린다. 시만 쓰면서 살고 싶은 마음이 굴뚝같을 때도 있다. 그러나 그렇다고 가족의 생계를 외면할 수는 없는 일이다. 내가 그렇다. 아니, 이 땅의 대부분의 시인(예술가)들이 그럴 것이다. 경제적으로 복을 누리는 시인들조차 그만한 사정에서 기인하는 삶의 중압으로부터 자유로울 수는 없을 터이다.

내 인생은 시로 망쳤다. 기꺼이 자초한 일이므로 후회하지 않는다. 무엇으로든 망치지 않은 인생이 있으랴. "생각대로 살지 않으면 사는 대로 생각한다"는 말이 있다. 폴 발레리의 시 〈해변의 묘지〉에 나오는 구절이다. 나는 그다지 내 생각대로 살지는 못한 것 같다. 하지만 나는 지금의 내가 좋다고 말해야 한다. 내가 선택한 시가 좋고 시인이 좋다. 그렇게 생각하니 쪼들림도 가벼워지고 닥쳐올 걱정조차 덜어지는 듯하다. 시 말고 더 무엇이 나를 망칠 수 있겠는가. 어렵겠지만 나는 계속 시를 쓸 것이다. 시작을 했으니 예서 말 수는 없는 일. 나는 아직도 시인이 되기 위해 인생을 발버둥 친다. 엄밀하게 말하면 살아 있는 동안에는 시도 시인도 진행형일 뿐이다. 나는 시인인가? 그러니까 시인이라는 호칭은 스스로 부여하는 것이 아니라 다른 사람이 나에게 부여해주는 것이라고 믿는다. 시인은 그 초월적 의지로 시와 함께 마침내 승리하는 사람이 아니던가.

문운文運이라는 말이 있다. 사전에 나와 있는 대로 '문인으로서의 운수' 정도로 해석한다면, 지금까지의 나의 문운은 그리 좋았다고 말할 수 없을 것 같다. 문운의 주체인 나의 시적 역량이 모자랄 뿐만 아니라 강팍한 내 성정도 한몫했을 것이다. 가끔 문운이 트이길 기원하는 인사를 주고받는다. 살아서 이름을 누리는 시인도 있지만 죽어서 이름을 남기는 시인도 있다. 시인의 운명은 이토록 임의적이고 개별적이다. 모든 예술이 다 그렇듯이, 시는 누군가에게 보여야(읽혀야) 하고 그 보임을 통해 운명적으로 선택된다. 운명은 혼자서 만드는 것이 아니라 수많은 인연이 점철된 결과이다. 시 인생을 살아오면서 많은 사람(시인, 평론가)들의 도움을 받았고 신세를 졌다. 일일이 호명하여 고마움을 표시하고 싶지만 오히려 누가 될 것 같아 생략한다. 나의 시를 북돋아주고 격려해준 소중한 분들의 선의가 있었기에 그나마 지금의 행세를 하고 다닌다. 갚으려면 더 열심히 써서 보답하는 수밖에 없다. 아직 나의 문운을 단정하기는 어렵다. 작으나마 늦게라도 문학적인 성공을 이루고 싶다. 아무리 생각해도 '대기大器'는 아닌 것 같고, '소기만성小器晩成'이라도 했으면 좋겠다. '시인은 잘해야 삼류'라던 친구 시인의 조크가 새삼 생각난다. 나는 시단의 비주류이고 기껏 삼류 시인이다.

한 옴큼 벌레들을 땅바닥에 놓았을 때처럼, 생각해보니 나는 참 뿔뿔이 흩어지면서 살았다. 멀어진다는 것, 되돌아갈 수 없다는 것, 이것은 흡사 별의 문법과도 닮았지 않겠나. 한 점으로부터 시작하여 지금에 이르기까지, 우주는 팽창하면서 끝없이 멀어진다. 우리의 사랑도 끝없이 멀어진다. 만남은 짧고 이별은 길다. 가닿을 수 없는 곳에서 별은 더욱 반짝인다. 나의 시도 이와 다르지 않음을, 내가 가는 시의 길은 집도集道가 아니라 산도散道임을 뼈저리게 새긴다. 나는 나대로 슬프고 당신은 멀리서 반짝일 뿐이니 나의 시는 그 어떤 것에도 기여하지 마라.

어느 날, 학교에 다니는 아들놈이 아버지의 직업란에 무엇을 쓰면 좋을지 물었다. 한참 고민을 하다가 '시인'이라 써넣으라고 했다. 시인은 직업은 아니지만 회사원이나 사업가보다는 멋있어 보일 것 같았다. 그래, 폼생폼사다. 내지른 김에 아들놈 편으로 담임선생님께 내 시집 한 권을 사인해서 보내드렸다. 학교에서 돌아온 아들놈이 싱글벙글했다. 학급에 시인 아버지를 둔 학생은 자기밖에 없더란다. 그리고 선생님이 직접 내 시집을 펼쳐 보이며 자랑스럽게 소개해주시더란다. 모처럼 시인이라는 자부심이 뿌듯하게 밀려오는 순간이었다. 앞으로 누가 내게 직업을 캐물으면 망설임 없이 시인이라고 말해주어야겠다. 이슬만 먹고 사는 시인을 누가 알겠는가?

정호승

시의 길 위에서

1

내가 시인의 길을 걷게 된 데에는 결정적 역할을 한 분이 세 분 계신다. 한 분은 중학교에 다닐 때 뵙게 된 김진태金鎭泰 국어 선생님이시고, 또 한 분은 고등학교 다닐 때 만나뵙게 된 이성수李星水 선생님이시고, 또 한 분은 내 어머니이시다.

1964년, 대구 계성중학교 2학년 국어 시간 때의 일이다. 교과서에 실린 김영랑의 시 〈돌담에 속삭이는 햇발같이〉를 배우고 있을 때였는데, 당시 소설을 쓰시던 김진태 선생님께서(그때는 선생님께서 《만선일보》 신춘문예에 단편소설이 당선된 소설가이신 줄 알지 못했다) 느닷없이 일주일 뒤에 시를 한 편씩 써오라는 숙제를 내어 주셨다.

시라고는 단 한 번도 써본 적이 없었던 나는 일주일 내내 걱정만 하다가 하루 전날 〈자갈밭에서〉라는 제목의 시를 써서 학교에 갔다. 지금은 기억이 잘 나지 않지만 당시 내 사춘기적 체험을 여름날 자갈밭에 나뒹구는 자갈들에 비유해서 쓴 시였다.

그날 선생님께서는 숙제 검사를 하시면서 유독 나를 지목해서 숙제를 해왔느냐고 물으셨다. 그리고 일어나서 숙제로 해온 시를 읽어보라고 하셨다. 나는 벌떡 자리에서 일어나 시를 읽었다.

"으음, 아주 잘 썼군……"

선생님께서는 대뜸 고구마처럼 생긴 내 까까머리를 쓰다듬어주셨다. 뜻밖이었다. 선생님은 단순히 의례적으로 칭찬을 하시는 것 같지는 않았다. 한 번 슬쩍 쓰다듬는 게 아니라 한참 동안 몇

정호승

1950년 경남 하동에서 태어나 대구에서 성장했다. 경희대 국문과와 같은 대학원을 졸업했으며, 1973년 《대한일보》 신춘문예에 시, 1982년 《조선일보》 신춘문예에 소설이 당선되었다. 시집으로 《슬픔이 기쁨에게》《서울의 예수》《새벽편지》《별들은 따뜻하다》《사랑하다가 죽어버려라》《외로우니까 사람이다》《눈물이 나면 기차를 타라》《이 짧은 시간 동안》《포옹》《밥값》《여행》, 시선집으로 《흔들리지 않는 갈대》《내가 사랑하는 사람》, 동시집으로 《참새》, 산문집으로 《정호승의 위안》《내 인생에 힘이 되어준 한마디》《내 인생에 용기가 되어준 한마디》, 어른을 위한 동화집으로 《항아리》《울지 말고 꽃을 보라》 등이 있다. 소월시문학상, 정지용문학상, 편운문학상, 가톨릭문학상, 상화시인상, 공초문학상 등을 수상했다.

번이나 쓰다듬으시다가 한 말씀 더 덧붙이셨다.

"열심히 노력한다면 넌 훌륭한 시인이 될 수 있겠구나."

그 말 한마디는 충격적이었다. 나는 숙제를 해갔을 뿐인데 선생님께서는 내가 훌륭한 시인이 될 수 있다는 것이었다.

가슴이 마구 뛰었다. 친구들 앞에 부끄러워 고개를 들지 못했다. 그러나 선생님의 그 한마디 말씀이 내 인생을 바꾸어놓을 줄을 그때는 알지 못했다.

지금은 세상을 떠나셨지만, 언젠가 선생님을 찾아뵈었을 때 그런 칭찬을 해주셨다고 말씀드리자 선생님께서는 기억이 잘 나지 않는다면서 조용히 술잔을 기울이셨다. 그러면서 온화한 미소를 머금으신 채 또 한 말씀 하셨다.

"열심히 노력해서 우리 시단을 빛내는 시인이 되도록 하세요."

중학교를 졸업한 후 나는 대구 대륜고등학교에 입학했다. 그곳엔 문예반 담당 교사인 이성수 선생님이 계셨다. 선생님께서는 이미 시집을 몇 권 내신 시인으로 내게 각별한 애정을 보여주셨으며, 특히 대륜의 문학적 전통성을 이야기해주심으로써 시인으로서의 자의식과 자긍심을 심어주셨다. 대륜의 전신인 교남

학교에는 이상화, 이육사 등 한국시문학사를 빛낸 시인들이 일찍이 학생들을 가르친 바 있어, 당시 대륜은 전통적으로 문학의 가치를 높이 평가하는 분위기가 무르익어 있었다.

무엇보다도 나는 아침 등굣길에 이상화의 그 유명한 시 〈빼앗긴 들에도 봄은 오는가〉에 나오는 보리밭 길을 걸어갈 수 있어서 감격스러웠다. 지금은 다닥다닥 집들이 들어서 있지만, 내가 살던 집에서 학교를 향해 한 십 분쯤 걸어가면 '이상화의 보리밭'이 펼쳐졌다. 이상화 시인은 그 보리밭을 오가며 "지금은 남의 땅— 빼앗긴 들에도 봄은 오는가? 나는 온몸에 햇살을 받고 푸른 하늘 푸른 들이 맞붙은 곳으로 가르마 같은 논길을 따라 꿈속을 가듯 걸어만 간다"고 절규했다. 나는 이상화 시인을 생각하며 책가방을 들고 그 보리밭을 지나 학교까지 한 시간도 더 걸리는 거리를 늘 걸어다녔다. 가르마 같은 그 보리밭 사잇길을 걸을 때마다 시에 대한 열정은 끝없이 타올랐다.

또 한 분, 내가 시를 쓰게 된 것은 어머니의 힘이 크다. 나는 시의 첫 마음을 어머니한테서 배웠다. 아마 고등학교 1학년 때였을 것이다. 우연히 부뚜막에 놓인 어머니의 손때 묻은 수첩을 뒤적거려보다가 거기에 어머니가 쓴 시가 있는 것을 보고 놀란 적이 있다. 어머니는 소월의 민요조 같은 시를 뭉텅한 연필 글씨로 수십 편이나 써놓고 있었다. 콩나물 얼마, 꽁치 몇 마리 얼마 하고 써놓은 가계부를 시작 노트 삼아 남몰래 써놓은 어머니의 시들은 어린 아들의 가슴을 떨리게 했다.

가난의 고통을 시를 통하여 이겨내고자 했던 어머니는 당신이 쓰신 시를 내게 보여주신 적은 없다. 시를 쓴다는 말도 한번 하신 적이 없다. 그저 시를 쓰는 나를 말없이 지켜보기만 했다. 당신 자신이 직접 시를 씀으로써 아들의 마음을 어루만져준 것이다. 시가 무엇이고 왜 써야 하는지도 모르고 시에 대한 호기심만 잔뜩 지니고 있던 나는 그때부터 문학에 대해 진지한 태도를 지니게 되었다. 그리고 그때 비로소 장차 시인이 되고 싶다는 생각을 하게 되었으며, 그 생각은 그 후 어머니보다 더 열심히 시를 쓰게 만들었다. 어머니는 일찍 일어나셔서 꼭 교회에 새벽 기도를 다녀오셨는데, 내가 《서울의 예수》 등 기독교적 세계관을 바탕으로 시를 쓸 수 있었던 것은 이 무렵 어머니의 영향이 크다.

2

나는 분노보다 상처 때문에 시를 쓴다. 기쁨보다 슬픔 때문에, 햇빛보다는 그늘 때문에 시를 쓴다. 모든 색채가 빛의 고통이듯이 나의 시 또한 나의 고통일 뿐이다. 산다는 일이 무엇을 이루는 일이 아니듯, 시 또한 무엇을 이루는 것은 아니다. 나는 시로써 현실적인 무엇을 이룰 생각은 없다. 시는 이미 돈도 명예도 사랑도 아니다. 내가 죽어갈 때까지 내 상처를 치유해주는 어머니의 따스한 손길 같은 것일 뿐이다. 그래서 때로는 흙탕물이 질퍽한 연못에 떠 있는 아름다운 수련과 같은 시를 쓰고 싶다. 수련은 더러운 오물들이 떠다니고 온갖 쓰레기들이 가라앉아 있는 진흙 속에 깊이 뿌리를 박고, 자신을 멋진 꽃으로 만들어줄 요소들만을 뽑아올려 백색과 홍색의 꽃을 피운다. 주위의 열악한 환경에 아랑곳없는, 그 어떠한 악조건 속에서도 자신을 꽃으로 만들어줄 요소들만 뽑아올리는 수련의 뿌리와 같은 마음으로 내 상처를 어루만져줄 시를 쓰고 싶을 뿐이다.

문득 시를 쓰기 시작하던 학창 시절을 돌이켜볼 때가 있다. 그리고 그때 시가 무엇인지 알아서 쓴 것일까 하고 생각해볼 때가 있다. 그럴 때마다 그저 빙긋 웃음만 나온다. 시가 무엇인지 아무것도 모르고 썼다는 생각 때문이다. 그렇다고 내가 지금 시를 안다는 뜻은 아니다. 시를 모르기는 그때나 지금이나 마찬가지다. 신춘문예를 통해 문단에 얼굴을 내민 지 사십 년이 지난 지금까지도 나는 시를 모른다. '모른다'는 것이 나의 솔직한 고백이다. 이것은 겸손이 아니다. 때로는 내가 시를 버리기도 하고, 때로는 시가 나를 버리기도 하면서 어쨌든 사십 년이란 길다면 긴 세월이 지났음에도 불구하고 시를 생각하면 그저 막막하다. 빈 들판에, 아니 언젠가 가본 사막 한복판에 홀로 버려진 듯하다. 사막의 모래에 얇은 담요를 깔고 잠을 청하면 머리맡에 배고픈 사막여우라도 찾아오지만, 내가 버려진 시의 사막에는 사막여우 한 마리 찾아오지 않는다.

시는 이렇게 아무도 찾아오지 않는 그 무엇이다. 그 무엇을 붙들고 수많은 시인들이 시를 쓴다. 어떤 때는 시가 명예와 권력과 처세의 도구 같기도 하다. 시에도 만들어진 그런 도구의 얼굴이 각인될 때가 있다. 그러나 시는 명예도 아니고 권력도 아니다. 시는 언제나 비어 있는 것이고 침묵으로 이루어지는 것이다. 그런데도 자꾸 뭔가 메우고 채우려고 하니까 시 쓰기가 어려워지고 시가 나를 싫어하는 게 아닌가 싶다.

시를 쓸 때 '잘 써야지' 하는 생각은 되도록 하지 말아야 한다. 오히려 그런 생각이 시를 망칠 때가 많다. 더구나 인생을 잘 살지도 못하면서도 시만 잘 쓸 생각을 하면 그건 잘못이다. 지금 현재 잘 살지 못하는 대로 시도 지금 현재 잘 쓰지 못하는 대로 그냥 둬야 한다. 그래야 시와 나와의 관계가 편안해지고 평화로워진다.

그동안 나는 시에게 감사할 일이 너무 많다. 무엇보다도 시가 나를 긍정적인 태도로 이 세상을 살아가게 해주었다는 것이다. 이 세상에 인간으로 태어난 이상 그래도 가치 있는 삶을 살아야 하는데, 시가 그러한 길로 인도해주었다는 것이다. 비록 가치 있는 일이 눈에 보이지 않고 손에 잡히지 않는다 하더라도 그 지향점을 제시해주었다는 점에서 시는 내게 감사한 존재다. 그리고 그 무엇보다도 나를 찾는 일, 나 자신이 참으로 소중한 존재라는 사실을 깨달을 수 있도록 도와준 일은 너무나 고마운 일이다. 시는 내게 이렇게 나를 찾아갈 수 있는 길을 찾는 하나의 길이었다고 할 수 있다.

3

내 이름자 옆에 괄호를 해서 내가 누구인가를 밝혀야 할 때 나는 '시인' 외에는 아무것도 쓰지 않는다. 일부러 그러는 게 아니라 그것 외에는 아무것도 쓸 게 없다. 괄호 안에 고요히 들어앉아 있는 '시인'이라는 낱말을 묵묵히 바라보면 그 낱말이 나를 쳐다보면서 빙긋이 웃는다. 그 웃음은 '스스로 시인이라는 이름을 쓸 수 있을 정도로 시인으로서의 삶을 제대로 살아왔는가' 하고 물음을 던지는 웃음이다. 나는 그 물음을 받을 때마다 제대로 답을 하지 못하고 나 또한 어정쩡한 미소로써 답한다.

'내가 나를 시인이라고 부르는 것보다는, 다른 사람이 나를 시인이라고 불러주어야 비로소 진정한 시인이다. 그러기 위해서는 평생 열심히 시를 써야 한다.'

늘 이렇게 생각해왔으나 이제는 나 스스로 나를 시인이라고 부르는 오만한 태도를 지니게 되었다. 그동안 다른 사람한테 "저는 시를 쓰는 사람입니다" 하고 말하거나 "시 쓰는 누구입니다" 하고 말하지 "저 시인 아무개입니다" 하고 말하지 못했다. 시인이라는 말 속에는 어떤 신성한 영혼의 기운이 있는 것 같아 감히 시인이라는 말을 함부로 사용하지 못했다. 그런데 요즘은 스스로 시인이라고 일컫고 있으니 나의 이 오만의 오물덩어리를 어찌할 것인가.

그래도 시인인 나를 내가 가끔 바라볼 때가 있다. 세상에는 시보다 더 고귀한 게 많고 더 중요한 일이 많은데, 아직도 시를 버리지 않고, 아직도 시에게 버림받지 않고 살아온 내가 대견스럽다. 그래서 가끔 아버지가 어린 아들의 머리를 쓰다듬어주듯 내가 내 머리를 쓰다듬어주고 싶을 때가 있다.

나는 아직 시가 무엇인지 모른다. 한때는 시가 무엇인지도 모르면서 시를 쓴다는 절망감에 빠지기도 하고, 시가 무엇인지 좀 알고 쓰면 좋겠다는 열망감에 사로잡힌 적도 있다. 그러나 지금은 그렇지 않다. 모른다는 것은 이 얼마나 다행한 일인가. 나는 지금 모르기 때문에 시를 쓸 수 있다. 만일 시가 무엇인지 알고 있다면(영원히 알 수 없지만) 지금쯤 나는 시를 쓰지 못할 것이다. 그것은 마치 내가 사랑이 무엇인지 모르기 때문에 사랑하고 사랑받을 수 있는 것과 같다. 만일 사랑이 무엇인지 알고 그 앎을 실천해야 한다면, 내가 그 누구를 사랑할 수 있고, 또 그 누구한테 사랑받을 수 있을 것인가.

때때로 모른다는 것은 이처럼 다행스럽고 평화스러운 일이다. 나는 앞으로 시가 무엇인지 알려고 노력하는 일을 게을리할 것이다. 시에 대한 수많은 정의에 대해 궁금해하는 일에 대해서도 지극히 게으름을 피울 것이다. 또 시를 어떻게 써야 가장 바람직한 것인가 하는 문제에 대해서도 노력을 태만히 할 것이다. 그냥 쓰고 싶은 대로 쓸 것이다. 내 인생이 무엇인지 모르기 때문에 모르는 대로 최선을 다해 사는 것처럼, 시 또한 모르는 대로 최선을 다해 쓸 것이다. 그것만이 시에 대한 존경과 흠모와 진실을 다하는 일이다.

이제 내게 시는 잘 쓰려고 노력한다고 해서 잘 써지는 게 아니다. 물론 시도 끊임없이 노력하는 가운데서 형성되는 것이지만, 어떤 의미에서는 노력한다고 해서 그 노력만큼 결실이 맺어지는 것은 아니다. 이제 시는 나에게 노력이라는 형식의 밖에 있다. 시는 운명이라는 미지의 진리 속에 있다. 시는 어쩌면 먼 진리의 길인지도 모른다.

그동안 나는 노력이라는 미명하에 시를 장인匠人처럼 매만지고 만드는 일에 몰두해오기도 했다. 그것은 그동안 내 가슴속에 물이 흐르지 않았기 때문이다. 물이라는 존재 자체가 고갈돼 있는데도 억지로 물리력을 동원해서라도 물을 흐르게 하려고 노력해왔기 때문이다. 그러니 내 시의 강이 아름다울 리 있겠는가. 가물어 물이 흐르지 않는다고 해서 어느 계곡이, 어느 강이 억지로 물을 흐르게 하던가. 물이 흐를 때까지 그냥 기다리지 않던가. 시도 마찬가지다. 기다릴 줄 알아야 사랑을 얻을 수 있듯이, 시 또한 기다릴 줄 알아야 얻을 수 있다.

4

얼마 전, 무명 순교자들의 피와 혼이 깃든 해미읍성을 찾았다. 그곳은 1790년 이후 약 백 년 동안 수천 명의 천주교 신자들이 순교당한 곳으로 지금은 '해미순교성지'로 일컬어진다. 당시 신자들은 읍성 감옥 옆에 있는 호야나무 둥치에 손이 묶인 채 죽어갔다. 지금은 그 나무만 살아남아 당시의 참상을 침묵의 말로 전하고 있다. 또 당시 신자들은 읍성 서문 밖으로 끌려나가 교수형을 당하거나 참형을 당하거나 생매장을 당했는데, 당시 서문 밖을 흐르던 내에는 그들이 흘린 붉은 피가 내를 이루었다고 한다. 나는 해미읍성 서문 위에 올라 지금은 흔적조차 찾아볼 수 없는 내를 내려다보았다. 그 자리에 있는 보통 사람 키의 두 배 정도 되는 돌덩어리 모형 하나가 눈에 들어왔다. 그 돌의 이름은 자리갯돌. '천주학쟁이'들을 그 돌다리 위에서 팔다리를 잡고 돌에 자리개질하듯 메어쳐 죽였다고 해서 그런 이름이 붙여졌다. 그 돌은 지금 해미성당 뜰 안으로 옮겨져 있는데, 나는 경건한 마음으로 무릎을 꿇고 그 돌에 살며시 손을 대보았다. 순간, 돌 속에 밴 순교자들의 피가 내 손으로 스며드는 것 같아 가슴이 무너졌다.

해미순교성지엔 이런 순교자들의 수가 몇 명이나 되는지, 누가 어떻게 죽였는지 알 수 없다고 한다. 수천 명으로 추정되는 순교자들 중 오직 칠십여 명만이 이름과 출신지 기록이 남아 있고, 그 나머지는 이름 석 자도 모른다고 한다.

그날 나는 해미성당에서 가톨릭문우회 지도신부이신 조광호 신부님을 모시고 미사를 드렸다. 조 신부님께서 강론 중에 이런 말씀을 하셨다.

"늘 무명 순교자를 생각하라. 허명虛名으로부터 자유를 찾아라. 이름이 나도 안 난 것처럼, 이름이 안 나도 난 것처럼 무명의 삶을 살아라."

이 말씀을 듣는 순간 나는 부끄러워 고개를 들 수 없었다.

'아, 나는 지금껏 시인이라는 허명에 매달려 살아온 것이 아닌가. 그 허명을 얻기 위해 지금까지 시를 써온 건 아닌가.'

생각하면 할수록 부끄러움에 얼굴을 들기 힘들었다. 어쩌면 나는 시인이라는 그 허명의 이름을 위해 지금까지 시를 써온 것인지도 모른다.

해미성지에서 돌아온 후 '허명으로부터 자유로워질 수 있도록 노력해야 한다'는 생각을 한시도 잊은 적이 없다. 이름 한 자조차 남기지 못하고 순교당한 그 무명 순교자들의 '무명의 정신'이 내 시 정신의 근본을 이룰 수 있기를 기도해왔다.

지는 꽃은 욕심이 없다. 아무런 미련도 명예도 소유도 없다. 이른 봄에 피어나는 동백도 한여름에 피는 능소화도 아무런 욕심 없이 피었다 꽃을 떨어뜨린다. 어디 그들뿐인가. 아무도 쳐다보지 않는 산야에 핀 꽃들도 저마다 저 혼자 피었다가 저 혼자 시든다. 인간에게 미처 이름을 부여받지 못한 꽃이 있다 한들 그 꽃이 뭐 그리 서러워할까. 인간이야말로 그런 꽃과 같아야 한다. 시인인 나야말로 그런 꽃으로 피어나 때가 되면 욕심 없이 이름 없이 져야 한다. 동백이나 매화나 녹차꽃이 남기는 열매 또한 나한테 없으면 어떤가.

나는 지금 지는 꽃이다. 지는 꽃이 욕심을 부린다면 추하다. 지는 꽃이 피는 꽃처럼 아름다워지길 바란다면 그 또한 욕심이다. 지는 꽃은 지는 꽃대로의 아름다움이 있다. 그것 또한 욕심이 없을 때만 가능하다.

나는 요즘 허명에서 자유로워지기 위해서는 잃어버린 동심을 찾아야 한다는 생각을 한다. 거리에서 혹은 아파트 마당에서 물끄러미 어린아이들을 바라볼 때마다 그런 생각이 더 깊어진다. 아이들은 허명에 매달리지 않는다. 아이들은 작고 맑은 영혼으로만 존재한다. 내 비록 육체는 이미 아이가 될 수 없다 하더라도 시를 생각하는 영혼만은 아이와 같은 자연의 영혼을 지닐 수 있어야 한다. 그래야 자연을 인간처럼 이해하고 인간을 자연처럼 이해하는 시인이 될 수 있지 않을까. 아니다. 이것 또한 허욕이다. 시가 무엇인지 모르듯 시인의 영혼 또한 어떠해야 하는지 모른다. 내가 알고 있는 것은 내가 모른다는 것을 알고 있다는 것뿐이다.

5

시 없는 시인의 삶은 상상할 수 없다. 시인에게 시는 모태이며, 생명이며, 삶의 전부다. 만일 시가 없었다면 내 삶은 참으로 초라했을 것이다. 내 삶의 비극을, 그 고통과 절망과 분노와 상처를 외롭게 부여안고 나동그라지고 말았을 것이다. 그나마 시가 있었기 때문에 지금도 내 삶은 존재한다.

그러나 나는 시를 스스로 세 번이나 버린 적이 있다. 1982년에 시집 《서울의 예수》가 나오고 1987년 《새벽편지》가 나올 때까지 오 년 동안, 1990년에 《별들은 따뜻하다》가 나오고 1997년 《사랑하다가 죽어버려라》가 나올 때까지 칠 년 동안, 그리고

1999년 《눈물이 나면 기차를 타라》가 나오고 삼 년 동안, 나는 철저하게 시를 버리고 살아왔다. 단 한 편의 시도 쓰지도 발표하지도 않았다. 이렇게 세 차례에 걸쳐 도합 십오 년 동안이나 시 한 편 쓰지 않고 시를 버리고 살아온 것이다.

지금 생각하면 후회스럽다. 특히 시적 감수성이 가장 예민한 삼십 대에 시를 버린 것은 내 인생 최대의 실수다. 그것은 시가 내 인생의 전부이며, 시가 내 인생에 어떤 절대자의 모습을 지니고 있다는 것을 깨닫지 못했기 때문이다. 그런데도 시는 나를 버리지 않았다. 나는 시를 사랑하지 않았지만 시는 나를 사랑했다. 마치 '돌아온 탕아'를 둔 아버지처럼 내가 돌아오기만 하면 언제든 따뜻하게 맞이하고 돼지를 잡고 잔치를 벌였다.

내가 시를 버릴 때는 항상 현실적인 어떤 조건이 있었다. 직장생활에 정신없이 바쁠 때는 바쁘다는 핑계가, 견딜 수 없는 절망의 벽에 가로막혀 있을 때는 그 벽이 시를 버릴 수 있는 이유가 되었다. 시와 인생을 대립적 관계로 설정해놓고, 시보다 인생을 우위적 개념으로 생각했다. 정작 시를 쓰지 않으면서도 가족에 대한 책임을 지며 내 인생을 열심히 살아가는 것이야말로 진정 아름다운 시를 쓰는 일이라고 생각했다. 그런 나를 시는 어머니처럼 아무런 조건 없이 받아주었다.

이제 나는 시라는 '부모의 집'을 떠날 생각이 없다. 시가 나를 버린다 하더라도 내가 시를 열심히 찾아가 효도할 생각이다. 이제 내 인생의 모든 것을 다 버려도 두렵지 않으나 시를 버리는 일은 두렵다. 시를 버린다는 것은 바로 나 자신을 버리는 일이다.

지금은 두 번 다시 그런 죄를 짓지 않기 위해 시의 자리로 되돌아와 늘 책상 앞에 앉는다. 내 책상 위에는 '무덤 성당'이 있는 예루살렘의 골고다에서 사온 십자고상이 하나 놓여 있다. 평생 십자가에만 매달려 살아온 청년 예수를 바라본다. 예수가 잠시 고개를 들고 따뜻한 미소를 띠며 나를 바라본다. 나는 그 미소에 그만 고개를 숙이고 묵상한다. 예수의 손에는 십자가의 못 자국이 나기 전에 먼저 목수 일로 생긴 굳은살이 박여 있었다 나는 이 사실을 결코 잊지 말아야 한다. 시를 쓰기 전에 먼저 인간을 사랑하고, 인간을 사랑하기 전에 먼저 인간의 고통을 이해해야 한다.

고백하건대, 그동안 내 삶이 고통스러울 때는 시를 쓸 수 없었다. 나의 삶 또한 만남과 헤어짐의 모자이크라는 것을, 인간에게 있어서 고통과 시련이란 해가 떠서 지는 일만큼이나 불가피하다는 것을, 불행이 인간을 향한 신의 가장 확실한 표지라는 것을 받아들이고 이해할 수 있게 되기까지 단 한 편의 시도 쓸 수 없었다. 그동안 내가 쓴 시들은 고통이 잠시 잠잠해지고 난 다음에 집중해서 쓴 시들이다. 그래서 문예지에 꾸준히 지속적으로 작품을 발표하지 못하고 한꺼번에 벼락 치듯이 한 권 분량의 시를 써서 급하게 시집을 내곤 했다.

괴테는 "색채는 빛의 고통"이라고 했다. 나는 이 말을 이해하는 데에 너무나 많은 시간이 걸렸다. 빛이 없으면 색은 없다. 빛이 있어야 모든 사물은 아름다운 색채로 자신을 나타낸다. 그런데 그 아름다운 색채는 바로 빛의 고통이 한데 어우러진 결과다. 인간도 고통과 시련과 역경을 통과하지 않고서는 결코 아름다워질 수 없다.

누가 백마가 문틈으로 휙 지나가는 순간만큼 짧은 게 인생이라고 했다. 처음 시를 쓰기 시작했을 때 이토록 시간이 빨리 지나갈 줄 알지도 못했고, 이토록 오랜 시간 동안 내 인생이 시와 함께하리라고는 생각하지 못했다. 그렇지만 이 얼마나 감사한 일인가. 내 인생에는 원망할 일보다 감사해야 할 일이 더 많고, 그중에서도 시와 함께해온 일이 가장 감사해야 할 일이다.

상처 없는 사람은 결코 먼 길을 떠날 수 없고, 이미 먼 길을 떠난 사람에겐 오히려 그 상처가 힘이 된다. 나는 지금 그 상처의 힘으로 시의 길을 가고 있다. 세상에는 가도 되고 안 가도 되는 길이 있지만 꼭 가야 할 길이 있다. 그 길이 내겐 시의 길이다.

시인이 죽으면 대표작 한 편이 남는다. 언젠가 '대표작으로 남을 시만 일찍 써버리면 더 이상 시를 쓰지 않아도 될 텐데' 하는 생각을 한 적이 있다. 그러나 그건 그렇지 않다. 시인이 한 편의 시를 남기기 위해서는 평생이라는 시간이 필요하다. 평생을 바쳐야만 대표작 한 편이 겨우 남는다. 내게 시를 쓸 수 있는 시간은 그리 많이 남아 있지 않지만 '평생을 바쳐야 한다'는 것만은 잊지 않고 있다.

허연

빗나간
것들에게
바치는
찬사

1

난 인간의 신념이나 약속을 믿지 않는다. 인간을 믿지 않는다. 인간에겐 입장과 생존이 있을 뿐이다. 그래서 난 인간을 찬양한 시를 좋아하지 않는다. 구름무늬표범이나 붉은점모시나비를 찬양하라면 하겠지만 인간을 찬양하지는 못하겠다.

인간이 내세우는 명분은 아무리 고매하거나 근시해 보여도 그 내부를 들여다보면 콤플렉스나, 치부를 감추기 위한 가면이나, 이익이나 보상심리가 숨겨져 있게 마련이다. 그래서 인간이다. 물론 난 인간을 찬양하지 않을 뿐 미워하거나 싫어하지는 않는다. 단지 인간과 세렝게티 평원의 하이에나가 크게 다를 바 없다고 생각할 뿐이다.

간혹 인간을 넘어선 인간이 있다고는 한다. 아마 정신적으로 거대 공간과 거대 시간을 살았던 사람들일 것이다. 하지만 난 그런 사람을 살아 있는 사람 중에서는 찾아보지 못했다. 그래서 난 인간을 찬양하는 시를 쓰지 못했다. 나에게 인간이란 늘 측은하기는 하지만 감동적이지는 않은 대상이었다.

그렇다 보니 내가 쓴 시들은 결국 내 안에서 쓰여지는 자폐적인 병증의 산물일 수밖에 없다. 따라서 읽어줄 사람의 기분이나 감정은 내 시 창작에 있어 그리 중요한 문제는 아니다. 난 어떤 시가 한국말로 쓰여지는 시의 정답인지 잘 모르겠다. 교과서에 나왔던, 혹은 다른 사람들이 좋다고 하는 시의 상당수를 나는 이해하기 힘들었다. 어떤 시가 좋은 시인지 나쁜 시인지 잘 모르

허연

1966년 서울에서 태어났다.

1991년 《현대시세계》로 등단해, 시집으로 《불온한 검은 피》 《나쁜 소년이 서 있다》 《내가 원하는 천사》를,

산문집으로 《그 남자의 비블리오필리》 《고전탐닉》을 펴냈다.

한국출판학술상, 시작작품상, 현대문학상을 수상했다.

겠다. 내가 쓴 시를 몇 번 읽어봐도 어느 날은 좋고 어느 날은 마음에 안 든다. 그래서 나는 판단을 유예한다.
한 가지 확실한 건 난 그저 내가 알고, 사는 만큼만 시를 적는다.
난 서울 태생이다. 시 쓰는 다른 친구들처럼 야트막한 마을과 시냇물에 대한 기억이 없다. 소를 끌던 아버지도 없었고, 머리에 수건을 동여맨 어머니도 없었다. 여러 시인들의 시집에 꼭 등장하곤 하는 농촌이나 지방 소도시를 배경으로 한 상징적 사건이나 인물이 내게는 존재하지 않는다.
난 그저 만원 버스에 시달리며 청소년기를 보냈고, 일찌감치 아파트 생활을 시작했고, 도시인 대부분이 하는 것처럼 출퇴근하는 직장을 다니면서 이 나이를 먹었을 뿐이다.
절친한 문우들이 인도니 네팔이니 하는 곳을 가자고 할 때 "나는 덥고 벌레 많은 나라는 가고 싶지 않다"고 주장하다 구박을 받곤 하는 서울 놈일 뿐이다. 문제는 그런 내가 시를 쓴다는 거다. 하고많은 일 중에 시를 쓴다는 거다. 시나 평론을 부지런히 읽지도 못하고, 시적인 냄새라고 해봐야 한 달에 한 번쯤 시단 친구들과 술잔을 기울일 때나 맛보는 내가 시를 쓴다는 거다. 곰곰이 생각해보니 참 어울리지 않는 짓이다.

2

내가 왜 시인의 길을 가게 됐을까. 가만히 생각해보면 그럴 운명이었던 것 같기도 하다.

고등학교 때 수학 선생님이 한 분 계셨다. 당시로는 드물게 머리를 쇼팽처럼 기른 예술가적 분위기를 풍기시는 분이었다. 하지만 이 예술가적 풍모는 수업 시간에는 전혀 드러나지 않았다. 수업 시작종이 울리는 순간부터 종료를 알리는 종이 울릴 때까지 선생님은 잡담 한마디 하지 않았다. 선생님이 예술가의 풍모에 어울리는 모습을 보여주신 건 내 기억으로는 단 한 번이었다.

한 방송사에서 고등학교를 찾아다니며 촬영하는 무슨 하이틴 프로가 있었는데, 그 프로의 '우리 학교 명물'인가 하는 코너에 선생님이 출연해서 클래식 기타 연주를 하신 것이었다. 충격적인 장면이었다. 반백의 장발, 비스듬히 세운 기타, 거기서 흘러나오는 선율, 무심해 보이는 선생님의 표정은 하나의 정지 화면이자 '완성'이었다.

그날 이후 선생님은 내 영웅이었다. 수학에 관심도 없으면서 수학 시간만큼은 충실하려고 애썼고, 다른 모든 아이들이 선생님의 딱딱한 수업을 지겨워할 때도 나는 그렇게 생각하지 않으려고 기를 썼다.

그러던 어느 날, 잡담이라고는 안 하시던 선생님이 '법어' 한마디를 남기셨다. 그 '법어'를 듣는 순간 나는 망치로 머리를 한 대 얻어맞은 듯한 충격을 받았다. 법어의 내용은 이랬다.

"너희들 중에 글을 쓰고 싶은 사람 있지. 예쁜 여학생을 보고 화가 나는 사람은 글을 써도 돼. 하지만 예쁜 여자를 보고 손이나 잡고 싶은 놈들은 그냥 살아."

바로 내 이야기였다. 나는 예쁜 여자를 보면 늘 화가 났다. 배어나오는 자신감이나 그늘이라고는 없을 것 같은 분위기에 화가 났던 것 같다. 사춘기 소년에게 미모의 여인은 계급이자 권력으로 다가왔다. 텔레비전 드라마처럼 행복하게 살 수 없을 것 같다는 불운을 예감하던 소년에게 구김살 없는 미모의 여성은 느끼한 적敵으로 다가왔다. 햇살보다는 그늘이 나와 어울린다고 생각했던 시절이었다.

어쨌든 그 무렵부터 나는 내가 감히 글을 쓰는 사람으로 천명을 받았다는 착각에 빠지기 시작했다. 그게 화근이었다.

3

내가 만약 노래를 잘했더라면 혹은 노래를 만드는 걸 배웠다면 시를 쓰지 않았을 것이다. 내게 있어 시는 내가 나이기 때문에 만들 수 있는 노래다. 내 노래는 '어디 가느냐'고 누가 물었을 때 '그냥 간다'고 대답하는 것이다. 내 노래는 그즈음의 나일 뿐이다. 난 내 노래가 정서를 함양하거나, 혹은 세상을 아름답게 하는 데 사용되지 않았으면 좋겠다. 또 내 노래가 나의 밥이 되거나 명예가 되는 일이 없었으면 좋겠다.

내 시는 나만의 공화국에서 벌어지는 일일 뿐이다. 몇 명의 독자들이 내 공화국을 찾아주는 건 하나의 정치적 승리다. 결코 문학 정신의 승리라고 생각하고 싶지는 않다.

어쨌든 시를 쓰기 시작했다. 고흐 같은 욕심이었다.

빗나가고 싶었고, 빗나간 것들에 대해 노래하고 싶었고, 빗나간 것들을 증거하고 싶었다. 그 무렵 내 시는 그랬다. 불행히도 난 누구에게도 시를 배우지 못했다. 오로지 내게 시를 가르쳐주고, 시의 길을 일러준 사람들은 흑백사진으로 남아 있던 오래전 세상을 떠난 시인들이었다.

돌이켜보면 그때 내가 다니던 예술학교 구내식당의 비빔밥 값이 천 원이었다. 그 천 원이라는 돈은 손바닥만 한 판형으로 출간되던 민음사 세계시인선의 가격과 같았다. 용돈이 넉넉하지 않던 나는 오전 내내 비빔밥과 말라르메를, 비빔밥과 로트레아몽을, 비빔밥과 오든을, 비빔밥과 에즈라 파운드를 놓고 고민을 해야 했다. 다행히도 말라르메와 로트레아몽과 오든과 파운드가 비빔밥을 이기는 경우가 많았다.

예술학교를 2학년까지 다니고 군대를 갔는데, 그 무렵 나는 책 읽기에 빠져 있었다. 전투적이었다. 릴케의 말처럼 이 우주를 한없이 알고 싶었다.

외출이나 휴가를 나와서 책을 사들고 들어가면 늘상 고참들에게 빼앗기기 일쑤였다. 그때 나는 묘수를 냈다. 서점에서 제목만 봐도 질려버릴 만한 어려운 책을 사들고 들어갔던 것이다. 그 방법이 성공을 거두어서 다행히 책을 빼앗기지는 않았다. 그때 할 수 없이 《원예학 입문》 같은 책까지 읽었던 것 같다. 재미있었다.

난 내 기억력에 대한 과신이 있었다. 어린 시절 외할아버지는 외가 쪽 집안 어른이었던 벽초 홍명희 선생에 대한 이야기를 자주 들려주시곤 하였다.

"말도 마라, 그 양반 기억력이 얼마나 좋은지, 신문을 다 읽고 나서는 그 내용을 토씨 하나 안 틀리게 줄줄 외셨다."

무슨 신문이었는지, 그때 신문은 몇 면이나 발행됐는지 알 수는 없지만 외할아버지의 회상은 어린 시절 내 우쭐함의 한 가지 근원이었다.
내게도 이 기억력 유전자가 있을 것이라 확신했다. 그래서 나는 내가 읽는 책들이 언젠가 필요할 때 꺼내 쓸 수 있는 무엇인가가 될 수 있으리라 생각했다. 근사한 이론가가 되는 상상도 했다. 하지만 결과적으로 그렇게 되지는 않았다. 나는 그 숱한 문장들을 보며 오로지 내가 쓸 문장만을 생각했을 뿐이었다. 《원예학 입문》을 읽으며 나는 내 악보만을 생각했던 것이다.

4

1991년 등단을 했다. 여름날 여자친구 손을 잡고 찾아간 을지서적 잡지 코너에서 가장 예쁜 문예지를 골라 즉흥적으로 투고를 했고, 그것이 얼떨결에 등단으로 이어졌다.
등단을 하고 가장 먼저 친해진 문우가 같은 해 《문학사상》으로 등단했던 김중식이었다. 그와 내가 절친이 된 계기에는 김수영이 있었다. 우연히 술자리에서 만나 의기투합한 우리는 어느 가을날 도봉산 자락의 김수영 무덤을 찾아갔다.
버스 정류장에서 내려 영국 빵집 사이로 난 길을 한참을 걸어 무덤에 도착했고, 경건하게 소주를 따라놓고 우리는 그 시절 우리가 가장 좋아했던 김수영의 시 〈헬리콥터〉를 비장하게 읽었다. 하늘 아래 우리만 있는 것 같았다.
산을 내려와 수유리 허름한 시장통에서 소주를 마시며 우리는 우리 앞에 펼쳐질 불안한 미래에 대해 깊은 이야기를 나누었다. 짐승이 세상을 지배하고 있다고 믿었던 시절이었다. 짐승이 지배한다고 생각했던 땅에서 우리는 시만을 생각했고, 그것이 우리가 갈 길이라고 감히 믿었다.

동시에 우리는 결국 패배할 것이라는 사실을 너무나 잘 알고 있었다. 하지만 그 패배라는 게 두렵지 않았다. 우리에겐 시가 있었으니까. 지금 생각해보면 이상한 순혈주의 같은 게 있었던 귀여운 청년들이었다.

출퇴근하는 직장을 다니면서 사적私的 자아를 지키는 일은 그리 만만치 않았다. 시를 쓰는 사람에게는 더욱 그렇다. 다행인 건 그 고통이 내게는 달갑다는 사실이다. 일터에서 지하철에서 혹은 식당에서, 나는 매일매일 사적 자아를 지키기 위한 투쟁을 한다. 내 노래를 부르기 위한 투쟁을 한다. 그러다 보니 가끔은 만만치 않은 대가를 치른다. 그래도 좋다. 내 노래를 부를 수 있으니까.

밥을 위해 일을 하지만 그 일이 내 사적 자아를 위협하는 순간은 비일비재하다. 딜레마이기도 하고 다른 선택의 여지도 없다.

하지만 사적 자아만 지킬 수 있다면 그 어떤 일도 내게 위협이 되진 않는다. 단지 나는 많은 시간과 물리력과 내 건강을 일터에 쓰고 있을 뿐이다. 그 대가로 나는 나만의 노래를 부른다. 그러면 됐다. 노래를 할 수 있어서.

사실 내가 만나본 대부분의 미술가나 연극배우나 가수나 발레리나 모두 치열한 일터에서 사적 자아를 지키기 위한 눈물겨운 투쟁을 하고 있었다. 인정받는 사람은 극소수였지만, 그들은 밥 앞에서 정직했고, 예술 앞에서 정직했다. 그들에게 밥과 예술은 수백 수천 시간의 노동과, 수백 수천 시간의 인내의 대가로 오는 사적 자아의 발현이었다.
멀리서 보는 발레리나는 아름답고 가볍지만 무대 위 가까운 곳에서 보는 발레리나는 충격적일 정도로 땀범벅이다. 발레리나의 땀을 본 적이 있는가. 머리에서 발끝까지 땀으로 범벅이 된 발레리나를 가까이서 본 적이 있는가. 적어도 그 정도의 땀은 흘려야 창조적 산물이 나오는 건 아닐까. 그래서 난 문학 낭인들을 인정하지 않는다.

5

한동안 시를 떠나 있기도 했다. 나는 종주먹을 쥔 나쁜 소년처럼 세상에 나가 하루하루를 살고 있었다. 밥을 해결해주는 직장을 다녔고, 혁명이고 뭐고 다 지나가버린 거리에서 매일 술을 마셨으며, 나비 떼 같은 사랑을 했다.
내가 결코 비범하지 않은 그저 그런 시정잡배임을 뼈저리게 깨달았던 세월이었다.
시를 떠나서 살 수 있다고 믿었던 세월이었다. 아무것도 아쉽지 않았고, 어떤 문학도 그립지 않았으며, 문학판의 어떤 일도 궁금하지 않았다.
그러던 어느 날 난 이상한 진실을 깨달았다. 말하는 법, 분노하는 법, 사랑하는 법, 싫고 좋은 것을 구분하는 법을 모두 시에서 배운 것임을 깨달았던 것이다. 너무 어린 나이에 시의 법을 따라 살았으므로 나는 시를 벗어나서 살 수는 없는 사람이었다. 겸연쩍은 일이긴 했지만 나는 다시 시를 쓰기로 했

다. 그 심정을 담아 쓴 시가 두 번째 시집의 표제작이 됐던 〈나쁜 소년이 서 있다〉였다.

세월이 흐르는 걸 잊을 때가 있다. 사는 게 별반 값어치가 없기 때문이기도 하지만 파편 같은 삶의 유리 조각들이 처연하게 늘 한자리에 있기 때문이다. 무섭게 반짝이며

나도 믿기지 않지만 한두 편의 시를 적으며 배고픔을 잊은 적이 있었다. 그때는 그랬다. 나보다 계급이 높은 여자를 훔치듯 시는 부서져 반짝였고, 무슨 넥타이 부대나 도둑들보다는 처지가 낫다고 믿었다. 그래서 나는 외로웠다.

푸른색. 때로는 슬프게 때로는 더럽게 나를 치장하던 색. 소년이게 했고 시인이게 했고, 뒷골목을 헤매게 했던 그 색은 이젠 내게 없다. 섭섭하게도

나는 나를 만들었다. 나를 만드는 건 사과를 베어 무는 것보다 쉬웠다. 그러나 나는 푸른색의 기억으로 살 것이다. 늙어서도 젊을 수 있는 것. 푸른 유리 조각으로 사는 것.

무슨 법처럼, 한 소년이 서 있다.

나쁜 소년이 서 있다.•

십 년 만에 다시 시를 쓰기 시작하면서 나는 쓰는 행위가 곧 시임을 알게 됐다. '잘 쓴 시', '좋은 시'라는 말도 큰 의미가 없음을, 심지어는 시를 발표하고, 시집을 내고 하는 일도 '시'의 본질 안에서는 별 의미가 없는 일임을 알게 됐다.

살아 있는 누구도 날 동화시킬 수 없으며, 누구도 날 감동시킬 수 없다. 이것이 나의 질병이다. 오로지 죽은 자들만이 가끔 나를 흔든다. 죽었기 때문이다. 이 부족사회에서 나는 제사장 같다. 존재하지 않는 부족의 혼을 불러오는 자다.

인간은 별거 없다. 다 그저 그렇고 그렇게 산다. 목적 없는 자는 없고, 남을 위해 사는 자도 없다. 그런 인간이 유일하게 위대한 건 죽는 날이 온다는 거다. 현실계에서 사라지는 것. 그것만이 인간에게 주어진 위대함이다.

아쉽다. 내게 너무나 뚜렷한 모국어가 있다는 게.

가령 희화시켜 말하자면 나는 이런 사람이 부럽다. 헝가리인 아버지와 독일인 어머니 사이에 영국에서 태어나 청소년기를 카자흐스탄에서 보내고 대학은 러시아에서 다니고 결혼은 베트남계 프랑스인이랑 해서 지금은 스위스에서 살고 있는 사람. 늘 나는 나의 상상력과 언어가 부질없고 부박하기를 원한다. 그래서 누구에게나 오독이 되기를 원한다.

나의 언어가 뚜렷하고 명쾌한 의미와 음가를 가지고 있기에 나는 내 언어와

• 〈나쁜 소년이 서 있다〉, 《나쁜 소년이 서 있다》, 민음사, 2008

싸운다. 언어와 싸우는 것이 과도하고 가당치 않은 책무라는 걸 안다. 그렇지만 난 그렇게 하고 싶다.

6

믿지 않는 사람도 있겠지만 시는 인간과는 별도로 떨어져 존재하는 것 같다. 누군가의 몸을 빌려서 나오는 게 아닌가 싶다. 시는 최적화된 어떤 사람의 몸을 통해 세상에 나온다. 시인은 숙주일지도 모른다. 그 사람이 잘났든 못났든 간에, 혹은 그 사람이 자신이 쓴 시가 생산되는 구조 전체를 인지하고 있든 그렇지 못하든 간에, 시는 원래 있었던 것이 단지 새로운 조합으로 만들어져 어떤 몸을 빌려 나오는 것이 아닐까 하는 생각이 든다. 더 과감하게 이야기하면 시는 우주 어딘가에 원래 있었던 주술 같은 것일지도 모른다.
내 몸과 정신을 시가 찾아들기 쉬운 최적의 상태로 만드는 것이 나의 시 쓰기다. 불행인지 다행인지 그게 잘 안 될 때가 더 많다.
물론 시는 몸과 정신을 거치는 과정에서 그 몸과 정신을 닮는다. 인간이 하는 일이 있다면 단지 그 정도일 뿐이다. 시로 하여금 몸을 닮게 하는 일.
나는 어쩌다 시를 세상에 꺼내놓는 팔자가 됐다. 난 사실 그 팔자에서 도망치고 싶을 때가 더 많다. 아무리 생각해도 시인이라는 보직은 멋지지도 않고 자랑스럽지도 않다.
다행스러운 건 내가 시정잡배에 불과하다는 사실이다. 이 사실을 알았을 때 뛸 듯이 기뻤다. 따라서 난 시정잡배의 시를 쓸 것이다.

누군가 내 시에 대해 부도덕하다고 말한 적이 있었다. 누군가는 내 시가 너무 비관적이라고 말한 적이 있었다. 누군가는 내 시에 대해서 지나친 예술 취향이라고 말한 적이 있었다. 또 누군가는 내 시에 대해 연애시가 너무 많다고 말한 적이 있었다. 또 누군가는 너무 낭만적이라고 말하기도 했다.

난 잘 모르겠다. 왜 시가 부도덕하면 안 되는지, 왜 시가 비관적이면 안 되는지, 왜 시가 예술 취향이면 안 되는지, 왜 연애시가 많으면 안 되는지, 왜 너무 낭만적이면 안 되는지 잘 모르겠다.

모든 시는 불온하고 모든 시는 제멋대로 쓰여져야 한다. 모든 시는 그즈음의 외마디 비명이다. 내가 원하는 모든 것들은 시가 될 수 있어야 한다. 물론 세상이 그것들을 꼭 받아줘야 할 책무는 없다.

시는 눈에 보이는 세상과는 결코 친해질 수 없다. 내가 시인으로 사는 이유다.